# GOLPE EN HELIX

## SEVER ESCUADRÓN

### LIBRO 2

A.R. KNIGHT

# TERRITORIO ENEMIGO

Aurora partió la barra por la mitad, desencadenando una fusión mientras se deslizaba los trozos en la boca. Un sabor a chocolate cargado de elementos artificiales recorrió su lengua y garganta, aportando todos los nutrientes efectivos, además de cafeína, que un soldado curtido en batalla podría necesitar después de despertar en medio de una misión.

Sever Escuadrón llevaba casi dos días en Dynas, una aventura que comenzó con una llamada de socorro de un planeta supuestamente deshabitado, pero que en realidad era el hogar de... qué, Aurora aún no estaba segura.

A los cinco soldados enviados por DefenseCorp para atender la llamada se les había dado un objetivo claro: encontrar al VIP que había pedido el rescate, y ninguna salida clara: encontrar su propia manera de salir del planeta con el objetivo en mano.

Cuando Aurora creía que Dynas estaba deshabitado, ese arreglo no tenía sentido. Ahora que ella, Gregor y Rovo estaban sentados en una estación de tranvía abandonada bajo lo que parecía, olía y sonaba como una ciudad bulliciosa, el informe de la misión de DefenseCorp sonaba a mentira.

Como cualquier otra corporación galáctica, DefenseCorp existía para generar ganancias para sus propietarios, empleados y diversos inversores. Cómo pretendía ganar dinero enviando a Sever a un asalto equivocado y engañoso a la nada no estaba claro para Aurora, pero sabía cómo obtendría las respuestas: empujando al Almirante Deepak contra la pared y haciéndolo hablar con su rifle.

Rovo y Gregor no compartían su fervor. Al menos, no lo suficiente como para despertarse a tiempo. Cada uno había tomado un banco del tranvía como cama, y Aurora les había dado cinco horas para descansar. Después de un primer día empapado de sangre y lleno de explosiones, la adrenalina menguante los había dejado a todos sintiéndose aturdidos, inseguros. Agotados.

Aurora se condenaría si dejara que su escuadrón muriera debido a los efectos nocivos del agotamiento.

No es que Aurora tuviera a todo su escuadrón. Había dejado abierta la frecuencia del escuadrón, configurando un mensaje que se repetía cada pocos minutos pidiendo a Eponi y Sai, los dos miembros desaparecidos, que se reportaran. Si lo hubieran hecho, el auricular de Aurora la habría despertado de golpe con una alarma.

No había llegado nada, lo que significaba que Aurora mordisqueaba la barra nutritiva y observaba la luz azul-blanca de plástico desfilar por la estación del tranvía en silencio. Silencio relativo, de todos modos; arriba, podía oír motores rugiendo, pasos resonando y gritos distantes pidiendo esto y aquello.

Cuando Sever había llegado a la estación, Aurora y Gregor habían hecho una inspección rápida que encontró la única entrada de la estación sellada por una reja cerrada, bloqueando no solo su plataforma de llegada sino varias otras que conectaban con el resto de la ciudad. Otras opciones de mantenimiento también estaban cerradas, y mientras el túnel del tranvía continuaba, una endeble barrera metálica a través del túnel que gritaba CERRADO en letras pintadas de rojo hacía eco al sentimiento de la puerta de la superficie: nadie vendría por aquí.

El porqué no era difícil de adivinar. Lo primero que Sever había encontrado a su llegada a Dynas había sido un puesto avanzado invadido por extrañas criaturas mitad humanas, mitad fúngicas. Felix, liderando estas cosas, había intentado infectar al Sever Escuadrón. Había fracasado estrepitosamente, y Aurora se aferraba a la idea de que algún día volvería para terminar ese trabajo. Los mutantes genéticos como él iban en contra de la ley Galáctica. Más importante aún, Felix había intentado dañar a Sever, y la gente que atacaba a Aurora no solía vivir mucho tiempo.

Dinero. Venganza. Principios por los que vivir.

Rovo se levantó después. Aurora había tomado la última guardia; el novato había tenido la del medio, Gregor la primera. Y aunque renunciar a esas dos horas extra de sueño significaba sentirse aún más aletargada, estar cansada era mejor que estar muerta. Muchos productos químicos podían ayudar con lo primero, nada podía ayudar con lo segundo.

El novato no se veía tan mal después de su primer día como miembro pleno de Sever. Los simuladores podían hacer maravillas para entrenar tácticas de equipo, para practicar tus disparos, pero estar en un planeta sucio con mercenarios armados hasta los dientes era muy diferente a las pantallas y las gafas. Rovo lo había hecho bien. Incluso se había ido por su cuenta un rato, y aunque había seguido a Felix hacia una trampa, eso podía perdonarse.

Como todos los novatos, o aprendería, o moriría pronto. Hasta ahora, Aurora tenía buenas sensaciones sobre el chico. No es que tuviera muchas opciones si no fuera así: Sever solo tenía cinco miembros. Tenías que confiar en que cada uno hiciera su trabajo.

—¿Ninguna visita? —preguntó Rovo mientras se acercaba a Aurora, sentada fuera del tranvía en el suelo de la estación.

—Tranquilo, en todos los niveles —respondió Aurora, entregándole a Rovo una barra de proteínas.

Rovo cruzó las piernas y se unió a Aurora en el duro y sucio suelo de baldosas grises. Sus ojos se dirigieron a las escaleras que subían, detrás de Aurora y a su derecha. Lo suficientemente anchas, con una barandilla metálica dividiendo los escalones, parecían diseñadas para manejar una gran multitud.

—No puedo imaginar a nadie construyendo un metro así para un pequeño puesto avanzado —dijo Rovo después de haber engullido la mitad del desayuno cargado de nutrientes—. ¿Toda esta misión ha sido una gran sorpresa, o soy solo yo?

—No eres tú. —Aurora asintió hacia el túnel, donde el tranvía podría, de no ser por la barrera, seguir adentrándose en la ciudad—. No hay manera de que Dynas tuviera la mano de obra y los materiales aquí de forma natural para hacer algo así. Quienquiera que haya construido este lugar tuvo ayuda, y esa ayuda vino de fuera del planeta.

—Lo que significa que DefenseCorp debería haberlo sabido.

—Puede que Deepak no lo supiera, pero no me fío de eso —dijo Aurora—. Así que o nos han tendido una trampa, o...

Aurora y Deepak, el comandante del *Nautilus* y almirante de DefenseCorp que había enviado a Sever donde necesitaban ir, no tenían lo que ella llamaría una buena relación. Él se mantenía firme en la necesidad de jugar a la política, de tomar órdenes de arriba y ejecutarlas sin hacer preguntas. Aurora, bueno, a Aurora le importaba un comino la autoridad hasta que obedecer significara la mayor cantidad de dinero en su cuenta.

Aun así, le costaba creer que Deepak enviaría a uno de sus mejores y más moralmente flexibles escuadrones a una misión suicida sin sentido. ¿Dónde estaba la ganancia en eso? Si DefenseCorp solo quería hacer una demostración de responder a la llamada de socorro, Deepak podría haber enviado a novatos. Reunir a reclutas de bajo rendimiento y enviarlos a estrellarse hacia su perdición pantanosa en las profundidades de Dynas.

—O Deepak espera que podamos salir de esta —dijo Aurora mientras Rovo seguía comiendo—. Ya sea exponiendo un secreto o destruyéndolo.

—Enviar a cinco personas a incendiar una ciudad no parece una decisión inteligente —comentó Rovo—. ¿Por qué no traer el *Nautilus* y hacer que rostice este lugar desde la órbita?

—Demasiado ruido —anunció Gregor, acercándose desde el tranvía y frotándose las bolsas bajo los ojos—. Si haces explotar un planeta, surgen preguntas. Un equipo pequeño que aplasta al enemigo es un éxito sutil.

—¿Vas a aplastar todo este lugar con ese martillo? —preguntó Rovo.

—Podría aplastarte a ti —respondió Gregor—, si sigues haciendo preguntas.

Aurora los dejó seguir con su broma. Era bueno ver que los dos habían desarrollado un vínculo, aunque eso solía suceder rápidamente en misiones mortales. Salvar la vida del otro acercaba a las personas.

Sus trajes de armadura y el martillo de Gregor estaban de vuelta en el tranvía. Deberían regresar allí, ponérselos y luego subir a la ciudad, listos para escupir fuego y causar estragos hasta encontrar a Sai y Eponi. Excepto que los sonidos que venían de arriba no parecían tan amenazantes.

Caminando hacia la rampa y subiendo por ella, Aurora fue a echar otro vistazo a la puerta de cadenas que sellaba las plataformas. Sentía los ojos de Gregor y Rovo seguirla, probablemente preguntándose qué planeaba hacer su comandante con su ajustado atuendo listo para la misión. Diseñado para deslizarse dentro de los poderosos trajes, Sever Escuadrón no se lanzaba al combate vistiendo ropa de calle. Lo cual haría que su idea fuera complicada.

Aurora no se consideraba una experta en sigilo. Prefería ser soldado a espía, pero salir de aquí con las armas en ristre enfrentaría a tres contra lo que podría ser una ciudad entera. No eran precisamente buenas probabilidades.

—Necesitamos ropa —gritó Aurora hacia abajo, deteniendo su ascenso antes de perder de vista a los otros dos—. ¿Ideas?

—¿Ropa? —respondió Gregor—. ¡Tenemos trajes!

—Los dejaremos, al menos por ahora —replicó Aurora—. No voy a declararle la guerra a todo este planeta a menos que sea necesario. Nuestra misión es conseguir al VIP y salir.

—Pensé que lo estábamos haciendo bastante bien —dijo Rovo—. Enviaron muchos tras nosotros en ese puesto avanzado, pero aquí estamos, ¿no?

—Perdimos a dos personas allí —dijo Aurora—. Contra un par de naves llenas de soldados. No podemos permitirnos que eso vuelva a suceder.

—¿Y crees que la ropa de calle va a...? —Rovo se detuvo cuando Gregor puso una mano firme sobre el hombro del novato.

—¿Cuestionar a la comandante? Lo haces aquí arriba —Gregor se tocó la cabeza con la otra mano—. No con tu bocaza.

Aunque Aurora no diría que Rovo parecía encantado con el consejo de Gregor, y ella misma no pensaba que la obediencia ciega funcionara a menudo como el mandamiento principal de Sever, agradeció la interrupción del hombre grande de todos modos. Rovo no tenía la experiencia, y ninguno de ellos había dormido lo suficiente, para cuestionar las decisiones de Aurora aquí.

Su plan, alejarse de la estación del tranvía y hacerse una idea de dónde estaban, dónde podrían estar Sai, Eponi y el VIP, sin atraer todas las armas de la ciudad, no tendría mucho éxito si no conseguían atuendos.

Una vez que Aurora explicó la idea, y una vez que Gregor terminó su propio desayuno, el trío se alineó. Primero registraron la misma estación del tranvía, buscando equipo de mantenimiento que pudiera servir. El martillo de Gregor rompió cerraduras, pero no encontraron nada: los armarios de suministros solo tenían algunas herramientas viejas y equipo aleatorio diseñado para marcar pisos mojados y acordonar áreas cerradas.

Lo que significaba que las cosas tendrían que ponerse complicadas.

Aurora, Gregor y Rovo subieron hasta la puerta sellada que conducía a la calle. Cerrada desde el exterior, la gran puerta bloqueaba toda la escalera con su mole de cadenas y metal.

—¿Martillo? —dijo Gregor.

—Demasiado ruidoso —respondió Aurora—. Estamos tratando de ser sutiles aquí, no asustar a todos.

—Mucho más difícil.

—Los láseres de baja potencia deberían servir. —Aurora tocó el lugar en la puerta donde un panel inactivo esperaba ser activado por alguien con la autorización adecuada—. Cortaremos justo a través de esta parte y estaremos bien.

Gregor asintió, pero Rovo tenía una expresión extraña en su rostro. Se acercó a la puerta, mientras Aurora retrocedía para dar espacio al novato. Rovo inspeccionó el panel, murmurando para sí mismo todo el tiempo.

En un idioma que Aurora no conocía.

—Rovo, ¿qué estás diciendo? —preguntó Gregor.

El novato se detuvo, levantó la cabeza de golpe y tuvo la decencia de sonrojarse un poco—. Lo siento, a veces hablo mientras resuelvo las cosas. Mis hermanas solían burlarse de mí si me equivocaba cuando lo hacía, así que aprendí a no hacerlo en Común.

—Eres un tipo raro. —Gregor sonrió—. ¡Pero eso está bien! Nos gustan los raros.

—Rovo —interrumpió Aurora—. ¿La puerta? ¿Tienes una mejor idea?

—Eh, sí, creo que sí. Con mi armadura, le quité una tarjeta de acceso a un guardia en el puesto avanzado. Parece que podría funcionar aquí.

—¿Y sigues ahí parado, por qué?

La inspiración de Rovo resultó fructífera: escaneó la tarjeta de acceso del guardia y la barrera parpadeó, luego se soltó con un clic. Podrían haber quitado toda la cosa, pero ¿por qué invitar a cualquiera a bajar a mirar sus armaduras?

—Ahora, ¿cómo conseguimos ropa? —dijo Rovo mientras estaban al otro lado de la barrera, mirando a las multitudes inquietas que deambulaban en la temprana mañana de cielo amarillo.

—Carnada —dijo Gregor, y luego miró hacia Aurora—. Lo siento, comandante.

—Gregor, ¿por qué debería sentirlo yo? —Aurora disfrutó de la confusión en el rostro del hombre grande—. Es tu turno.

Para salir de la estación del tranvía, encontrar a sus amigos y rescatar al VIP, Sever Escuadrón no podía ir a la guerra contra una ciudad entera. Necesitarían mantenerse encubiertos, y la mejor manera de hacerlo era...

Enviar a Gregor al descubierto, sin protección, para hacerse el tonto.

## 2

## AQUEL DÍA

Entre las alargadas y arremolinadas nubes rojas, una nueva línea se dibujaba mientras la nave descendía hacia la plataforma de aterrizaje de su edificio. En la azotea, a cien pisos sobre el nivel del suelo y los disturbios, la plataforma debería haber sido un refugio seguro para que los ricos del mundo esperaran su rescate.

Sai estaba de pie cerca del borde, observando cómo el humo ascendía hasta esa altura, viendo cómo las negras volutas se retorcían subiendo por los edificios hacia él y más allá. Muy abajo podía ver destellos cuando el fuego láser y las explosiones de los disparos estallaban entre las fuerzas de seguridad contratadas y el público del planeta. Una batalla que había comenzado en las afueras del mundo y que había progresado cada vez más a medida que la gente, en palabras de la madre de Sai, se rebelaba contra sus creadores.

La política del momento se difuminaba en, bueno, el momento. Sai, de casi dieciocho años, se quedó cerca de su madre mientras la nave se acercaba: un transbordador de pasajeros armado destinado a llevarlos a todos por encima de la atmósfera hasta una estación en espera. Una vez que se hubieran marchado, la madre de Sai había prometido que DefenseCorp desplegaría sus fuerzas pesadas y reprimiría la rebelión.

A veces el público podía ser coaccionado, a veces tenía que ser derrotado. Saber qué método usar era un rasgo esencial en cualquier líder. El padre de Sai, supuestamente, lo sabía. Al igual que Sai sabía lo suficiente como para no preguntar cómo, si sus padres y sus amigos eran tan buenos líderes, su planeta se estaba desgarrando.

Sin embargo, ser un líder tenía algunas ventajas claras: el padre de Sai había dejado la fila normal y tomado su lugar cerca del frente de los grupos en espera. Había ido al frente para garantizar a su familia un lugar en este transbordador, y escuchando los crecientes estruendos y disparos desde abajo, ese plan tenía sentido.

El transbordador, casi demasiado grande para la plataforma, aterrizó con ruidos metálicos y siseos, como una criatura mítica y gigantesca. Un cilindro elegante y puntiagudo con motores erizado en su parte trasera, Sai pensó que el transbordador se veía bonito, aunque carecía de armamento más pesado.

Estaban evacuando, no luchando. Habían perdido, y esto era una retirada.

Sai tenía que recordar eso.

Una puerta hendida apareció y se elevó a lo largo del costado del transbordador, una escalera se desplegó, y el pánico en la azotea se precipitó hacia adelante. Varias personas de aspecto oficial saltaron de esa puerta abierta, indicando que todo el equipaje debía ser dejado a un lado. No había espacio para ninguna posesión grande. Cada bit sería guardado para los cuerpos.

—¿Qué hay de la katana? —preguntó Sai a su madre mientras los primeros pasajeros subían a bordo.

—Nos la llevamos —su madre, siempre calmada, siempre estoica, no dejó lugar a dudas en su voz.

Sostenía la katana en su mano derecha, a Sai en la izquierda. La espada atrajo algunas miradas, pero nadie allí, en ese momento, se preocupaba ni un poco por una hoja siempre que no fuera a ser usada contra ellos.

Sai echó una última mirada hacia las calles por las que había caminado toda su vida, hacia la escuela, a eventos, para simplemente explorar los vecindarios de la enorme ciudad. ¿Cuántas personas con las que había hablado, a las que había comprado o con las que había jugado en el parque estaban allá abajo, volviendo armas rudimentarias y furia justiciera contra los pares de Sai?

Un resplandor naranja floreció, el estruendo del cristal rompiéndose llegó hasta la azotea y la multitud se encogió mientras se abalanzaban hacia adelante, dirigiéndose al transbordador. Sai y su madre entre ellos, presionando.

—¿Crees que volveremos alguna vez? —preguntó Sai.

—Este es nuestro hogar —respondió su madre—. Por supuesto que volveremos. Cuando esté listo.

Sai trató de encontrar a su padre, pero parecía que el hombre ya había abordado el transbordador. Más ruido enojado desde abajo y alrededor de la torre empujó el abordaje hacia una carga total. Nadie parecía estar prestando atención al rango.

A su alrededor, sobre la ciudad, más transbordadores surcaban las nubes rojas, dirigiéndose a otras torres, otras evacuaciones. Una huida en toda regla. Toda esta gente dejando todas sus posesiones. El mismo Sai llevaba una pequeña mochila, llena de las pocas cosas absolutas que no dejaría atrás.

Incluyendo, sin que su madre lo supiera, una pequeña pistola láser que había comprado a principios de ese año cuando los rumores comenzaron. Cuando un chico como Sai podría encontrar que la posición de su familia lo convertía en un objetivo principal de robo. Aunque apenas sabía cómo disparar la cosa, tenerla hacía que Sai se sintiera un poco más seguro.

Un rugido atrajo la mirada de Sai lejos de la multitud hacia otra torre al otro lado, donde otro transbordador de rescate, aparentemente lleno y con muchos dejados atrás, retraía sus puntales y se preparaba para despegar. Sus motores se aceleraron mientras los chorros frontales del transbordador empujaban el cilindro verticalmente. Fuego caliente brotó de los motores, y el cilindro comenzó su ascenso.

La luz del transbordador se volvió tan brillante que Sai no lo notó al principio, pero captó el destello de milisegundos cuando, desde otra torre, un cohete se encendió. El disparo se dirigió hacia el transbordador que se elevaba, golpeando la nave justo por debajo del centro. Un estruendo ondulante dio paso a un ascenso crepitante y chispeante mientras el transbordador continuaba impulsándose.

El cohete, sin embargo, había sacado al transbordador de su curso, inclinando la nave hacia... ellos.

La madre de Sai reaccionó primero, agarrando la mano de Sai y tirando de él lejos del borde, de vuelta hacia el acceso a la azotea de la torre, las escaleras que bajaban, incluso cuando la multitud se precipitaba hacia su propio transbordador.

Sai no tuvo oportunidad de gritar, de preguntar por su padre, antes de que su madre los arrojara a ambos al suelo y el transbordador dañado golpeara el suyo. Sai no pudo ver lo que sucedió entonces, pero más tarde, viendo grabaciones históricas, vio cómo la nariz del transbordador dañado golpeaba el punto medio del suyo. La nariz perforó y luego empujó su transbordador fuera de su base, volteándolo y empujándolo completamente fuera del costado de la torre.

Los motores del transbordador herido comenzaron a desintegrarse cuando la colisión se sumó al estrés del ataque con cohetes, enviando las góndolas ardientes girando hacia el techo de la torre, directamente hacia la multitud que se dispersaba.

—No mires —dijo la madre de Sai—. Arrástrate. Sigue moviéndote. Conmigo ahora.

Sai se mantuvo agachado junto a su madre mientras regresaban hacia la escalera. El calor le rozaba la espalda, le quemaba la ropa, pero los tremendos ruidos de desgarro, crujidos y siseos que provenían del desastre bloqueaban los gritos. El humo le escocía los ojos a Sai, le quemaba la garganta, y el techo de la torre le arañaba las manos mientras se arrastraba, siguiendo a su madre, hacia un hogar que ya no era suyo.

—¿Siempre hablas tanto mientras duermes? —le preguntó la mujer a Sai, arrancándolo de la azotea y trayéndolo a una habitación pequeña, brillante y vacía.

Una mujer sonriente de ojos gélidos estaba de pie sobre él, con un dedo en la barbilla y el otro sosteniendo una larga jeringa con algo blanquecino en su interior.

Sai podía sentir sus brazos y piernas, podía sentir las ataduras que los sujetaban con fuerza. Nada le cubría el rostro y, aunque Sai podía sentir dolores residuales del accidente de la nave, de la pelea con los infectados, en general se sentía bien. Realmente, muy bien.

—¿Dónde estoy? —logró decir Sai.

—Esa no fue mi pregunta. —La mujer se inclinó y

levantó la fina manga del brazo derecho de Sai. Parecía y se sentía como una especie de bata barata—. Una vez más. ¿Siempre hablas tanto mientras duermes?

—¿Qué? ¿Por qué importa eso? —dijo Sai, esforzándose por sentarse, para ver lo que ella iba a hacer—. ¿Qué hay en eso? ¿Qué estás haciendo?

La mujer se detuvo, presionó su mano contra el antebrazo de Sai y le dirigió una sonrisa aún más rígida. —Contesta la pregunta, por favor.

—¿Qué, si hablo mientras duermo? —dijo Sai—. ¿Cómo voy a saberlo? ¡Estoy dormido!

La mujer asintió, sus ojos mirando hacia el techo. —Por supuesto. Tiene sentido. Observaremos durante los próximos días y veremos si el virus produce algún cambio en ese comportamiento.

—¿El virus?

Sai sintió el pinchazo cuando la mujer le clavó la aguja en el brazo, justo por encima del codo. Sintió la extraña oleada mientras el líquido extraño entraba en su cuerpo, recorría sus venas y vasos sanguíneos.

—Sí —la mujer retiró la jeringa—. Hemos pasado las últimas horas fortaleciéndote. Ahora estás lo suficientemente sano como para que veamos si un soldado de DefenseCorp puede manejar nuestra última generación. —Esa sonrisa gélida amenazó con flaquear, pero la mujer la ocultó mirando hacia lo que Sai supuso que era la entrada de su celda, una puerta de cristal que se extendía de pared a pared—. Si no, entonces mi trabajo se vuelve mucho más difícil.

Sai quería decir que no entendía, quería obtener más información de esta mujer, pero sabía contra qué había luchado en aquella habitación. Conocía las extrañas criaturas presentes en esta torre, y podía adivinar de dónde habían salido, hacia dónde podría estar yendo él.

Y lo que sus hijos podrían haber perdido.

—Sai —continuó la mujer—. Mi nombre es Dra. Anaskya. Te estaré observando y escuchando. Si no te importa, después de que me vaya, por favor continúa hablando. Me encantaría escuchar el final de tu historia, y si podemos entender cómo el virus afecta tu habla durante el sueño, mucho mejor.

Sai, sin embargo, apenas la escuchó. Se recostó sobre la delgada almohada, miró fijamente al techo y sintió cómo la infección se extendía como fuego ardiente.

## 3

## VIAJE DE COMPRAS

Si Gregor calculara el tiempo que había pasado con o sin armadura, una estimación instintiva sugeriría que la balanza se inclinaría a favor de la armadura. Haber pasado su juventud minando rocas de cometas fríos con posible exposición al vacío, y su vida adulta en varias zonas de combate, significaba que deambular por las calles de la ciudad con nada más que un fino atuendo deportivo se sentía muy extraño.

Al menos Dynas, con su clima húmedo y pantanoso, lo mantenía caliente. Y Gregor, hacía mucho tiempo que se había vuelto incapaz de sonrojarse, debido a tantos pasos en falso y declaraciones torpes, así que cuando los rostros se volvían hacia él, mostraba una gran sonrisa. Un hombre confiado, fuerte y semidesnudo que aparecía de una estación de tranvía cerrada... ¿qué tenía eso de inusual?

Aparentemente, todo.

Emerger de la estación de tranvía, especialmente viniendo de las afueras plagadas de pantanos y monstruos, puso a prueba la sonrisa falsa de Gregor. Había servido en planetas urbanos antes, pasado tiempo en lugares remotos en misiones de DefenseCorp, pero este lugar no parecía saber lo que era o lo que quería ser.

Al salir del tranvía, abajo en la estación, todo el grupo había confirmado lo húmedo que parecía ser todo aquí. La alta humedad cubría de una capa brillante las baldosas, paredes, barandillas y escaleras. Las cosas eran aún peores en la superficie; salir de la estación significaba pisar una acera mojada, ligeramente inclinada para que la humedad corriera hacia grandes canales amarillentos que bordeaban los estrechos bordes de la calle.

Los edificios negros y manchados adoptaban filosofías similares, disponiéndose en pendientes y embudos para que la humedad perenne goteara y cayera en puntos diseñados y mantuviera secos a los transeúntes. En lugar de techos planos y cuadrados, todo terminaba en ángulos, como si alguien hubiera construido una ciudad a partir de lanzas.

Las calles también se inclinaban desde el centro hacia los canales, y en un ángulo lo suficientemente pronunciado como para que Gregor se preguntara qué tipo de vehículos podrían circular aquí, hasta que notó las líneas tendidas entre los edificios. Teleféricos, entonces. Colgando sobre lo húmedo.

La estación de tranvía se abría a una intersección, con un nido de cables directamente arriba para que los coches de alguna manera navegaran. Los pasos de peatones, para las pocas personas que Gregor veía, eran rejillas de metal tachonado que se extendían sobre las calzadas inclinadas. En general, una maravilla y un desastre.

Dynas no parecía propicia para la vida civilizada, y sin embargo, este lugar existía. Doblando todas las reglas, solo para jugar con el código genético de la galaxia.

Gregor levantó una mano hacia la persona más cercana, una de la media docena a la vista. Este acababa de cruzar la intersección y se detuvo cuando Gregor salió. Era un hombre mayor, aunque Gregor no podía estar seguro, dado el respirador que el hombre llevaba sobre su rostro. El dispositivo se conectaba a un tanque en la espalda del hombre, enlazado a lo que parecía un traje de buceo.

—¿Vas a bucear? —dijo Gregor, y el hombre ladeó la cabeza, luego caminó hacia Gregor.

—¿Estás enfermo o algo así? —respondió el hombre, el respirador distorsionando la voz—. ¿Dónde está tu máscara?

—La perdí —dijo Gregor—. Allá abajo. —Señaló de vuelta hacia la estación de tranvía—. ¿Puedes ayudarme a recuperarla?

En cuanto a historias convincentes, Gregor era muy consciente de que no sabía contarlas ni por asomo. No era un mentiroso, no era un contador de cuentos. El hombre pareció estar de acuerdo.

—¿La perdiste? —Ahora el hombre retrocedió un paso —. ¿Qué estabas haciendo allá abajo de todos modos? Esa estación está cerrada.

—Trabajo. Las cosas salieron mal.

—Entonces ve a un hospital —el hombre pasó su máscara sobre Gregor—. Antes de que te mates.

Bueno, eso no salió bien. El hombre le dio la espalda a Gregor, comenzó a alejarse. Sever necesitaba un atuendo, al menos uno, así que Gregor extendió la mano, agarró el brazo del hombre y lo arrastró de vuelta a la entrada de la estación.

El hombre se resistió, un ligero tirón contra la fuerza abrumadora de Gregor. El agua tibia salpicó mientras el hombre intentaba retroceder, intentaba liberarse, pero Gregor sabía cómo mantener el agarre. Consigue ese agarre justo por encima del codo, aprieta fuerte y sigue moviéndote.

Lo que no sucedió, lo que Gregor esperaba pero nunca llegó, fue un grito de ayuda. Aparte de maldiciones murmuradas, quejas, el hombre no gritó ni chilló. Y tan pronto como Gregor arrastró al hombre detrás de la entrada, cerca de la puerta metálica que sellaba el tranvía, Aurora aturdió al desafortunado ciudadano con un rayo paralizante de su rifle.

—Eso no fue muy elegante —dijo Rovo mientras se dedicaban a quitarle el traje al hombre, revelando ropa interior andrajosa manchada de moho—. ¿Cuánta gente te vio?

—Algunos, pero no creo que les importara —respondió Gregor, quitando la máscara y revelando, efectivamente, un rostro arrugado y desgastado debajo—. Este es un lugar extraño, y no me gusta.

—Eso hace dos de nosotros —respondió Rovo—. Mira esta máscara. Es un respirador completo. Oxígeno filtrado, bloqueo total del aire entrante. ¿Viste a alguien más con estos?

—Máscaras, sí —dijo Gregor—. Todos. No los tanques completos.

—La gente con la que luchamos en el puesto de avanzada también llevaba trajes —respondió Aurora, quitándole las botas al hombre—. Pero nuestra armadura decía que la atmósfera aquí era segura. Entonces, ¿qué nos estamos perdiendo?

—Seguro según nuestra inteligencia basura —dijo Rovo—. Nuevo planeta, nuevas reglas. No sabemos qué hay en el aire aquí, pero aparentemente vale la pena evitarlo.

El traje de buzo del hombre podría haberle quedado bien a Gregor o a Rovo. Obviamente necesitaban dos trajes más, y después de la alegría gastada en sacar de contrabando a un desafortunado ciudadano de las calles, el trío acordó un enfoque más suave: dos esperarían en la estación del tranvía con su armadura puesta, filtrando, mientras el tercero iría en busca de un lugar para comprar trajes para los otros.

—Tú eres más pequeño —le dijo Gregor a Rovo—. Menos amenazante, deberías ser tú. Nadie nota a un ratón.

—Sí, excepto que estoy ocupado —respondió Rovo—. He estado descifrando las comunicaciones que circulan por aquí, y estoy cerca. —Golpeó ligeramente el respirador del hombre—. A menos que puedas hacer eso, creo que soy más útil de esa manera.

—¿Estás diciendo que soy inútil, novato?

—No, estoy diciendo que confío en que puedes comprar ropa en una tienda.

—Ah.

—Vamos —intervino Aurora—. Rovo, ayúdame a arrastrar a este tipo al armario de utilidades. Lo encerraremos allí. Gregor, ponte el traje y ponte en marcha. Estoy harta de estar aquí abajo, y estamos perdiendo tiempo.

Minutos después, sintiéndose apretado con un traje de buzo demasiado pequeño y el respirador sobre su rostro, Gregor volvió a las calles. Habían encontrado otras cosas en el hombre, incluyendo, en un bolsillo delgado y sellable en el pecho del traje de buzo, lo que parecía una tarjeta de identificación corporativa. La foto del hombre y varios números de cuenta grabados en ella, junto con información de contacto en caso de que la tarjeta fuera encontrada.

Gregor había visto tarjetas como esta antes: la compañía del cometa las había emitido. Destinadas a contener toda tu identidad, incluido tu dinero. Se suponía que las personas que tenían estas tarjetas gastarían todo lo que ganaban en las tiendas de la compañía, una economía cerrada. La tarjeta respondió otra pregunta sobre la ciudad: no era una sociedad libre, sino una trabajadora, cautiva de sus amos corporativos.

De vuelta en la superficie, Gregor caminó pesadamente por la calle, trazando una línea recta desde la estación del tranvía para mantener cualquier búsqueda de ruta fácil. Ahora que no estaba solo buscando víctimas, Gregor vio la ciudad cobrando una especie de vida.

Las tiendas abrían a medida que la mañana avanzaba hacia horas de servicio. Esos teleféricos, construidos como óvalos pero con guías goteantes que canalizaban la humedad, pasaban traqueteando junto a Gregor mientras caminaba, cargados de personas con diversos trajes de buzo e impermeables.

Todas las tiendas tenían sus propios nombres, pero cada una de ellas también tenía el mismo logotipo justo detrás de sus etiquetas, un símbolo de infinito dibujado con la doble hélice del ADN. Dentro, los productos abarcaban toda la gama, aunque el inventario parecía escaso. Precios altos.

Un planeta secreto, una sociedad secreta equivalía a altos costos de envío.

La primera tienda que encontró que vendía trajes de buzo e impermeables ofrecía, de manera más prominente, reparaciones. Otro movimiento sensato con suministro limitado; mantener tu equipo en buen estado en lugar de comprar nuevo. En Snowball, mantenías la misma armadura hasta que te quedaba pequeña o morías.

Gregor pasó por una puerta doble para entrar en la tienda, una simple cámara de cristal entre ellas que servía para eliminar la humedad. Dentro, aire fresco y filtrado golpeó el rostro de Gregor mientras se quitaba la máscara y miraba los estantes de impermeables a la derecha, trajes de buzo a la izquierda.

—Llegas temprano —dijo una voz que, cuando se levantó de detrás de un mostrador cubierto de equipo de costura y sellado, pertenecía a una chica más joven—. ¿No se supone que deberías estar en el trabajo?

—¿Soy un cliente? —dijo Gregor. ¿Se suponía que debía estar en el trabajo? No conocía a esta chica.

La dependienta señaló el traje de buzo de Gregor.

—Tu turno comenzó hace una hora.

—¿En serio?

Ahora el rostro de la chica cambió, de curiosidad a un miedo con ojos abiertos. Se dio la vuelta, alcanzó algo debajo del escritorio, pero antes de que llegara allí, Gregor se lanzó a través de la tienda y, por segunda vez en otras tantas horas, agarró un brazo y lo mantuvo quieto.

—No toques nada —susurró Gregor, luego echó un vistazo rápido hacia la parte trasera de la tienda. Había una puerta allí, pero nadie más a la vista—. Esto no tiene por qué ser difícil.

Gregor sintió a la chica temblar, sintió que intentaba alejarse de él.

—Eres uno de ellos, ¿verdad? —dijo ella—. Dijeron que algunos habían escapado de la cuarentena.

—¿Qué cuarentena? —dijo Gregor—. Solo quiero algo de ropa.

—¿Quieres decir que no estás infectado?

Ah. Eso tendría sentido. Si esta ciudad sabía sobre Felix y su tugurio enfermo allá en el pantano, no era de extrañar que estuvieran asustados. ¿Quién querría terminar así?

—Soy un visitante, eso es todo —dijo Gregor—. No pretendo hacer daño.

—¿Entonces puedes soltar mi muñeca?

—¿No me harás arrepentirme?

La chica negó con la cabeza, miró la mano de Gregor y resopló medio sollozando.

—Estás aquí. Eso es castigo suficiente.

## 4

## LA MARCA DEL TRAIDOR

El traidor dormía en la torre. En una habitación de un amarillo fangoso decorada con arte de toda la galaxia, con luces lineales serpenteando por el techo en patrones que sugerían un presente más brillante y caprichoso que aquel en el que Eponi vivía. Soñaba.

Se desesperaba.

No pensaba que sería tan malo. Sever Escuadrón nunca había sido una familia, no realmente, no de manera formal. Sus misiones eran demasiado afiladas, sus miembros demasiado destrozados y rotos para llevarse bien fuera de los estrictos informes y las líneas de batalla. Al menos, Eponi siempre lo había pensado así: ella llevaba a los otros cuatro, los dejaba causar estragos y luego los recogía y volaba de vuelta a las estrellas.

Hasta que vio a Sai, con todas esas armas apuntándole, y su rostro blindado mirándola directamente. A través de ese metal, ese cristal, la decepción de Sai la había quemado, y Eponi había pasado el resto de la noche bebiendo hasta caer en un estupor, encerrada en esta habitación con una botella de aguas residuales crudas que, no obstante, cumplían su función. El propio destilado fangoso de Dynas, una variante de bourbon parduzca, miraba burlonamente a Eponi desde la mesita de noche, con un vaso medio lleno reposando sobre la mesa metálica amarillenta.

Sin su armadura, con sus otros artilugios confiscados hace tiempo, Eponi recurrió al reloj real de la habitación en una pequeña pantalla atornillada a la pared que también le indicaba la temperatura (alta), la humedad (empapada) y el clima (brumoso). La hora, pasadas las ocho de la mañana, decía que Eponi necesitaba levantarse. Necesitaba averiguar qué podía hacer con su vida.

Como piloto de carreras, girando por los circuitos de la galaxia, había tomado innumerables decisiones en fracciones de segundo. No solo si ir a la izquierda o a la derecha, por encima o por debajo, sino qué marca apoyar, con quién firmar, si se podía confiar en que un circuito de carreras realmente entregara el premio al ganador cuando Eponi cruzara esa línea.

Eponi miró en el armario, lleno de uniformes estándar con el esquema de colores negro y gris de la compañía, y eligió uno al azar. Podía ponerse este uniforme, abrazar su nuevo papel como informante infiltrada y ayudar a la gente que dirigía este planeta a capturar a Sever Escuadrón, o podía...

¿Qué? ¿Qué más podía hacer? Eponi no tenía armas, no tenía ningún conocimiento secreto de una superbomba que pudiera usar contra sus creadores. Ningún contacto al que pudiera llamar por radio para pedir apoyo; dado lo que había visto aquí, Eponi ya pensaba que el informe de "sin conocimiento" de DefenseCorp apestaba a mentira.

El uniforme resultó ser holgado, pero lo suficientemente funcional. Asearse en el baño distrajo a Eponi durante unos minutos, aunque seguía evitando sus propios ojos en el espejo que cubría toda la pared. Sin champú, sin cepillo para el pelo, o cualquier cosa más allá de un grifo y algunas toallas para la ducha, el ritual fue breve.

La misión de Sever Escuadrón consistía en rescatar a un VIP, y luego sacar a todo el escuadrón del planeta y llevarlo a… algún lugar. Por lo que Eponi había visto cuando ella y Sai habían estrellado una nave en este gigantesco edificio, lo único que este lugar podría tener que ella pudiera usar sería una nave. Podría intentar alguna artimaña como en una película, robar la nave bajo las narices de los malvados y correr al rescate.

Lo más probable es que llegara a los controles, algún sistema de seguridad desactivara la nave, y luego Eponi sería ejecutada sumariamente con un tiro en la cabeza segundos después. Difícilmente una muerte heroica, y Eponi no quería ningún tipo de muerte.

Su habitación tenía una puerta principal, una sola que, según recordaba Eponi, daba a un pasillo tipo apartamento lleno de otras puertas. Eponi no pudo comprobar ese recuerdo porque, cuando lo intentó, la puerta no se abrió. El botón destinado a liberarla no respondía. Después de intentarlo un par de veces, Eponi se acercó a la ventana, que solo mostraba la interminable niebla amarilla de Dynas.

Atrapada. Sola con sus pensamientos. No era ideal, porque estar sola con su tormento llevaría a Eponi a-

La puerta se abrió de golpe. Un hombre que nunca había visto estaba allí, uniformado como ella —aunque a él le quedaba mejor— y sosteniendo dos pequeñas tazas con marca.

—¿Café? —dijo el hombre, ofreciéndole una taza.

Eponi intentó leer la marca, pero el logo oscurecía cualquier palabra. Una especie de espiral, con líneas gemelas y serpenteantes que se entrelazaban. ¿Como el ADN, tal vez?

Sus ojos se dirigieron al techo, confirmando que las luces coincidían. Bien. Así que había algún método en el diseño aquí, aunque Eponi no supiera qué significaban las formas.

—Gracias —ofreció Eponi mientras acercaba la taza a su nariz y la olía. Definitivamente era café. Caliente, pero no demasiado.

Podría ser veneno, pero Eponi descartó esa idea con una risa, lo que provocó una mirada desconcertada del hombre. ¿Por qué la envenenarían cuando ya podrían haberle disparado? ¿Por qué alojar a Eponi en una habitación cuando podrían haberla arrojado por el balcón o encerrado con Sai?

Tomó un largo trago. Disfrutó, por primera vez en mucho tiempo, de un café que provenía de algo mejor que el producto producido en masa de DefenseCorp. De hecho, el café terroso y con sabor a nueces parecía demasiado bueno para Dynas. Más evidencia de que este lugar tenía patrocinadores más allá de su estatus de mundo atrasado.

—¿Te gusta? —dijo el hombre.

—Claro —respondió Eponi—. Entonces, ¿qué se supone que eres? ¿Mi cuidador?

—No realmente —respondió el hombre, y luego extendió su taza de café, chocándola contra la de ella—. Me llamo Ben Taigo, y me ofrecí voluntario para esto.

—¿Y qué es "esto"?

—Eso es lo que estoy tratando de averiguar —dijo Ben. Eponi notó que Ben había sido muy cuidadoso de no dar más de un paso dentro de su habitación, como si siguiera algún código estricto—. La mayoría de nosotros sabemos que un grupo nos atacó ayer en un sitio periférico. Hay mucha gente herida y enojada ahora mismo.

Eponi bebió su café. Observó a Ben. No tenía armas visibles. La puerta había permanecido abierta. Si quisiera,

Eponi podría lanzarle el café a la cara, comenzar con un golpe y luego salir corriendo hacia la libertad. Tal vez tomar la tarjeta de identificación de Ben con ella, usarla para subir-

—¿Me estás escuchando? —dijo Ben, con más dureza—. Te estoy diciendo que no es muy seguro para ti aquí, incluso con la protección de los jefes.

—¿Se supone que eso debe asustarme? —Eponi se cruzó de brazos.

—¿Una corredora como tú? Supongo que no, ¿verdad?

—Espera, ¿sabes que soy corredora?

—¡Claro que lo sé! ¡Por eso estoy aquí! —Ben rompió su código, entró en la habitación con los brazos moviéndose por todas partes—. Te recuerdo, eras una estrella prometedora, arrasando en las listas y luego nada. Los rumores corrieron por las ondas durante mucho tiempo, todos asumían que te habías estrellado o simplemente habías decidido que ya no querías hacerlo, ¡¿y de repente estás aquí?!

—No creo que haya sido tan repentino.

Eponi miró su café para no sonrojarse. Hacía tiempo que no estaba cerca de fans, estaba un poco fuera de práctica.

—Quizás no para ti —Ben se giró hacia ella—. Mira, Eponi, cuando estás en un planeta como este, donde mantienen las ondas restringidas, todo es una sorpresa. Así que aquí estás, llegando como... ¿una mercenaria o algo así?

—Una piloto. El pago es más regular.

—Pero mucho menos emocionante, ¿no?

—No sé yo —dijo Eponi—. Oye, Ben, gracias por el café, pero ¿crees que podría haber algo de comida por ahí para acompañarlo?

—Claro, por supuesto —Ben se rio—. Pero te advierto, la comida no es muy buena aquí ahora mismo. Han puesto un tope a la mayoría de los envíos, así que estamos recurriendo a las raciones baratas.

—¿Un tope? ¿Por qué?

—¿No es por eso que estás aquí? ¿Con cualquier pandilla con la que hayas volado? —dijo Ben, guiando a Eponi fuera de la habitación, hacia el pasillo, como si fueran los amigos más íntimos que jamás hubieran existido—. Estamos teniendo problemas con algunos de nuestros tratamientos. No se están manteniendo contenidos, así que los jefes no quieren mucho tráfico ahora mismo.

—¿Y crees que yo tengo algo que ver con esto?

—¿Por qué no lo tendrías? ¿Algún tipo de equipo de inspección que viene a ver qué se está cociendo en Dynas? Salir con las pruebas y luego nos queman hasta las cenizas desde la órbita. Ese es el plan, ¿verdad?

Eponi trató de seguir el ritmo de Ben. El hombre había pasado de fan a combativo muy rápido. Por lo que Eponi sabía, como Aurora había dicho, el briefing empezaba y terminaba con el VIP y sacarlo del planeta. Nada sobre un bombardeo. Aunque, por lo que había visto con las cosas enfermas contra las que Sai había luchado, tal vez Dynas merecía una buena limpieza con láser.

—Mira, Ben, tal vez necesite más café para seguirte el ritmo —dijo Eponi cuando llegaron a los ascensores—. Yo piloto naves y lo hago bien. No estoy metida en ningún plan, y no quiero estarlo.

Las puertas circulares del ascensor se abrieron segundos después y Ben guio a Eponi dentro. Pasó su tarjeta por un panel junto a la puerta. La pantalla mostró una lista de sus destinos habituales, indicados por un título naranja brillante en la parte superior de la pantalla, y Ben tocó el que mostraba un tenedor y un cuchillo.

—Claro, solo una piloto —dijo Ben—. Mira, Eponi, y

esto es importante, así que escucha con atención. Este lugar tiene muchos problemas, y solo están empeorando. Necesitamos ayuda. Yo necesito ayuda. Y creo, espero, y por Dios, Eponi, *confío* en que tú eres quien puede proporcionarla.

—¿Te pasa algo? —Eponi retrocedió hacia el lado opuesto del ascensor.

—¿A qué te refieres? ¿Que quizás todos estemos un poco locos, atrapados en este mundo durante años con enfermedades que se vuelven más mortales cada día? ¿Cómo afectaría eso a alguien? —Ben se sumergió en una risa temblorosa, luego sacudió la cabeza. Tomó un gran respiro—. Lo siento, lo siento. A veces todo esto me supera, ¿sabes?

—Claro. —Eponi no lo sabía. Ni quería saberlo—. ¿Cómo se supone que voy a ayudar?

—Eres piloto, Eponi. Necesito que me saques de aquí, antes de que Dynas nos mate a los dos.

## 5

## CRUZANDO LA CIUDAD

Había trabajos y carreras, y decisiones inteligentes y estúpidas. Rovo, según su padre, no había elegido ninguna de esas opciones al decidir pasar al brazo más activo de DefenseCorp. Un adicto al escritorio que tenía una vida estable flotando sobre su hogar, transfiriendo comunicaciones interestelares a sus destinatarios correspondientes, Rovo había hecho lo impensable:

Rovo había renunciado a una vida segura y decente en una galaxia que no ofrecía muchas.

Caminar en un traje de neopreno por una ciudad enferma en un mundo atrasado con pocos amigos y muchos enemigos había hecho que Rovo le diera la razón a su padre. Aunque la emoción había sido el objetivo, Rovo había descubierto que estar cerca de la muerte no añadía realmente mucho a la vida.

Las cosas no eran más brillantes ni satisfactorias solo porque los láseres habían marcado el metal cerca del cráneo de Rovo. En cambio, Rovo se encontraba más nervioso, mirando a su alrededor todo el tiempo, seguro de que algún francotirador oculto o una figura enferma acechaba detrás de la siguiente sombra esperando para atacar.

Gregor había regresado con dos trajes de neopreno y una mirada perturbada en su rostro, una expresión amenazante para un hombre tan grande. Habló sobre la tendera, cómo se había recompuesto lo suficiente para venderle la ropa antes de pedir, al final, que Sever la sacara del planeta con ellos cuando se fueran.

—Le dije que lo haríamos —dijo Gregor—, pero se sintió mal mentirle a alguien tan desesperado.

—Si logramos sacar al VIP del planeta, ella podría ver cumplido su deseo de todos modos —dijo Aurora—. Hay suficiente basura ilegal aquí para justificar una intervención de limpieza.

Rovo se mantuvo en silencio durante esa conversación. Había visto esas órdenes pasar por su terminal; cuando los planetas se volvían demasiado incontrolables, cuando las poblaciones presentaban un peligro demasiado grande para el orden galáctico establecido, los sistemas vecinos pagarían a DefenseCorp para resolver el problema. DefenseCorp aparecería con una flota enojada, exigiría concesiones ridículas con armas amenazantes para respaldarlas.

La mitad de las veces, la gente entraba en razón, aceptaba el golpe y se arrastraba de vuelta a sus escondites, generalmente con DefenseCorp asegurando otro gran contrato para traer una fuerza policial brutal hasta que los antiguos dueños del planeta volvieran a poner a todos en sus cadenas económicas.

La otra mitad... DefenseCorp cobraba mucho dinero por los aniquilamientos de poblaciones, pero las ganancias se veían bien en el balance. A Rovo no le importaría reprimir esos documentos de su memoria.

Tal vez los reemplazaría con lo que veía ahora, una

ciudad empapada con personas sombrías acurrucadas por las calles, con aspecto derrotado, atormentado o, raramente, resuelto. Como si el Destino hubiera llegado y todos lo hubieran aceptado.

Aurora los guiaba por las aceras, dirigiéndose hacia la posición de la señal del VIP. Había sacado la computadora de muñeca de su armadura, cortado una hendidura a lo largo de su traje de neopreno para poder levantar la cubierta y mirar las direcciones cada pocas cuadras. No es que el dispositivo tuviera un verdadero mapa, pero Sever tenía norte, sur, este y oeste. En una ciudad cuadriculada y rígida como esta, eso era suficiente.

Rovo iba detrás, dejando espacio entre él y Gregor, y Gregor hacía lo mismo con Aurora para hacer plausible que fueran ciudadanos separados caminando hacia cualquier final. Después de que las primeras cuadras resultaran aburridas —Rovo no podía mantener el interés en los edificios oscuros, sus interminables canalones y caños goteantes — volvió al proyecto personal: romper el cifrado de la ciudad.

Las transmisiones volaban a un ritmo frenético, cada una zumbando en su oído, mientras el Bug de Rovo, un pequeño transmisor en su oreja que se sincronizaba con su propia computadora de muñeca, las captaba e intentaba descifrar su codificación. A veces, una usaba el mismo esquema que los guardias de la lancha en el puesto avanzado y Rovo obtenía una ráfaga clara, algún comentario sobre una patrulla en curso o un problema potencial aquí o allá.

Demasiadas otras, sin embargo, operaban en una banda diferente, a una frecuencia más alta más allá de los rangos de la mayoría de los receptores tradicionales. DefenseCorp usaba este nivel para comunicaciones más sensibles, para operaciones en curso. Las propias señales de Sever salían por aquí, aunque Aurora las había cortado después de que dejaran la estación del tranvía.

Si Sai o Eponi finalmente hubieran decidido llamar, ahora obtendrían silencio.

Rovo, frotando el programa del Bug, ajustaba los parámetros de la máquina mientras caminaba. Diseñado para ser usado sin visión, en situaciones de sigilo, el Bug dependía de una interfaz directa a través de su armadura o a través de un proceso más manual, pero más divertido. Usando sus dedos, Rovo podía ajustar las frecuencias específicas que el Bug escuchaba, y el cifrado que el dispositivo usaba para romper la encriptación de cualquier mensaje que captara.

Como resolver un rompecabezas girando una canica, tratando de encontrar el punto áspero en una esfera lisa.

Resolver este tomó toda la mañana más seis cuadras caminando en trajes de neopreno, pero cuando Rovo captó la primera ráfaga clara, una instrucción precisa de poner más jugadores en el campo, la oleada de endorfinas hizo que todo el esfuerzo valiera la pena. Quería correr hacia Aurora, hacia Gregor, decirles que ahora podían escuchar todo.

En su lugar, usó la señal que habían discutido, y salpicó en un charco al lado de la calle, como alguien que hubiera tropezado y perdido el equilibrio.

Aurora no se volvió, pero giró bruscamente a la derecha, dirigiéndose a un pequeño restaurante en la esquina. Gregor, mirando hacia atrás a Rovo, la siguió. Y Rovo los siguió a ellos. No exactamente un trabajo de espionaje de alto nivel —cualquiera que estuviera observando, sin duda, encontraría extraño que tres personas seguidas hubieran entrado al mismo lugar. El personal del restaurante, a juzgar por sus miradas, ciertamente no los esperaba.

Cuando entró por la puerta, un artilugio de cristal bajo

un saliente cóncavo que desviaba el agua hacia los lados, Rovo vio a Aurora y Gregor compartiendo una mesa con espacio para más. Un poco sorprendente, pero Aurora atrapó su mirada y asintió hacia el asiento a su lado.

Abandonando por completo el juego del sigilo, entonces.

—¿Descifraste el código? —dijo Aurora, sin siquiera un atisbo de agradecimiento.

—Sí —dijo Rovo, deslizando la silla metálica contra el azulejo sellado y tomando asiento—. Algo los tiene alborotados.

—Nosotros —Gregor cogió el menú.

Un menú impreso de verdad. Rovo no había visto uno fuera de las películas. En todos los lugares donde había estado, incluidas las naves de DefenseCorp, simplemente proyectaban cosas en mesas o tabletas. Más fácil de cambiar, menos fabricación. Excepto, supuso, en un planeta tan divorciado de las cadenas de suministro que el papel y el plástico para laminar eran más fáciles de conseguir.

—¿Algo está llegando? —preguntó Aurora.

De hecho, había habido algo. Durante el corto tiempo desde el tropiezo hasta entrar en el restaurante, Rovo había escuchado más comentarios a través de las ondas. Después de la llamada para más jugadores, había habido una advertencia general de mantener las cosas bajo control, que no se había encontrado a los responsables del accidente en el puesto avanzado veintitrés.

—No es difícil adivinar que es donde estábamos —dijo Rovo.

—Esperábamos esto —dijo Aurora—. Estamos cerca de la señal del VIP ahora. Nos movemos rápido, no tendrán tiempo de atraparnos.

Tan rápido, que ni se molestaron en comer. Se levantaron a la señal de Aurora, salieron del restaurante, cruzaron la acera empapada y subieron directamente a uno de los tranvías de cable que se había detenido para dejar bajar a un par de personas empapadas.

Nadie se molestó en cobrar el pasaje al subir, y Rovo no vio ningún conductor. Todo automatizado. El interior del tranvía estaba abarrotado, con ventiladores de techo soplando sobre todos. El calor del día había arreciado, y las ventanas abiertas significaban que los ventiladores no hacían mucho para refrescar el ambiente. Pero Sever se movía.

Y habían sido notados.

El Bicho de Rovo captó más transmisiones. Una cafetería informaba de un extraño trío que entró por separado y salió rápidamente junto. Abordaron un tranvía de cable, todos con trajes de neopreno baratos.

¿Baratos? Rovo miró hacia abajo, comparando el suyo con los de los demás en el tranvía. Cierto, algunos trajes tenían fundas para muñequeras y otras computadoras, tenían emblemas o insignias resplandecientes a lo largo del pecho y las mangas, o se ajustaban mejor que su cosa apretada y chapoteante, pero ¿baratos?

—Nos han descubierto —susurró Rovo a Aurora, quien no parecía tan intimidante en su propio traje, hasta que lo miró.

—Lo sé —respondió Aurora—. Hay uno en este vagón. Tres personas atrás.

—¿Puedo mirar?

—No.

Rovo mantuvo la mirada al frente. La multitud mantenía al trío de Sever hacia la parte delantera del tranvía, y en la siguiente parada, dos cuadras después del restaurante, Aurora los arrastró fuera de nuevo. Los mantuvo en movimiento mientras pisaban la acera, murmurando de nuevo a Rovo que mantuviera la mirada al frente.

Cuando el tranvía se alejó, sus salpicaduras fueron reemplazadas por otras más pequeñas, siguiendo las suyas. Podría ser un peatón normal. Un ciudadano haciendo su día, tal vez yendo a almorzar temprano. O...

—Cortando —dijo Gregor, a la derecha de Rovo, y el hombre se agachó, como si hubiera tropezado.

Rovo miró, preguntándose, a tiempo para ver a un hombre uniformado que los seguía detenerse en seco en la acera. A diferencia de los guardias en el puesto avanzado, cuyo equipo de grado militar no se molestaba con logotipos corporativos, este tipo llevaba un grueso impermeable azul-negro y pantalones a juego. Un gran y extraño helix brillaba en blanco en su pecho.

—Rovo, corre —siseó Aurora, y ella salió disparada mientras Gregor se levantaba de su posición agachada, girándose y propinando un largo puñetazo directamente en la cara del hombre que los seguía.

Rovo se quedó boquiabierto mientras el hombre caía al suelo, con las extremidades desparramadas y completamente inconsciente. Entonces Aurora agarró el brazo de Rovo y lo arrastró consigo, corriendo a través de los charcos mientras el Bicho interceptaba un desastre tras otro.

[ 6 ]

EL VIP

La primera misión de Aurora con Sever Escuadrón, como la novata más reciente del equipo, había sido en la superficie calcinada de Pledea Cuatro. Había aterrizado junto con todo un contingente de DefenseCorp, pagado por intereses mineros corporativos que querían Pledea Cuatro despejada para sus máquinas.

¿Y qué querían despejar?

Los buscadores, las especies y humanos que habían llegado antes y encontrado los diamantes y gemas más duras bajo los flujos de lava azul. Los que habían declarado los reclamos como propios y que, legalmente hablando, tenían todo el derecho de conservarlos. Lo que esa misma chusma no tenía, sin embargo, era el derecho de declarar todo el planeta fuera de los límites de los intereses corporativos. Una vez que los buscadores comenzaron a sabotear las grandes máquinas y a envenenar a cualquier representante que viniera de visita, sus días estaban contados.

Aurora había oído que los buscadores habían ofrecido a DefenseCorp una parte de los metales que extraían, que se decía valían más que lo que DefenseCorp ganaría con esta limpieza. Pero no valía más que las relaciones, que una galaxia llena de contratos.

Así que Aurora, Sever Escuadrón y otros escuadrones habían irrumpido en los pueblos de los buscadores y, amenazando con fuerza letal, les habían pedido que se fueran. Excepto que no encontraron a nadie. Aurora, con el rifle de asalto levantado y listo, los escudos térmicos activados mientras deambulaba por el campamento mecánico improvisado designado por Sever, solo vio restos. Terminales abandonadas, algunos suministros, pero no pánico.

Los buscadores no habían huido. O, lo habían hecho, pero sin prisa. Las comidas no se habían dejado a medio comer para hornearse en la superficie de roca negra de Pledea Cuatro, bajo su cielo ceniciento, brillando con un resplandor azul espeluznante por las líneas de lava que marcaban su superficie.

Corrió la voz de que todos los campamentos estaban vacíos. DefenseCorp tenía el planeta bloqueado, así que los buscadores solo podían haber ido hacia abajo. Bajo tierra, hacia todo ese calor, a la fuente de su conflicto. El comandante de Aurora no había dudado: con su armadura, Sever podía soportar el calor, así que marcharon hacia la mina y descendieron.

Con gruesa roca a todos lados sostenida por vigas de acero fabricadas y luces amarillas alimentadas por energía geotérmica, los túneles de la mina no eran tan desagradables. Aunque, en comparación con los esfuerzos corporativos, Aurora encontraba los cables sueltos ocasionales y los soportes manchados inquietantes, el esfuerzo general parecía desacreditar la idea de que estos mineros eran descuidados, sucios y desorganizados.

A medida que se adentraban más, Sever pasó por puntos de descanso organizados, cámaras ahuecadas llenas de suministros y listas para proteger a los mineros en caso de que se filtrara lava o se rompiera algún gas. Profesional, de calidad. La vista hizo que Aurora se sintiera un poco enferma, un poco asustada.

Pero los novatos, según había dicho su comandante, necesitaban mantenerse callados y aprender. Así que Aurora no dijo nada, siguió al grupo con su rifle levantado, buscando a alguien a quien disparar.

Las comunicaciones a través de la superficie se apagaron y desaparecieron a medida que Sever se adentraba más, mientras los otros escuadrones descendían a sus propias minas. Aislados y sin contacto, el comandante de Sever finalmente reconoció, profundo y rodeado de roca, que la misión no había ido según lo planeado.

Mantén la cautela, mantente con vida.

El objetivo seguía siendo el mismo.

Seis metros separaban a Aurora del hombre que lideraba Sever Escuadrón, un tipo grande como Gregor que prefería los lanzadores explosivos. Se acercaban a otro ensanchamiento en el túnel cuando el líder se detuvo, levantó la mano para que el escuadrón hiciera lo mismo. Aurora cumplió con su papel de retaguardia y se dio la vuelta, iluminando con la luz de su rifle el túnel hacia atrás.

Las luces montadas de los buscadores se apagaron, y los trajes de Sever compensaron, las luces de los hombros y las rodillas se encendieron para dar una vista clara y refinada en blanco. Justo a tiempo para ver, oír los rumores que venían de arriba. Explosiones de bolsillo, detonando roca y derrumbando túneles.

Aurora se lanzó al suelo mientras los estruendos y explosiones continuaban, mientras su escuadrón gritaba por el canal de comunicación y las rocas los golpeaban. Un billón de toneladas iba a caer sobre sus espaldas.

*Corre.*

La orden llegó clara, aunque más tarde Aurora no estaría, no podría estar segura de que alguien en Sever la hubiera dicho realmente. Tal vez había sido su cuerpo, su mente diciéndole que quedarse sentada en la mina que se derrumbaba llevaría a una muerte rápida. Que tenía que moverse.

Apoyó los pies contra el suelo que se movía y empujó, se levantó y corrió hacia arriba mientras las rocas golpeaban y caían contra ella, empujándola hacia un lado o haciéndola tropezar. En algún momento del camino dejó caer su rifle para poder usar ambas manos, abriéndose paso a través de la oscura roca que caía.

Adelante, en lo que una vez había sido un tramo aburrido, el túnel parecía haber desaparecido. Un brillo azul brillante se elevaba, resplandeciendo de calor. Aurora se arrastró hasta el borde, miró hacia abajo a un amplio río de lava azul. Hermosa, muerte instantánea.

Mirando la brecha, el casco de Aurora calculó tres metros. Sus propulsores tomaron la energía cinética apropiada de las baterías de su traje, y Aurora saltó mientras su saliente se desmoronaba. Un soldado con traje como ella no estaba destinado a volar, pero aquí, en las profundidades de la superficie, voló. Lo suficientemente alto y lejos como para estrellarse contra el techo del túnel, raspándose contra él y rebotando de vuelta al suelo.

Aurora cavó los últimos metros hasta la superficie, siguiendo el destartalado rastro de vigas colapsadas y el cálculo de profundidad de su casco para regresar, para escapar. Pensaba que estaba sola, pero momentos después, desde su mismo agujero, otros dos miembros de Sever Escuadrón lo lograron, quedando los tres solos alrededor de la mina derrumbada, con lava azul elevándose a su alrededor.

DefenseCorp limpió el planeta desde la órbita después de eso. Borró los asentamientos, quemó las minas y entregó Pledea Cuatro a las corporaciones limpia y lista.

Aurora empezaba a esperar que lo mismo ocurriera aquí. Resbaló y se deslizó por la acera resbaladiza mientras corría con Rovo detrás de ella. En la siguiente intersección, Aurora giró bruscamente a la derecha, cada respiración se sentía como inhalar un pantano en la infernal humedad de Dynas. Una vez más, el agua fluía lejos de sus pies y salpicaba alrededor.

Cómo Dynas podía estar tan mojado sin lluvia alguna —el día parecía neblinoso, aunque lejos de la niebla asfixiante que había envuelto a Dynas fuera de la ciudad— dejaba a Aurora incrédula. Ahora entendía por qué todos los que pasaban por estas calles parecían deprimidos; incluso sin armas biológicas fuera de control como Felix, Dynas era miserable.

Un camino para escapar de esa miseria se alzaba a la derecha de Aurora mientras continuaba corriendo por la calle. Un letrero iluminado mostraba una botella, un plato y algo parecido a una hamburguesa. Con una rápida mirada hacia atrás para confirmar que Rovo aún la seguía, y que nadie lo seguía a él, Aurora se metió por la entrada refrigerada y antihumedad y luego dentro del bar propiamente dicho.

—¿Por qué aquí? —preguntó Rovo tan pronto como alcanzó a Aurora, quien se había detenido justo dentro de la entrada, recuperando el aliento—. Este no puede ser el mejor escondite.

—Es donde necesitamos estar —dijo Aurora.

Algunos otros compartían esa idea, ocupando mesas o lugares en la barra en un local que abrazaba la lejana ubicación de Dynas con aproximadamente cero decoraciones.

Docenas de pantallas salpicaban cada pared, sintonizadas en todo. Suficiente para volver loco a alguien no acostumbrado al caos. Al menos todas estaban silenciadas, así que el único ruido provenía de las conversaciones, de los llamados de la cocina diciendo que esto o aquello estaba listo. El desayuno tardío en pleno apogeo.

Aurora se centró en un solo hombre al final de la barra. Un tipo bajo y delgado, vestido con un poncho y bebiendo lo que parecía jugo de frutas y algo más fuerte, el hombre aún no había girado la cabeza hacia ellos.

—¿Es él? —Rovo siguió la mirada de Aurora.

—Ese es nuestro tipo —respondió Aurora—. Parece muy desesperado, ¿no?

—No realmente.

Exactamente, y Aurora odiaba las misiones sin sentido. Si este tipo había llamado a Sever solo porque se había aburrido de sus decisiones de vida, si había decidido que Dynas no era donde quería estar y, porque tenía el dinero, quería un boleto ardiente de salida, entonces Aurora compartiría algunas palabras duras. Algunos puños duros, también.

—Son ustedes, ¿verdad? —dijo el hombre, mirando hacia ellos mientras Aurora y Rovo tomaban asiento a su lado—. Recibí la confirmación de que vendrían. Cuando todos empezaron a enloquecer, asumí que habían llegado.

—Ya nos están persiguiendo —dijo Aurora—, y saben que estamos aquí.

—Por supuesto que lo saben —respondió el hombre—. Toda la ciudad escuchó sobre su entrada.

—No hacemos las cosas en silencio —dijo Aurora—. DefenseCorp nos envió porque pediste una extracción, y que habría resistencia.

—Y ha habido resistencia —añadió Rovo.

—Oye —llamó el hombre pasando por encima de Aurora y Rovo, al camarero—. ¿Podemos tener otra ronda? Tres más de lo que estoy tomando.

El camarero asintió en señal de que había escuchado.

—¿Qué estás tomando, y podemos tenerlo en algún lugar más seguro? —dijo Aurora—. Nos van a encontrar aquí.

—Por supuesto —respondió el hombre—. ¿Quizás su nave? ¿De camino fuera del mundo?

—No tenemos nave —dijo Aurora—. Necesitamos robar una.

El hombre se rió, un sonido amargo y desesperanzado, luego vació su primera bebida de un trago.

—Si no tienen nave, entonces todos estamos muertos. —El hombre alcanzó y palmeó un estuche cubierto de tela que Aurora no había notado que estaba sentado encima—. Verán, la gente que dirige este lugar quiere esto, y los matarán para conseguirlo. Me matarán a mí también, una vez que descubran que lo tengo.

—No me importa el porqué —dijo Aurora—. Nuestro trabajo es sacarte. Para hacer eso, necesito saber dos cosas: ¿tienes un lugar más seguro al que podamos ir, y tienes un nombre?

—¿Un nombre? Claro, es Kashmal. —El camarero dejó las tres bebidas junto a ellos, y Kashmal agarró la suya—. En cuanto a un lugar seguro, mi apartamento funciona. A nadie le importa un carajo sobre mí.

—Entonces vámonos —dijo Aurora, poniéndose de pie.

—Whoa, espera. —Kashmal hizo un gesto hacia las bebidas—. Beban. Luego los dejaré entrar antes de que me vaya.

—¿A dónde vas? —preguntó Rovo.

—A trabajar, obviamente. —Los dientes de Kashmal

brillaron mientras sonreía—. Hay que mantener las apariencias cuando estás robando a los jefes.

Aurora trató de pensar qué decir. Trató de conciliar por qué Sever había sido enviado a este planeta infernal, puesto en peligro, todo para ayudar a un ladrón borracho. ¿En qué estaban pensando Deepak y DefenseCorp al aceptar esto?

En su lugar, Aurora agarró su bebida, la levantó a sus labios y la bebió de un trago.

## 7

# CAPITÁN FELIZ

Sai había subido estas escaleras innumerables veces durante su infancia, siempre apuntando hacia la azotea y su vista sobre su ciudad natal, las verdes montañas en la distancia y el amplio cielo arriba. Ahora las bajaba corriendo, con su madre pisándole los talones, adelantándose a una multitud desesperada y a las voraces llamas que les seguían.

Las propias escaleras, pesados peldaños de color verde esmeralda, temblaban mientras las explosiones continuaban arriba y los ataques distantes golpeaban abajo. Un motín y una rebelión en pleno apogeo, arrastrando la civilización a las profundidades con ellos.

No es que a Sai le importaran demasiado esas cosas cuando poner un pie delante del otro significaba sobrevivir. Saltaba varios escalones a la vez, llegaba al siguiente rellano y rebotaba contra la pared, bajando zumbando por la siguiente escalera con una agilidad impulsada por el pánico.

—¡Sai! —La voz de su madre atravesó ese velo de concentración, despojándolo de su zen acrobático y provocando un tropiezo cuando Sai alcanzó el siguiente rellano.

Con la espalda contra la pared, mirando hacia arriba y respirando con dificultad, Sai vio a su madre, todavía llevando esa maldita katana, rodear el rellano sobre él, su pelo negro corto volando mientras la luz naranja se proyectaba hacia abajo. La ceniza caía a su alrededor, puntuada por ocasionales fragmentos más grandes. Otras familias empujaban y se abrían paso detrás de la madre de Sai, tropezando y cayendo o manteniéndose en pie y desesperadas. Gritos, alaridos, todo se mezclaba.

Mientras su madre descendía por la siguiente escalera, la multitud la alcanzó. Gente más rápida y frenética la empujó a un lado, y Sai observó cómo su madre levantaba la katana, sosteniéndola como un faro para evitar que la gente chocara con ella.

—¡Tómala! —gritó la madre de Sai, con una voz que no era más fuerte que el resto pero que Sai escuchó de todos modos, clara y potente.

Y aunque no lo hubiera hecho, cuando ella lanzó la katana a un lado, bajando otra escalera por delante de la gente, Sai habría entendido: Toma la espada y sigue adelante.

Bajó los escalones rápidamente, recogió la espada enfundada y siguió corriendo, utilizando el entrenamiento de su madre para mantener sus pies ágiles mientras la gente detrás de él se estrellaba y caía unos sobre otros.

Sai esperaría a su madre una docena de pisos más abajo, de vuelta en su apartamento. Aquel al que ya se había despedido una hora antes, cuando el universo solo parecía mayormente loco. Antes de que su padre fuera despedazado en un ataque con cohetes a su transporte hacia la seguridad.

No había tiempo para recuerdos ahora.

Sai siguió adelante, inhalando aire, manteniendo la espada equilibrada y saltando de un escalón al siguiente.

Cuando llegó a su piso, Sai irrumpió en el pasillo que conducía a su apartamento. Detrás de él, la multitud surgió pasando de largo, continuando su descenso hacia el fondo y la guerra que les esperaba allí.

Sai se detuvo en el pasillo y observó a la gente que pasaba en tropel, con la espada en sus brazos. Esperando, vigilando la llegada de su madre. El miedo, la excitación y los primeros toques del dolor inundaban cada nervio.

Su madre sobreviviría a esa multitud. Tenía que hacerlo.

El tiempo pasaba lento cuando tenías fuego consumiéndote por dentro. Sai no se movía, apenas respiraba mientras el virus que Anaskya le había inyectado se propagaba. En una camilla plana, sin sábanas y con la más mínima fracción de almohada, Sai alternaba entre cerrar los ojos y abrirlos cuando terribles sueños, desesperación y todo lo que les acompañaba amenazaban con llevarse su mente.

Sai miró fijamente la baldosa de acero gris y apartó la torre que caía, la multitud, la katana y todo lo que iba con ello. No era momento para recuerdos, para hundirse en ellos. Necesitaba concentrarse, entender qué estaba haciendo esta cosa a su cuerpo e intentar encontrar alguna forma de contrarrestarlo, o, al menos, ver qué podía hacer con ello. Si podía salir.

—Es hora de ponerse en marcha —dijo una voz alegre, y el rostro de un hombre con forma de luna apareció sobre la cabeza de Sai—. ¿Ya lo sientes por todo el cuerpo?

—Duele.

—Bien, eso hará. Por un tiempo. ¡Luego tal vez no! —El hombre sonrió, luego frunció el ceño—. Vamos, levántate. Es hora de irnos.

—¿Adónde? —Sai puso a prueba sus piernas, sus abdominales, sus brazos. Los músculos no estaban entusiasmados, pero podían moverse. Podían contraerse—. ¿Por qué?

—Nosotros hacemos las preguntas, tú proporcionas las respuestas —respondió el hombre, como si Sai hubiera preguntado qué recibiría por su cumpleaños—. Muévete, por favor. O te moveré yo, y no te gustará eso.

—Ya voy —gruñó Sai, luego se empujó hacia el borde de la camilla, el hombre grande haciendo espacio.

Moverse se sentía como deslizar un sólido por una piscina, siendo el sólido el virus y el cuerpo de Sai el agua que lo rodeaba. No de una manera nauseabunda, sino más bien como un gran radio caliente deslizándose por la sangre de Sai. Ponerse de pie envió el efecto hacia sus piernas y más abajo, mientras su pecho y brazos temblaban, sudando con la repentina ausencia de calor.

—¿Qué me está pasando? —dijo Sai—. La mujer no lo explicó.

El hombre luna abofeteó a Sai antes de que pudiera reaccionar, un golpe duro en la cara, seguido de una palmadita en la mejilla de Sai, una lección impartida a un niño.

—¡Sin preguntas! —gorjeó el hombre luna—. Ahora vamos. Fuera de la celda.

Salir de su celda significaba entrar en un amplio pasillo con curvas circulares en la distancia. A lo largo, cada pocos metros, la pared se convertía en cristal sólido con iconos proyectados que mostraban los signos vitales del cautivo, la temperatura y el porcentaje de oxígeno de la celda, y otros acrónimos y abreviaturas con gráficos rojos y verdes que Sai no entendía.

Las celdas también estaban escalonadas, por lo que Sai no podía ver directamente al otro lado hacia otra. Mientras caminaba detrás del hombre luna, cada paso mezclando rarezas alrededor de su cuerpo, Sai empezó a entender por qué: todo este proceso podría ser más fácil de soportar si no tuvieras que ver a alguien más degradarse.

Algunas celdas por las que pasaban estaban vacías, otras no tanto. Sai vio mujeres y hombres, adultos, que se parecían a él, acostados en sus camillas mirando al techo con evidente dolor. Otros caminaban, con movimientos vacilantes mientras miraban al suelo. Estos eran peores; a menudo tenían parches de piel de diferentes colores, o extraños crecimientos ocultos por grandes batas.

Ninguno levantó la mirada cuando pasaron.

Sai empezó a hacer otra pregunta, pero se contuvo. El hombre luna tarareaba una melodía, algo ligero que se repetía como un jingle publicitario. Más allá de eso, los únicos ruidos en el pasillo provenían de máquinas lejanas que seguían retumbando.

Sin ventanas. Sin obras de arte. Sin emoción en la piedra oscura y el acero.

Después de dos giros redondeados, el hombre luna condujo a Sai a un ascensor, uno más grande que la celda de Sai. Su guía señaló un punto más brillante en el suelo, donde la baldosa había sido pintada con un blanco áspero.

—Párate justo ahí y no muevas ni un músculo —dijo el hombre luna—. Vamos a dar un paseo y no quiero que te lastimes.

Sai logró arquear una ceja, pero se quedó callado y escuchó a su captor. Sus manos ansiaban la katana. Algo que sostener, que le diera agarre en este infierno surrealista en el que había entrado.

Su guía tecleó algo en una computadora de mano, y el suelo bajo Sai vibró muy ligeramente. Como si cayera en la arena más ligera, Sai se hundió un centímetro o dos, antes de que el blanco —aparentemente no solo pintura— se reformara. Sai intentó levantar los pies, solo para ver, y los encontró atrapados.

—Solo por seguridad —dijo el Capitán Feliz. Sai decidió que necesitaba darle un nombre al hombre o se volvería loco, y la voz del hombre luna le recordaba a un programa que sus hijos habían visto cuando eran más pequeños, antes de que Sai comenzara esta vida de saltar de planeta en planeta—. ¡Agárrate!

El ascensor se sacudió y descendieron, suave y rápido. El Capitán Feliz reanudó su canción durante el viaje, que pudo haber durado cinco minutos o cinco horas por lo que Sai sabía. El calor viral se extendió a su rostro, y se encontró en una batalla para evitar que sus párpados repentinamente pesados se cerraran, su boca se abriera.

El ascensor se detuvo y el Capitán Feliz condujo a Sai fuera y hacia una habitación amplia, una antecámara con otras puertas de cristal que conducían a quién sabe dónde. Esparcidas por el suelo, a intervalos regulares, había más baldosas blancas como la que había atrapado a Sai, y de la que, con los esfuerzos del Capitán Feliz, fue liberado en el ascensor.

La gente ya estaba de pie en varias de estas, luciendo tan delirantes como Sai se sentía. Sus manos descansaban en pequeños soportes, envueltas en cables y puños. Los soportes, de cristal puro menos una columna incrustada, proyectaban signos vitales en la parte superior para cada sujeto.

—Gracias —dijo Anaskya, acercándose desde un cautivo, al Capitán Feliz—. Trae al resto, por favor. Va bien.

—¿De uno en uno?

—De uno en uno. —Anaskya le dio a Sai su practicada sonrisa paciente—. Necesitaremos preparar a cada uno, y es más seguro de esta manera. Para todos nosotros.

El Capitán Feliz no objetó, giró sobre sus talones y volvió a su ascensor. Sai observó al hombre grande irse hasta que sintió la mano de Anaskya en su hombro, guiándolo hacia los parches blancos, los soportes, el siguiente paso.

—Te ves bastante bien —dijo Anaskya.

—No me siento así.

—Estoy segura, pero confía —Anaskya guió a Sai hacia adelante—. Estás en mucho mejor forma que la mayoría de nuestros sujetos. Considera a este de aquí. —Anaskya, sosteniendo ahora el brazo de Sai, asintió hacia un hombre mayor, cubierto de sudor, que parecía perdido en su propio mundo—. Trabajó con nosotros durante años. Tareas de escritorio, nada como el duro entrenamiento al que estás acostumbrado. Su cuerpo no puede aceptar el cambio.

—¿Qué —Sai se concentró en las palabras que quería decir, como si hablara a través de pegamento— te pasa?

Anaskya asintió, reanudó el movimiento.

—Se te debería haber dicho que no se permiten preguntas. Altera el estado de ánimo. Mi estado de ánimo, el de ellos. Todo el experimento está en riesgo si los sujetos cuestionan los motivos. Por favor, toma tu lugar.

Se habían detenido cerca de un lugar vacío, aunque ya se había colocado un soporte de cristal, esperando que alguien se pusiera sus puños, metiera sus dedos en sus ranuras de medición. Si Sai subía a ese podio, quedaría atrapado. Insertado en la siguiente fase sin ninguna respuesta.

Lo intentó. Sai puso todo el esfuerzo que tenía en sus manos, sus piernas para girarse y alcanzar a Anaskya, para tacklearla y tal vez arrebatarle una insignia, algo que pudiera sacarlo de aquí.

Excepto que sus músculos no respondían como solían hacerlo. Sai no entró en acción de golpe, como lo había hecho cientos, miles de veces antes. En su lugar, se giró a medias, y lo hizo con tanta lentitud que Anaskya tuvo tiempo de reír y dar un paso atrás. Dejó que Sai completara su rotación, luego extendió la mano y lo guió, mientras Sai intentaba una y otra vez y luchaba por resistirse, a su posición.

—No te preocupes —dijo Anaskya mientras sacaba su pequeña computadora—. Tu fuerza volverá. El virus tiene que hacer su magia primero.

Sai sintió que Anaskya sujetaba sus dedos, sus brazos en los puños. Realizó cada movimiento con suavidad, como si Sai fuera una escultura de porcelana propensa a romperse. Y para cuando terminó, con la fiebre consumiéndolo, Sai no pudo hacer nada más que caer en sus agitadas pesadillas.

## 8

## NO ESTÁS SOLO

Aurora dio la señal mientras salían del teleférico. Tres toques con un solo dedo contra su muslo cubierto por el traje de neopreno y Gregor supo qué hacer. Sever Escuadrón tenía estas señales silenciosas preparadas para emboscadas, para misiones donde las comunicaciones vocales podían ser interceptadas. Esta en particular, de corte, había sido diseñada para usarse con la armadura puesta, para un giro rápido y un golpe con el martillo o una ráfaga con el rifle.

Sin ninguno de los dos, empapado dentro del ajustado traje de neopreno, Gregor utilizó las armas que siempre tenía disponibles. Aunque resbaló un poco al girar en la acera mojada, su objetivo no pudo conseguir tracción para esquivar, así que Gregor lo derribó con un potente gancho.

Y ahora Gregor corría. Cruzó la calle inclinada —un desafío en sí mismo con la superficie resbaladiza— hacia la izquierda y lejos de Rovo y Aurora. Todo el propósito del corte era atraer la atención lejos de los otros miembros de Sever, permitiéndoles preparar una emboscada inversa. Al menos, eso es lo que Gregor esperaba que estuviera sucediendo; sin sus armaduras, Gregor, Aurora y Rovo no tenían forma de comunicarse entre sí a distancia.

Al doblar la intersección, la misma donde habían abandonado el teleférico, Gregor giró a la derecha y siguió adelante, esquivando a la gente y notando el cambio gradual en los edificios, de una zona residencial concentrada, con restaurantes y recreación, a entidades con etiquetas corporativas. A diferencia de la mayoría de las ciudades, sin embargo, todas estas ventanas tenían el mismo logotipo en la esquina, esa hélice giratoria.

Correr a través del núcleo enemigo no parecía inteligente, así que Gregor redujo la velocidad, atrayendo miradas de los transeúntes pero sin consecuencias. Típico de un lugar temeroso y desesperado; todos tenían demasiados problemas como para asumir uno más. Caminando y secándose el sudor, Gregor intentó seguir en línea recta. Idealmente, cualquier persecución caería detrás de él, y luego Rovo y Aurora caerían detrás de *ellos* y se encargarían del enemigo.

Pero Gregor no veía a sus compañeros de escuadrón. Tampoco veía a ningún enemigo. Las calles mojadas no estaban abarrotadas de multitudes, pero la hora debía estar acercándose al almuerzo, porque todas estas puertas de oficinas se estaban deslizando para abrirse y expulsar a personas parloteantes y sombrías.

Dos opciones, entonces. O volver atrás, intentar seguir los pasos de Aurora y averiguar adónde había ido, o seguir adelante y esperar que aparecieran tarde o temprano. Volver atrás arriesgaba ser encontrado de nuevo, pero seguir adelante lo pondría en la misma situación que Sai y Eponi: aislado y solo en territorio enemigo.

—No dejes de caminar —las palabras susurradas llegaron a los oídos de Gregor desde atrás, y en la ventana a su izquierda, vio a una mujer que acababa de salir de su edificio.

Llevando un poncho de plástico transparente, parecía tan ridícula como todos los demás en la calle, y parecía tener la mitad del tamaño de Gregor, pero se mantuvo cerca de sus talones, con una mano desapareciendo en un bolsillo.

Podría ser un farol. Sin embargo, sin armadura, desafiar a la mujer sería arriesgado, y quién sabe cuántos aliados tendría entre la gente empapada que pasaba. Gregor podía pelear con los mejores, pero incluso él podría tener dificultades para noquear a unas docenas en la calle resbaladiza.

Así que caminó. Un pie delante del otro. No dijo una palabra, porque dudaba que la mujer lo escuchara sin que Gregor hablara lo suficientemente alto como para que se oyera entre la multitud.

Después de una cuadra, ella le dijo a Gregor que girara a la izquierda. Después de otra, a la derecha. Luego recto durante dos más, antes de que terminaran en un lugar que Gregor no esperaba ver, no esperaba que existiera.

Un edificio de DefenseCorp. Justo aquí, el logo de DC emparejado con el de la hélice en un esfuerzo unido. La mujer guió a Gregor directamente a la entrada, cerrada desde el exterior.

—No hagas ningún movimiento —dijo la mujer, luego se adelantó a Gregor y pasó su dispositivo portátil por la puerta—. Entra.

Completamente confundido, Gregor siguió las instrucciones. Por lo que sabía ahora, esta mujer podría ser su jefa. Podría estar más arriba en la escala jerárquica que Aurora, capaz de despedirlo allí mismo. No es que estar empleado le estuviera haciendo mucho bien a Gregor en este planeta, pero añadir ansiedad laboral a lo que se había convertido en una misión desastrosa no ayudaría en nada.

Dentro, Gregor se dio cuenta de que esto no era una oficina de negocios. No un espacio de enlace, donde DefenseCorp pudiera firmar acuerdos y realizar trabajo administrativo.

Cajas apiladas, todas cerradas, yacían alrededor del amplio espacio de entrada. Mesas de plástico gris barato llenaban el resto, cubiertas de equipo activo. Puertas, cerradas con esos escáneres negros, dividían las paredes, sin duda llevando a más salas de almacenamiento. Varios puntos colgaban del techo, dispositivos que podían rastrear los movimientos de Gregor y, bajo comando, disparar pequeños y letales rayos de energía.

Gregor había visto arsenales como este antes. Dejados en lugares donde DefenseCorp veía una ventaja de beneficio en tener suministros listos para usar. Si, por ejemplo, las misiones iban a ser comunes. Si un planeta era un desastre violento.

Como Dynas.

—No se supone que estés aquí —dijo la mujer, rodeando a Gregor. Antes de quitarse el poncho, presionó algo en su dispositivo portátil que oscureció las ventanas y cerró la puerta principal—. ¿Quién te envió?

—¿Quién me envió? —dijo Gregor, aún recorriendo con la mirada los suministros. Sin armadura. O bien eso justificaba su propia habitación, o este arsenal pertenecía a una división diferente de DefenseCorp—. ¿Por qué estás tú aquí?

—Negocios —respondió la mujer, doblando su poncho y colocándolo en una mesa cercana.

Sin el poncho, la mujer revelaba cómo debía ser vivir y trabajar en Dynas a largo plazo. Llevaba el pelo oscuro corto, su piel más oscura suave y arrugada, aunque Gregor no la consideraría tan mayor. Probablemente debido a la intensa humedad. Debajo del poncho, vestía ropa deportiva agresiva, como la que Gregor y los demás usaban entre misiones en el espacio, excepto que este conjunto mostraba desgastes y manchas por el uso intensivo.

—Yo también —respondió Gregor.

—¿En serio? —dijo la mujer, cruzando los brazos—. Porque pensaba que solo estabas aquí para hacer ruido. Agitar a la gente. Meterme en problemas.

Gregor imitó su postura. Si ella quería confrontación, Gregor podía dársela.

—Vinimos porque nos lo pidieron —dijo Gregor—. ¿Qué se suponía que debíamos hacer cuando esta gente intentó matarnos? No nos advirtieron.

—Porque no sabía que venían.

—No es mi culpa.

La mujer sacudió la cabeza, se dio la vuelta y, haciendo un gesto a Gregor para que la siguiera, pasó por delante de los armarios de armas hacia la puerta del centro-fondo y la escaneó para abrirla. Detrás de la imponente barrera había... ¿un hogar?

Después de pasar tanto tiempo en el *Nautilus*, surcando las estrellas entre breves despliegues en planetoides llenos de acción, Gregor casi había olvidado cómo era tener un lugar a largo plazo más grande que un dormitorio.

Aquí, con una escalera blanca que conducía a un altillo, había un pequeño apartamento. Una cocineta se ubicaba a un lado, con una diminuta mesa para dos debajo de las escaleras y, más atrás, una sala de estar bastante acogedora dominada por un deshumidificador zumbante. Uno que, por su exterior colorido, había sido pintado.

De hecho, había pintura por todas partes; en lienzos enmarcados en las paredes, en las paredes mismas, en el suelo de baldosas y en el techo. Algunos parches parecían estar aún en progreso, otros parecían estar siendo pintados encima, y no por primera vez.

—Entra aquí —dijo la mujer—. No quiero que nadie más entre y te vea. No hasta que sepa si debes estar muerto o vivo.

—Si voy a entrar en tu casa, debería saber tu nombre —dijo Gregor—. Yo soy Gregor, ¿y tú eres?

—Lani funciona —dijo la mujer—. Y no estoy bromeando. Entra.

Gregor se arriesgó a mirar hacia atrás, preguntándose si algún enemigo había provocado la urgencia de Lani. Nada había entrado en el vestíbulo, nadie estaba intentando abrir la puerta, pero Lani tenía una expresión de lucha en su rostro, así que Gregor obedeció y entró, con botas mojadas y todo, en su apartamento.

Después de cerrar y asegurar la puerta con cerraduras digitales y manuales, Lani ordenó a Gregor que se quitara las botas, luego que se dirigiera al sofá, manteniendo las manos donde ella pudiera verlas todo el tiempo.

Luego le ofreció algo de agua.

—Siento que nunca tendré sed aquí —dijo Gregor.

—Sí, todo eso está en el exterior. Aun así tienes que mantenerte hidratado. —Lani sacó dos vasos de un armario, los llenó del mismo grifo, le dio uno a Gregor y tomó un largo trago del otro—. Hay un millón de formas de morir en este maldito mundo. Sería bastante estúpido si dejaras que el agua fuera una de ellas.

—No te equivocas.

—Así que cuéntame tu historia —dijo Lani—. Y que sea buena, porque no quiero matarte mientras estás en mi sofá. Esos cojines son buenos.

Los cojines, bronceados y suaves, eran definitivamente de alta calidad, y Gregor respetaba la artesanía sólida, así que le contó a Lani lo esencial sobre por qué Sever Escuadrón había venido a Dynas. La llamada, la interceptación del aterrizaje y el tranvía hacia el pueblo. Nada sobre Felix, nada sobre la desaparición de Sai y Eponi.

Lani no parecía ser el enemigo, pero confiar en alguien fuera de Sever Escuadrón era una mala jugada.

—¿Lo has visto, entonces? —preguntó Lani cuando Gregor terminó.

—¿Ver qué?

—Lo que están haciendo aquí. Con los virus.

Felix, mayormente cubierto de moho, y sus esclavos volvieron a su mente. El salto de Gregor a la biomasa para salvar a Rovo. La sensación persistente de que dejar el puesto avanzado sin quemar había sido una mala elección.

—Lo vi.

—Entonces sabes por qué estamos aquí —dijo Lani.

—¿Para destruirlo?

—Para observarlo —respondió Lani—. Muchas compañías están interesadas en Dynas, en lo que tienen en marcha aquí. Si lo hacen bien, dicen que los humanos no tendrán que terraformar un planeta antes de tomarlo. Solo elegir a las personas adecuadas para enviar. Qué futuro tan perfecto.

Gregor asimiló eso con calma. Dynas no había sido la primera misión de DefenseCorp que había emprendido con matices de ingeniería genética. Todas ellas habían terminado en demoliciones incendiarias, y dado lo que Gregor ya había visto, apostaba a que DefenseCorp enviaría una flota de limpieza a Dynas poco después de que esta misión terminara.

—Están fracasando —dijo Gregor—. Lo que vimos era una enfermedad, no una mejora.

—Como todos los demás —dijo Lani, frunciendo el ceño

—. Antes, Helix nos informaba cuando las cosas fallaban. Nos dejaba limpiar. Ahora no están siendo tan amables. Creo que saben que se les acaba el tiempo.

—¿Debido a nuestra misión?

—¿Estás ciego, hombre? —Lani hizo un gesto hacia su puerta—. ¿Ves a esa gente ahí fuera? Nadie cree en esto ya. Nadie quiere estar en esta roca húmeda. Helix necesita un avance, o todos van a renunciar, y no puedes obligar a tanta gente a guardar silencio.

—Si todo esto es cierto, y se supone que ustedes están vigilándolos, entonces ¿por qué me encontraste? —preguntó Gregor.

No había pensado que Lani pudiera fruncir más el ceño, que sus ojos pudieran mostrar aún más enojo, pero Gregor se había equivocado.

—Porque nos están dejando atrás —dijo Lani—. Helix no nos está dando información, y han estado reforzando la seguridad. DefenseCorp acaba de darnos nuevas órdenes, y tú vas a ayudarme a llevarlas a cabo.

—¿Por qué haría eso?

—Porque, si lo haces, me aseguraré de que tu escuadrón saque su nave de esta maldita roca.

## 9

## RECLUTADA

El desayuno como rehén resultó ser bastante bueno; aunque más tarde de lo habitual para su rutina de huevos y tostadas, Eponi decidió que el tiempo no tenía sentido ya que no tenía control sobre cómo emplearlo. Ben pasó toda la comida parloteando frente a ella, haciendo alguna pregunta ocasional sobre los circuitos de carreras antes de sumergirse en otro largo monólogo sobre cómo, si le hubieran permitido diseñar las naves de carreras, Eponi nunca se habría estrellado. Nadie lo haría, y las cosas serían mucho mejores.

Mientras Ben se sumergía en su propio ego, Eponi paseaba la mirada por la cafetería, un espacio lo suficientemente grande para varios cientos de personas y que albergaba esa cantidad, pero demasiado silencioso para ese número. Los comedores de DefenseCorp que Eponi había experimentado estaban llenos de soldados fanfarrones, ejecutivos parlanchines y contadores bromistas. La gente estaría jugando en las mesas o trazando estrategias para la próxima carrera de simulador. Aquí, incluso cuando las personas se sentaban frente a frente, la expresión predeterminada parecía ser la mirada vacía, la mirada perdida en la nada.

A lo largo de las paredes de la cafetería y salpicados por los pasillos de la torre había carteles dibujados en estilos de arte vintage que representaban milagros aún por realizar por Helix. La mayoría mostraba planetas o asteroides recibiendo una transformación humana, pero sin los engorrosos trajes y naves de apoyo necesarios para la colonización. Tonos suaves y ambientales sonaban a través de un sistema de altavoces, interrumpidos por anuncios que dirigían a fulano a tal o cual lugar. Sistemas de baja tecnología —DefenseCorp enviaría cualquier orden directamente a tu dispositivo—, pero dado el extraño estatus aquí, tal vez eso era con lo que Helix tenía que trabajar.

Después de la comida, Eponi no sabía qué esperar. ¿Tendría Ben un itinerario de traidor? ¿Una lista que recorrer antes de dejar atrás a sus amigos?

Suponiendo que Ben tuviera alguno.

—Vamos a las bahías —dijo Ben cuando Eponi preguntó—. Ya has visto una.

Soltó esto último con un guiño que hizo que Eponi quisiera vomitar.

—¿Para qué vamos allí? —intentó Eponi mientras volvían a los ascensores.

—¿Por qué llevaríamos a una piloto a las naves? —respondió Ben—. No tengo idea, Eponi. Ni idea.

Ella quería responder al sarcasmo, decir que entendía perfectamente lo que había en las bahías, pedazo de basura, pero que no tenía sentido poner a un enemigo en una nave que podría hacer daño a tantos. Eponi ya había estrellado una nave pequeña para dejar huella; una lanzadera grande solo haría algo peor.

—Entonces, ¿cuándo decidiste por primera vez ser

piloto de carreras? —preguntó Ben mientras esperaban el ascensor. Chupaba algo que parecía una piruleta, pero Eponi sospechaba que el aspecto blanco y esponjoso, decididamente no de caramelo, significaba que el dulce hacía algo completamente distinto.

—¿Cuándo elige alguien una pasión? —dijo Eponi—. Cuando era niña.

—Sí, sí, pero me refiero a, ¿cuándo realmente te lanzaste a por ello?

—Cuando tuve la oportunidad —dijo Eponi.

Había personas a las que no le importaría contar su historia de vida. Como, por ejemplo, cualquiera de los medios de comunicación que cubrían el circuito de carreras y sus pilotos. No quería darle nada a Ben, quien continuaba llenando todos sus sentidos con alarmas espeluznantes. Ni un alma en la cafetería había venido a hablar con él, nadie le había saludado mientras caminaban, y el hombre había mantenido su sonrisa tonta todo el tiempo.

Eponi había visto películas. Este tipo cumplía con todas las señales de advertencia.

Al menos captó la indirecta y se mantuvo callado hasta que el ascensor los llevó a la bahía de aterrizaje. A diferencia de aquella en la que Eponi había estrellado la nave pequeña, este piso parecía intacto. También parecía estar libre de naves pequeñas, destinado a transportes más grandes. Las naves que llevarían mercancías hacia las estrellas y de vuelta.

Varias llenaban la bahía en ese momento, todas ellas cargueros ovalados de doble motor del mismo tipo, construidos para cortos saltos en el sistema y viajes más largos limitados. Dado el aparente deseo de Helix de mantener su secreto, Eponi no se sorprendió de ver este tipo de nave aquí: difícil escapar si no hay nada capaz de hacerlo alrededor.

Si la cafetería había sido sombría y letárgica, aquí, al menos, la gente se movía con propósito. Guiaban drones de carga a través del suelo pintado de negro bajo amplias luces blancas entre las gigantescas aberturas en los costados de la torre, mantenidas algo protegidas gracias a esa misma nano-red microscópica que ocultaba la ciudad. Una nave estaba siendo cargada, cada caja transportada con cuidado en contenedores de alta calidad forrados de plata.

—Están enviando material sensible —dijo Eponi al salir del ascensor.

—¿No sabes lo que estamos haciendo aquí? —respondió Ben—. Todo es médico, todo genético. Por supuesto que es sensible.

—Perdona, olvidé mencionar que no me importa.

Sí le importaba, pero fingir desinterés para evitar que Ben hablara era casi la única carta que Eponi aún podía jugar. No es que funcionara.

—No te preocupes, te lo contaré todo de todos modos. —Ben señaló hacia la lanzadera que estaban cargando—. Esa es la nuestra.

—¿La nuestra?

—Sí. Vamos a hacer una entrega hoy. Clientes que recogen un pedido.

¿Un pedido de qué? ¿Un virus que está haciendo que la gente se convierta en esos monstruos contra los que Sai tuvo que luchar? ¿Que hizo que sus propios científicos se volvieran locos en los baños? ¿Quién compraría eso?

Demasiadas preguntas, muy pocas respuestas, y Eponi sospechaba que Ben no daría estas últimas. Aun así, lo siguió hasta la lanzadera, subió la rampa y entró en los estrechos cuartos habitables.

A diferencia de la nave de descenso, diseñada para el transporte de armadura pesada, esta lanzadera estaba pensada para la carga. Un pequeño espacio para la tripulación, el máximo para el flete, el espacio habitable de la nave condensado en tres habitaciones llenas de literas, un único espacio circular de recreación con un fabricador de comidas prefabricadas, y luego el rápido pasillo hacia la cabina. Sin adornos, sin lujos, solo enfoque.

Ben no se molestó en hacer un recorrido y Eponi no lo pidió. Había visto estos modelos antes, aunque DefenseCorp generalmente prescindía de naves pacíficas y blandengues. No eran lo suficientemente agresivas, ni lo suficientemente diversas en sus aplicaciones. Si no se le podían acoplar una docena de torretas, DefenseCorp decía, entonces ¿para qué molestarse?

La cabina, sin embargo, era un reflejo de la de la nave de descenso. Distribución estándar para dos pilotos, con palancas de vuelo y pantallas cubriendo cada superficie excepto el techo, donde palancas manuales para cada sistema respaldaban sus contrapartes en pantalla. La redundancia significaba supervivencia en el espacio y cuando Ben tomó el asiento del copiloto, indicando a Eponi que se deslizara en el puesto principal, ella se preguntó si realmente tenía la intención de respaldarla. Si realmente pretendía que Eponi pilotara.

—¿Qué estamos haciendo aquí? —dijo Eponi—. ¿Por qué estoy en este asiento?

—Porque, y esta es la verdad Eponi —Ben negó con la cabeza de manera tan exagerada que cualquier sinceridad se esfumó—, no quedan suficientes pilotos aquí. Hemos perdido a muchos. O toman una de estas naves y simplemente huyen, o, bueno, accidentes.

—¿Qué tipo de accidentes?

—De los que no vamos a tener —Ben asintió hacia la ventana frontal, donde otra carga de contenedores se dirigía hacia la bahía trasera de la lanzadera—. Hemos aprendido mucho sobre el transporte de este material, asegurándonos de que no se suelte en el vacío. Ahora todo está perfectamente bien.

—¿Intentas tranquilizarme a mí o a ti mismo?

Ben se rio, lo que no hizo nada por Eponi. Aunque no importaba lo que Ben dijera. El hombre parecía que realmente iba a pedirle que pilotara una lanzadera, lo que significaba que Eponi tendría las manos en una nave. Una forma de salir de este planeta, de alejarse de él para siempre.

Había abandonado a Sever Escuadrón. Había salvado a Sai y lo había entregado. Por lo que sabía, Aurora y los demás podrían estar ya muertos. Esa base estaba repleta de guardias de Golpe en Helix. ¿Aurora, Gregor y un novato? No eran buenas probabilidades.

—Así que esa es la historia —dijo Ben—. Vamos a subir, encontrarnos con un socio y entregar los contenedores. Si lo haces bien en esta, adivina qué, confiamos un poco más en ti. Sé que parece desesperado, dado que trabajabas para el enemigo hace un día, pero oye, todos estamos desesperados por aquí.

—Aún parece una locura.

Ben sonrió, luego se movió un poco, se destapó la camisa con la mano, levantando el dobladillo lo suficiente para mostrar la empuñadura sobresaliente de un microláser.

—Eponi, vivimos en tiempos de locura. Vas a hacer lo que yo diga, o te dispararé e intentaré de nuevo otro día —dijo Ben—. Van a terminar de cargar, recibiremos la autorización, y luego harás una gran entrega. Fácil y sencillo.

Eponi puso los ojos en blanco, un gesto que, por una vez, pareció desconcertar a Ben.

—Si supieras cuántas veces me han puesto armas en la cara —respondió Eponi—. ¿Quieres que pilote esta nave? Bien. ¿Quieres entregar tu enfermedad a alguien? Genial. Lo que sea. No estoy aquí para ser una heroína. Estoy aquí por el dinero. Estoy aquí para vivir. Así que guarda tu láser y terminemos con esto.

## 10

## SECRETOS SUCIOS

Para cuando Kashmal terminó sus presentaciones durante la segunda ronda, para cuando había terminado de explicar qué desastres estaban ocurriendo en Dynas, Rovo empezó a sentir como si hubieran entrado en un chiste: ¿qué obtienes cuando dos soldados y un ingeniero genético entran en un bar?

Una crisis interestelar.

Así que el remate necesitaba algo de trabajo. Rovo jugaba con ello mientras Kashmal los guiaba desde el bar y, con un ligero tambaleo en su andar, de vuelta a su apartamento en un edificio alto a dos manzanas de distancia. Aunque Rovo no podía notarlo por los constantes tonos ocre en el cielo y la húmeda ciudad, el reloj de su computadora de muñeca le indicaba que el tiempo se había deslizado hacia la tarde.

Aunque DefenseCorp no le había dado a Sever Escuadrón ningún calendario para esta misión —fácil de hacer cuando Sever tenía que encontrar su propio transporte fuera del planeta—, una conclusión exitosa tendía a ser menos probable cuanto más tiempo pasara. Especialmente porque el enemigo sabía que Sever había logrado entrar en la ciudad.

Aunque el truco de Gregor había cumplido su cometido. El Bicho mantenía a Rovo informado sobre la vigilancia de la ciudad y los diversos fragmentos enviados por fuerzas más secretas, y ninguno tenía buenas pistas sobre las ubicaciones de Sever. Parecía que había suficientes problemas en la ciudad, como una gran protesta en la entrada principal de la torre. Había ojos vigilando, pero entre las multitudes en trajes húmedos que se movían, Sever pasaba desapercibido.

El edificio de Kashmal carecía de los lujos que Rovo podría haber esperado de alguien involucrado en la creación de la próxima versión de la humanidad. Ladrillos negros se elevaban diez pisos antes de terminar en un saliente metálico que hacía caer la humedad por los costados en una continua y delgada cascada. Kashmal, con su maleta en una mano y una tarjeta de identificación como la que Rovo había robado —y aún tenía en el bolsillo de su traje húmedo — en la otra, los hizo entrar con un pitido.

—No actúen como si no estuvieran impresionados —dijo Kashmal mientras entraban a un vestíbulo lleno de buzones, azulejos verdes mugrientos y nada más.

—Eso no será un problema —respondió Aurora.

Un ascensor goteante llevó al trío hasta el octavo piso, y Kashmal los guió hasta su apartamento, uno en la esquina. Si un apartamento en la esquina significaba algo en Dynas, Rovo no tenía idea.

Sin embargo, al abrir la puerta de su apartamento, Kashmal demostró que no podía permitirse una higiene básica. Restos de comida de orígenes desconocidos y múltiples se hicieron notar en una ola sofocante que hizo que Rovo volviera al pasillo para tomar una última bocanada de aire húmedo antes de descender al brutal invernadero de Kashmal.

—Ah, anoche —dijo Kashmal mientras deambulaba por su propio lugar, echando basura al azar en un cubo que había recogido junto a la puerta—. Las cosas no estaban muy bien, y todo se pudre tan rápido en este maldito planeta.

—¿Las cosas no estaban muy bien? —dijo Rovo, observando la desesperada situación de alguien que hacía mucho tiempo había renunciado a las cosas higiénicas en la vida—. ¿Qué pasó?

Más allá de los envoltorios dispersos y los restos de comida, el apartamento se iluminaba poco a poco mientras Aurora, esquivando a Kashmal, comenzaba a subir las pesadas persianas y a abrir las ventanas. Un mal movimiento para el secreto, pero necesario para la supervivencia.

Una sala de estar, una cocina, un corto pasillo hacia un baño y, según Kashmal, dos dormitorios bastaban para el diseño. Nada había llegado a las paredes, excepto manchas de colores extraños aquí y allá. Rovo tocó una, su dedo se alejó húmedo, y frunció el ceño. El moho, en un planeta como Dynas, parecía una inevitabilidad, pero eso no significaba que a Rovo tuviera que gustarle.

Mientras Aurora comenzaba a interrogar a Kashmal, hizo una señal a Rovo detrás de la espalda de Kashmal, un simple gesto de dos dedos apuntando al suelo. Da una vuelta, decía Aurora, y hazlo en silencio. Un solo dedo habría hecho que Rovo derribara puertas y se preparara para una pelea.

Desde la cocina, un asunto lamentable con una pequeña nevera y dos máquinas de preparación de alimentos sobre una encimera gris sucia, Rovo se dirigió al pasillo. Echó un vistazo al baño, que parecía utilizable. Rovo miró largamente el armario sobre el lavabo del baño, preguntándose cuántas pastillas podría encontrar allí. Sin embargo, su reticencia a tocar cualquier cosa en el maldito apartamento sucio mantuvo sus manos a los costados.

Hacia el fondo, el pasillo terminaba con dos puertas. Una abierta a lo que parecía ser el desordenado dormitorio de Kashmal. Al menos esa ventana tenía las persianas subidas, dando algo de luz a la cama cubierta con sábanas. La puerta de la otra habitación estaba cerrada, con un pomo de estilo antiguo con combinación de llave física mirando a Rovo.

¿Cuánto tiempo había pasado desde que Rovo había visto una cerradura así? Ahora todos funcionaban con cerraduras electrónicas, la ligera disminución en la seguridad conquistada por la conveniencia de tener siempre la llave "correcta" en el bolsillo, en tu computadora, lista para usar.

Rovo miró hacia atrás por el pasillo, no vio a nadie viniendo a revisarlo, luego extendió la mano y tocó el pomo de la puerta. Intentó girarlo, muy ligeramente, y el movimiento se detuvo en seco. Cerrado, entonces. Rovo intentó girar el pomo en la otra dirección, solo para estar seguro.

También atascado allí.

Espera.

Rovo giró el pomo de vuelta a su rango cerrado. Sintió el temblor de nuevo. Esta vez, cuando giró el pomo hacia la izquierda, el temblor comenzó inmediatamente. No frenético, pero como alguien, algo diciendo hola. Comunicándose a través del metal.

Rovo retrocedió, soltó el pomo. Miró fijamente la puerta. Podría hablar, preguntar si había algo allí, pero eso rompería las reglas de inspección silenciosa de Aurora. La curiosidad podía llevar a Rovo muy lejos, pero cruzar a su comandante en una misión que ya se había desviado tanto estaba fuera de los límites para el novato, así que se dio la vuelta y regresó a la sala de estar.

—Así que si te entiendo bien —estaba diciendo Aurora cuando Rovo regresó—. ¿Quieres ir a trabajar, aunque estemos aquí para rescatarte?

—No veo ningún rescate aquí —Kashmal se apoyó en su mostrador mientras Aurora permanecía de pie—. Lo que veo son dos mercenarios en trajes de buceo, sin armas ni naves. Yo tengo lo que necesito en esta maleta, pero ustedes no tienen lista su parte. Hasta que eso suceda, tengo que mantener las apariencias. Trabajo que hacer.

—¿Y se supone que nosotros hagamos qué, entonces?

—¿Su trabajo, tal vez? —dijo Kashmal—. Le estoy pagando a DefenseCorp por un rescate, no por la oportunidad de hacer de niñera. Apenas pasó el almuerzo. Volveré aquí esta noche. Consigan su nave, encuéntrenme aquí o envíenme un mensaje.

Aurora puso los ojos en blanco mirando a Rovo mientras Kashmal se disponía a ponerse de nuevo su propio poncho. Rovo le mostró tres dedos, indicando una búsqueda exitosa que encontró algo interesante. Cuatro habría significado crítico para la misión, cinco; peligroso.

—Kashmal —dijo Aurora, manteniendo los ojos en Rovo—. ¿Dónde trabajas?

—En la torre de Helix —respondió Kashmal, poniéndose las botas—. Es donde va cualquiera que trabaje en la parte genética. Así pueden mantenernos vigilados.

—Entonces voy contigo.

—Oh, ¿ese es tu gran plan? —Kashmal se rio—. ¿Caminar directamente hacia el enemigo y entrar como si nada? Te matarán, y luego me torturarán a mí.

—Eso no sucederá —replicó Aurora—. Estaremos bien.

No entraré contigo, solo me acercarás lo suficiente para que yo me encargue del resto.

—¿Y qué hay de tu amigo aquí? ¿Se unirá a nuestra mutua destrucción?

—Me quedo —dijo Rovo, adivinando la jugada de Aurora—. Dijiste que tu material está en esa maleta, ¿no? Entonces tiene sentido protegerlo.

Kashmal, por primera vez, pareció inseguro. Ninguna respuesta rápida acudió a sus labios, y en su lugar lanzó una mirada nerviosa hacia Aurora, como si esperara que la comandante anulara a su camarada y mantuviera al trío unido. Cuando Aurora asintió, Kashmal frunció el ceño con fuerza.

—¿Están seguros de que es el mejor curso de acción? —Kashmal encontró sus palabras—. Mi apartamento es muy seguro. Nadie sospecha de él.

—¿Porque es demasiado asqueroso como para molestarse en registrarlo? —dijo Rovo.

—¡Tal vez! —dijo Kashmal—. Pero intenta mantener un lugar limpio en Dynas. Todo este mundo es podredumbre.

Al ver que ninguno de los Sever cedía, Kashmal se desinfló, cedió, y entre algunas protestas sobre no hurgar en sus cosas, el VIP condujo a Aurora fuera del apartamento y se fueron.

Rovo contó hasta cincuenta, esperó a que Kashmal volviera irrumpiendo reclamando haber olvidado algo, pero el hombre nunca apareció. Aurora tampoco. Rovo, el novato, estaba completamente solo en un mundo hostil, en una ciudad hostil, con un apartamento, francamente, hostil a su alrededor.

—Hora de averiguar qué tan hostil —murmuró Rovo.

Lo primero que hizo fue tomar la maleta de Kashmal y, con cuidado, deslizó el objeto de metal plateado —prácticamente la única cosa limpia en el lugar— debajo del único sofá del apartamento. No era el mejor escondite, pero estaría a salvo de miradas superficiales.

Rovo se puso a hurgar en los cajones de la cocina de Kashmal a continuación. Sever había logrado llevarse sus armas pequeñas de su armadura, pero Rovo no quería emitir un destello láser revelador a menos que fuera necesario. Los cuchillos de Kashmal, lo suficientemente afilados dada su falta de uso, serían mejores. Tomó uno más grande, luego volvió a la puerta cerrada.

—¿Hola? —intentó Rovo—. ¿Hay alguien ahí?

Silencio. Lo que podía significar cualquier cosa. Alguien incapaz de hablar, un movimiento imaginario, alguien que no entendía el Común —por difícil que fuera comprender ese pensamiento.

—Mueve el pomo si puedes oírme.

Aún nada.

Supuso que tendría que intentarlo por las malas. Rovo volvió a la cocina, hurgó hasta que encontró el pequeño juego de herramientas tan necesario en cualquier hogar. Destornilladores y cosas por el estilo, esos objetos tan ubicuos en toda la galaxia que había avanzado en tantos otros aspectos. Algunas tecnologías simplemente nunca pasaban de moda.

Rovo volvió a la puerta, se agachó frente al pomo y sacó un destornillador de punta plana y un martillo. Nada en el pomo y la cerradura parecía robusto, y a Rovo no le importaba en absoluto que el apartamento de Kashmal se mantuviera intacto. El hombre se iría pronto de todos modos.

El novato de Sever colocó el borde del destornillador contra el ojo de la cerradura, lo empujó hasta donde pudo, luego tomó el martillo y comenzó a golpear, empujando el destornillador un poco más adentro cada vez. No era muy sutil, pero en cuanto a ruidos, los golpes rítmicos del martillo tenían que ser menos sospechosos que derribar una puerta a patadas o quemar agujeros con un láser.

Una vez que el destornillador se hubo abierto paso, atravesando las ranuras de la llave, Rovo se apoyó en la herramienta, forzó su giro y liberó la cerradura del marco de la puerta. Rovo puso su mano derecha contra la puerta de fibra suelta, manteniéndola cerrada hasta que soltó el destornillador, hasta que retrocedió y sacó el cuchillo, apuntándolo hacia la abertura, listo para apuñalar lo que fuera que estuviera al otro lado.

—Voy a abrir la puerta en cinco segundos —dijo Rovo—. Aléjate de ella y quédate quieto. Si tienes manos, levántalas bien alto.

Contó hasta tres, en voz alta, luego abrió la puerta de golpe.

Allí de pie, en medio de un enorme y sucio montón de ropa, con un par de libros raídos a sus pies, había una niña pequeña de cabello oscuro, con los ojos muy abiertos y asustados bajo una única luz blanca suave.

## 11

## VIOLACIÓN DE SEGURIDAD

*i le das una misión a un mercenario*, decía el dicho, uno común entre los miembros de DefenseCorp que podían concluir la frase para que coincidiera con cualquier tarea descabellada que les hubieran asignado en ese momento. Como, por ejemplo, tratar de sacar a un VIP de un planeta cuando ese VIP quería fichar y trabajar otro turno.

No es que Aurora tuviera una buena manera de sacar a Kashmal de Dynas en ese momento, pero que él rotara horas en un laboratorio de Helix no les ayudaría a encontrar una solución.

A menos que Kashmal pudiera hacerla entrar en esa imponente torre.

El feo edificio, todo bordes inclinados y secciones con picos, como si hubiera sido diseñado por algún villano moderno de cuento de hadas, dominaba el horizonte de la ciudad, sin importar a dónde fueran Aurora y los demás. Una sombra amenazante, siempre al acecho detrás del tejado más cercano.

Esquifes y naves más grandes zumbaban alrededor de la

torre en rápidos enjambres mientras Kashmal y Aurora viajaban en un tranvía por una calle principal que tenía la torre en el centro del escenario. El techo del tranvía, de cristal y manchado de humedad, ofrecía, no obstante, una vista clara del lúgubre ajetreo de Dynas. El viaje permitía ver claramente a los grupos que se arrastraban por la calle, chapoteando de regreso del almuerzo hacia oficinas, hogares o, tal vez, bares. Como cualquier otra ciudad, excepto...

—Miserable, ¿no es así? —dijo Kashmal, sentado junto a ella cerca del frente del tranvía—. ¿Todo este lugar? Simplemente horrible de un minuto a otro.

—He visto mejores planetas —respondió Aurora, recorriendo con la mirada el tranvía mientras recogía nuevos pasajeros. Gregor había hecho un buen trabajo eludiendo la persecución, pero las misiones de Sever Escuadrón te enseñaban rápido que nunca se podía ser demasiado cuidadoso —. He visto peores.

—¿Peores? ¿Como cuáles?

—Fantares. Durante el primer asentamiento. Gente sin opciones haciendo hogares en rocas bombardeadas. — Aurora y Sever Escuadrón habían hecho guardia durante esa misión, aunque la mayoría de los migrantes de Fantares tenían preocupaciones mayores que meterse en peleas—. Aquí tienen hogares. Luces. Diablos, incluso tranvías.

—Oh, sí, cuando la humanidad navega por las estrellas, tales maravillas tecnológicas como los tranvías deberían ser apreciadas.

Aurora *sí* apreciaba el tranvía. Después de pasar la mañana caminando por la ciudad y el día anterior en un combate intenso con soldados y extraños mutantes, sentarse y ver pasar los bloques se sentía bastante bien. Kashmal, sin embargo, continuaba soltando quejas, como si estuviera inscribiendo a Dynas en una competencia por el planeta más decrépito de la galaxia, con Aurora como juez.

Aprender a ignorar los desvaríos de varios objetivos de misión, oficiales superiores y subalternos, y multitudes era una habilidad que Aurora había desarrollado con estricta intensidad. Se concentró en el tranvía, en las aceras y el cielo, cualquier cosa para borrar el continuo comentario de Kashmal. No le importaba.

En absoluto.

Porque al final de esto, Aurora estaría muerta o sería enviada a la siguiente misión, con otra persona quejumbrosa y en pánico para salvar o disparar hasta que finalmente acumulara suficiente dinero para no tener que escuchar nunca más esta basura.

—Pero, ¿sabes?, no pueden darnos las comodidades porque no quieren que esas naves vengan aquí —dijo Kashmal mientras el tranvía se detenía en la que anunciaron como parada final y Aurora volvía a sintonizar—. El secreto no te ayuda si las personas que lo guardan deciden que no vale la pena.

—¿O si deciden vender esos secretos por dinero?

—Exactamente. Ahora levántate, vamos. —Kashmal empujó a Aurora fuera de su asiento, hacia el pasillo, cortando el paso a otros que se dirigían a la salida.

Aurora prefería ir de última, para ayudar a descartar posibles seguidores y dar cuenta de todos en el tranvía, pero una vez que Kashmal la metió en el flujo, no había forma de detenerse y salió pisando fuerte hacia una multitud que se dirigía a la torre. Kashmal iba detrás, y luego delante de ella, oliendo su propio aliento, como si se diera cuenta de que pasar la primera mitad de su día holgazaneando en un bar no había sido la mejor decisión.

—Kashmal —dijo Aurora, alcanzando al VIP mientras

se abrían paso entre los caminantes—. Si vuelves a empujarme, me aseguraré de que pases el resto de esta misión inconsciente.

Kashmal se rio.

—Por favor, hazlo. Cuanto antes pueda dejar este lugar, física o mentalmente, mejor.

La multitud que regresaba del almuerzo se congestionó al entrar en una amplia plaza, de al menos varias manzanas de ancho, en la base de la torre. La gente entraba y salía de varias calles, pasando junto a estatuas corroídas que mostraban logotipos de Helix, con bases de piedra grabadas con nombres que Aurora no reconocía. ¿Fundadores de la compañía? ¿Empleados? ¿Víctimas? Quién sabe, a quién le importa.

Mucho más interesantes, sin duda, eran los cánticos que resonaban a medida que se acercaban a la torre. La multitud que iba y venía se canalizaba hacia una entrada encadenada, y a ambos lados, docenas más se paraban detrás de esas cadenas portando carteles y gritando... ¿cosas?

En lugar de verdad al poder, parecía que el movimiento de protesta de Dynas tomaba sus ideas de Kashmal, o tal vez viceversa. Los carteles exigían comida más moderna, enlaces a redes de entretenimiento galáctico, mejor atención médica. Varios sugerían conspiraciones sobre personas desaparecidas, y Aurora no pudo evitar preguntarse si algunas de ellas se habían convertido en los juguetes mutados por el virus de Felix.

—Un batiburrillo —dijo Kashmal mientras la fila entrante se convertía en un estricto dos por dos—. Gente que no entiende el trabajo que se hace aquí, que está atrapada aquí de todos modos por cónyuges o circunstancias. Sin esperanza.

Aurora permaneció en silencio. Estudiando. Más

adelante, parecía que llegarían a un punto de control de seguridad donde su falta de identificación corporativa pasaría de ser una molestia menor a un problema crítico.

—¿Cómo vas a entrar? —dijo Kashmal mientras la fila avanzaba—. No puedes amenazarlos a todos.

—Podría, pero no lo haré. Mantén tu baliza encendida. Cuando llamemos, será momento de marcharse.

Aurora dejó de caminar y se giró a un lado para dejar pasar a los otros trabajadores. Kashmal tuvo el buen juicio de seguir adelante sin mirar atrás. No se vería bien si Aurora iniciara una pelea junto a la persona que se suponía que debía proteger.

En este momento, Sever Escuadrón había perdido su nombre de escuadrón. Cada miembro estaba por su cuenta, y aunque ver que todos los aerodeslizadores se dirigían hacia los niveles superiores de la torre le daba a Aurora cierta esperanza de que Eponi y Sai estuvieran dentro, no tenía idea de dónde. Gregor tampoco se había presentado en el lugar de Kashmal ni había intentado contactarlos a través de la línea segura de Sever. Podría estar muerto, prisionero o, como Felix, algo peor.

Rovo, al menos, tenía un lugar seguro. Aurora no tendría que preocuparse por el novato durante un minuto o dos. En el mejor de los casos, Aurora descendería en una lanzadera —con Eponi pilotando— y recogerían a Rovo y el maletín de Kashmal del techo de su edificio, se dispararían hacia el espacio y nunca, jamás volverían a poner un pie en Dynas.

Después de darle a Kashmal veinte pasos de ventaja, Aurora se reincorporó al flujo. Al acercarse a las puertas de control —grandes arcos grises que escaneaban en busca de metal y muchas otras cosas—, Aurora contó cuatro guardias de seguridad. Todos humanos, con esa mirada vidriosa que viene de depender demasiado de la tecnología para hacer su trabajo por ellos.

Aurora tampoco era la única que tenía problemas de identificación en ese momento. Otro hombre ya había abandonado la fila y parecía estar suplicando a uno de los guardias de seguridad, todos vestidos con gruesos uniformes negros con esa doble hélice en el pecho en blanco, sin éxito.

—¿Acaso sabes cuánto tiempo me llevará volver a casa? —dijo el hombre—. ¡Bien podría tomarme el día libre!

—Por mí está bien —respondió el guardia, con un tono monótono que hacía juego con sus anchos hombros.

—¿Ah sí? ¿De verdad está bien para ti? —dijo el hombre—. ¿Está bien para ti que, cuando no esté haciendo mi trabajo, tú no tengas empleo porque todo este lugar se va a desmoronar?

—No es mi problema.

Aurora tuvo que darle algunos puntos al guardia de seguridad por esa respuesta. La pura actitud de no-me-importa-un-comino. Lo que hizo que lo siguiente fuera más difícil. Ligeramente.

Acercándose por detrás del hombre quejumbroso, mientras este levantaba los brazos para otra exagerada demostración de furia pomposa, Aurora lo empujó directamente contra el guardia. El movimiento ascendente del hombre golpeó la cara del guardia, y Aurora pasó de largo, extendió su pie izquierdo y enredó el tobillo del guardia que retrocedía, enviando a ambos, a él y al hombre protestante y torpe, al suelo en un estruendo.

Mientras las miradas se centraban en el desastre, Aurora se abrió paso a empujones a través de los arcos, que inmediatamente se tornaron rojos y emitieron una fuerte alarma estridente. Todos los que estaban cerca de Aurora se giraron, mientras el guardia caído maldecía al hombre, y nadie logró ver claramente a la líder de Sever que avanzaba a paso rápido.

Por el momento, Aurora había logrado entrar en la torre. Cualquier fuerza de seguridad competente reproduciría los segundos alrededor de la alarma y la detectaría, lo que significaba que la velocidad ahora era primordial. El único problema, sin embargo, era ¿adónde ir?

Más allá de la entrada de la torre, cuatro bancos de elevadores atraían al personal autorizado, y Aurora eligió uno al azar. Sin un destino fijo, cualquier lugar menos aquí tenía prioridad. Cuando se acercó a los elevadores, Aurora simplemente siguió a un hombre con poncho frente a ella mientras entraba en una de las cabinas, cuando ingresó un piso escaneando su credencial corporativa y diciendo el número.

—Lo mismo —dijo Aurora, cuando él la miró.

Las puertas del elevador se cerraron, sellándolos dentro.

—¿Lo mismo? —respondió el hombre—. No te reconozco.

El elevador se movió, descendiendo rápidamente.

—Soy nueva aquí.

Un contador de pisos, con números rojos brillantes sobre la puerta, desapareció en los negativos.

—¿Nueva? ¿Cuál es tu código de identificación?

Aurora golpeó al hombre una vez en el estómago para doblarlo, una segunda vez en el cráneo para dejarlo inconsciente. Le quitó la credencial de identificación mientras el elevador se detenía en el piso elegido. Las puertas se abrieron cuando Aurora empujó el cuerpo inerte hacia un lado, haciendo lo posible por mantenerlo fuera de la vista inmediata, lista para luchar contra quien estuviera al otro lado de la puerta.

Excepto que el pasillo estaba vacío, el elevador se abría a

un vestíbulo de esquina revestido de azulejos azul-negro. Aurora dio un paso cauteloso hacia afuera, miró a ambos lados. Podía ver secciones de vidrio que interrumpían los azulejos de vez en cuando, y alguien, en algún lugar, gritó.

Detrás de ella, el elevador se cerró y se alejó, llevándose consigo al hombre inconsciente.

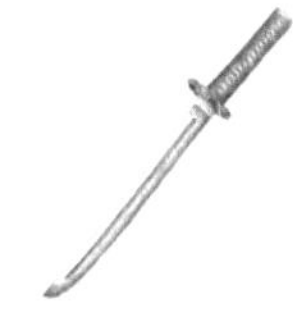

## 12

## MÉTODO CIENTÍFICO

S ai encontró a su madre escaleras arriba. Tres pisos por encima de su apartamento, maltrecha y pisoteada en las escaleras, pero aún con vida. La cargó sobre su hombro mientras la torre seguía temblando y las alarmas seguían sonando, y la llevó de vuelta a su apartamento. La acostó en la cama que ninguno de ellos pensó que volvería a usarse ni un minuto más y comenzó una nueva vida.

Con la katana y, eventualmente, otras armas que tomó de personas que saqueaban el edificio y pensaban que Sai y su espada serían presa fácil, el hijo se convirtió en lo mismo que todos los demás que aún quedaban en su planeta natal: un refugiado saqueador. Irrumpió en los lugares de sus vecinos, en las antiguas casas de sus amigos, y tomó todas las provisiones que pudo encontrar. Convirtió el apartamento de su familia en un santuario, una fortaleza.

Y esperó a que su madre sanara mientras los edificios ardían afuera. Después de algunos días, DefenseCorp comenzó su purga, y la compañía llenó los cielos con naves diferentes a las lanzaderas de evacuación. Estas eran naves fuertemente armadas, que dejaban caer soldados que limpiaban con extrema y letal eficacia a cualquiera que no se rindiera.

Algo más de una semana después, los soldados llegaron al piso de Sai. Habían subido por la torre —el techo era una ruina inestable— y no se molestaron en llamar cuando llegaron a la puerta de Sai. Vencer a saqueadores, a gente hambrienta y desesperada, era una cosa. Enfrentarse a profesionales armados y con armadura... Sai lo habría intentado, pero su madre dijo que no. Le suplicó que no lo hiciera.

—Después de todo lo que has hecho, no dejes que tus amigos te maten —dijo su madre desde la cama.

—No son mis amigos.

Estaba de pie al pie de la cama, sosteniendo la katana en una mano y una destartalada pistola en la otra, con la batería apenas cargada lo suficiente para disparar un tiro.

—Debes hacerlos tus amigos, Sai, o estamos perdidos —dijo su madre—. No puedes luchar contra todos.

Si Sai tenía un punto débil, ese era su madre. Lo que ella pedía, Sai lo haría. Podría discutir, podría dudar, pero lo haría, y por una razón: ella lo había traído al universo, y eso le daba todo el derecho a darle órdenes.

Sai recibió a los mercenarios, cuando irrumpieron por la puerta, de rodillas, con la katana en el suelo a su lado, las manos cruzadas y los ojos bajos. Cuando los soldados preguntaron su nombre, lo dio, dijo que su madre yacía herida en la habitación de al lado. El líder, brusco e invisible detrás de su armadura azul grisácea llena de cicatrices por las explosiones, preguntó a Sai si vivía allí.

Sai respondió que este había sido su hogar, pero que ya no lo era.

No salieron luchadores irrumpiendo por la puerta del

ascensor hacia la sala de experimentos de Anaskya. Sai se apoyaba, persiguiendo recuerdos, en el podio, con una segunda cepa viral corriendo por su cuerpo. Donde la primera le había hecho sentir calor, como si una fiebre agresiva se hubiera apoderado de él, esta se mezclaba con su hermano anterior para destrozar a Sai.

Sai nunca había sido consciente de sus propias células, esos pequeños bloques de construcción que hacían funcionar su cuerpo. Ahora podía sentir cada una de ellas mientras se agitaban con el virus, mientras corrían y luchaban y perdían y ganaban, parches ardiendo por todo su cuerpo y moviéndose mientras la infección buscaba su punto de apoyo.

A su alrededor, Sai podía ver a otros pasando por la misma experiencia. Personas mayores y más jóvenes que él atadas a sus propios podios, aumentando de uno en uno cada vez que el Capitán Happy traía otra víctima para añadir a los sujetos de Anaskya.

La doctora guiaría al nuevo sujeto de prueba a su lugar, tal como había hecho con Sai, le sujetaría las muñecas y comenzaría las inyecciones. Al principio, Sai apenas podía seguir lo que sucedía a su alrededor; el primer virus había deformado tanto su cuerpo. Las nuevas inyecciones, sin embargo, despertaron a Sai incluso mientras lo destrozaban. Como una bomba con una mecha encendida, Sai estaba alerta, Sai estaba listo, y Sai imaginó que iba a morir.

Al parecer, no era el único.

La sala de pruebas tenía cuatro filas, cada una con cinco podios. Aproximadamente la mitad, ahora, tenía pacientes en ellos que Sai podía ver, con al menos dos personas en cada fila. Anaskya mantenía las cosas dispersas, y había colocado a Sai cerca del centro. Girando la cabeza mientras los tubos atados a sus dedos, inyectando en sus brazos, pulsaban fluidos que iban desde transparentes hasta amarillos y verdes, Sai vio que la mayoría le estaban ganando; ya sea perdiendo o "ganando" la batalla contra la infección antes que él.

Sus expresiones lo dejaban claro: retorcidas de dolor, o relajadas de esa manera entumecida que Sai había visto en demasiados enemigos antes de sucumbir a sus heridas. Algunos temblaban, ya fuera por escalofríos o por el conocimiento de lo que estaba por venir. Otros lloraban, uno gritaba. No se escuchaba música, excepto el suave y constante zumbido de la ventilación.

¿Por qué había venido Sai a este planeta de nuevo? ¿Cómo se había encontrado en este lugar? Esa respuesta yacía dentro de una parte de él que Sai estaba sellando constantemente, recuerdos y pensamientos y objetivos apartados mientras los virus devoraban su ser. En su lugar, se aferraba a su familia, a sus hijos y su esposa y su madre, e intentaba, intentaba, intentaba olvidar esta horrible habitación y el hecho de que moriría aquí.

La realidad trajo lágrimas, gotas que llenaban sus ojos y que crecieron por primera vez en mucho tiempo y gotearon por sus mejillas, salpicando contra el podio.

¿Qué soldado lloraba así en medio de una misión?

Uno que pensaba en los cumpleaños que se perdería, historias que no podría contar ni escuchar.

Basta ya.

No llevaría a su esposa a las playas heladas para ver cómo el agua salada lamía los cristales de hielo.

No. No lo hagas.

En aquellos primeros días, cuando Sai trabajaba en contratos de DefenseCorp en su planeta natal, se despertaban y toda la familia —los cinco: madre, esposa, hija, hijo y él mismo— salía a recibir la estrella del amanecer mientras su forma de un blanco deslumbrante se elevaba en el cielo del sur.

El estruendo desgarrador sacó a Sai de sus lágrimas, de sus recuerdos, y al bajar la mirada vio que había roto el podio. Lo había partido en dos y arrojado a un lado, con las manos aún enganchadas a los tubos que seguían suministrando la solución viral.

Sai miró su mano izquierda, esos cables colgantes, y tiró. Sintió dolor y vio chorros de sangre mientras los cables salían volando de su mano, de su antebrazo. La solución ahora goteaba en el suelo.

—¡Sai, detente! —gritó Anaskya desde el otro lado de la habitación, donde estaba ayudando a otra víctima a entrar en su ranura.

En cambio, Sai liberó su mano derecha de un tirón. Si antes estaba tembloroso, apenas capaz de mantener la conciencia, ahora Sai tenía una claridad exponencial. Todo brillaba de forma hiperrealista; podía oír la respiración de su vecino, oler el sudor de días en sus cuerpos y en el suyo propio. Sai podía sentir la vibración mientras el ascensor del Capitán Happy descendía hacia el piso una vez más.

Y, en todo esto, Sai podía sentir que sus oportunidades se le escapaban.

Nadie en esta habitación había venido aquí por su propia voluntad, Sai podía apostarlo. Los sujetos involuntarios podían convertirse en aliados, y Sai los necesitaba rápidamente antes de que Anaskya lograra traer la seguridad que tuviera aquí. Así que Sai se acercó a la persona más cercana a él, una mujer mayor en forma, y la liberó de un tirón.

Ella parpadeó mirándolo, sin entender el momento. La razón para irse.

—Sálvalos —dijo Sai, las palabras saliendo rasposas y enredadas, antes de girarse hacia el siguiente.

Anaskya le gritó a Sai de nuevo, más cerca esta vez. No lo suficientemente cerca para evitar que Sai arrancara los cables de otro hombre. No lo suficientemente cerca para evitar que Sai subiera tambaleándose otra fila, tropezando ahora mientras el ascensor se abría y el Capitán Happy entraba en la habitación. Tenía que liberar a tantas personas como pudiera.

Algunos no ayudaban, simplemente se caían, vomitaban o se sentaban en el suelo. Pero unos pocos respondieron a los urgentes intentos de rescate de Sai, a su repentina y sangrienta libertad mientras Sai los sacaba de sus podios.

Dos filas más abajo y Sai se dirigió al frente, la única fila completamente llena. Se lanzó hacia el primer objetivo, una mujer joven que parecía algo coherente, solo para que una fuerza mucho mayor lo empujara a un lado hacia un podio desocupado. El objeto de cristal se hizo añicos cuando Sai cayó a través de él, desplomándose en el suelo con quién sabe cuántos cortes rasgando su ropa de prisionero.

—Creí que habíamos hablado sobre las reglas —dijo el Capitán Happy, acercándose pesadamente para pararse sobre Sai—. No estás siendo muy amable. No deberías estropear los experimentos de la doctora.

—Lo siento —murmuró Sai, y luego le dio una patada en el tobillo al Capitán Happy.

La cosa era más dura que una roca, pero Sai logró poner suficiente fuerza en el golpe para hacer retroceder al Capitán Happy un paso. Sai aprovechó el espacio para alejarse arrastrándose, con las manos hundiéndose en trozos de vidrio en el proceso, antes de levantarse a tiempo para ver al Capitán Happy preparándose para dar un puñetazo.

El golpe no llegó a su destino. Antes de que el Capitán

Happy pudiera balancear su brazo, la mujer mayor que Sai había liberado antes se lanzó contra la espalda del hombre, arañándolo con sus manos heridas. El Capitán Happy gruñó, se dio la vuelta y la arrojó lejos, exponiendo sus rodillas a otra rápida patada de Sai.

Cuando se lucha contra personas mucho más grandes que uno, el primer trabajo es bajarlas a tu nivel.

Las rodillas del Capitán Happy cedieron con un satisfactorio crujido y, con un chillido agudo, el torturador de Sai cayó al suelo. Sai habría terminado el trabajo, pero antes de que pudiera hacerlo, la mujer mayor y varios otros se abalanzaron sobre el hombre, desgarrando, destrozando y mordiendo con un abandono frenético y desesperado.

Sai retrocedió mientras el hombre alegre luchaba, mientras era abrumado. Otros sujetos liberaron a los experimentos restantes en la habitación. Anaskya había desaparecido, y las luces rojas que brillaban sobre las puertas restantes, incluido el ascensor, decían lo obvio.

El Capitán Happy había sido sacrificado, y el resto de ellos estaban atrapados. Sai miró a su alrededor, junto con aquellos que no se unieron al frenesí de venganza, y se preguntó cuánto tiempo tendrían hasta que el virus reclamara a todos y cada uno de ellos, hasta que se volvieran locos y se devoraran entre sí o simplemente murieran, solos, en el suelo cubierto de cristales.

## 13

## MOTIVOS

Un puesto avanzado no muy lejos de la Ciudad Negra, conectado por una línea de tranvía que ya no estaba activa. Lo habían cerrado, y Helix había dicho a DefenseCorp y a otras partes curiosas en Dynas que no había nada allí. Solo una instalación obsoleta que se cerraba por razones de ahorro de costos.

—Y entonces, justo ayer, vimos un montón de aerodeslizadores dirigirse hacia allá —dijo Lani.

Estaban de vuelta en el vestíbulo y ya no estaban solos. Lani había hecho esperar a Gregor hasta que los otros dos agentes regresaran de sus actividades de la hora del almuerzo, y ahora el cuarteto se encontraba en medio de todas esas cajas llenas de equipo de servicio activo.

—No podrían haber recibido una nueva misión tan rápido —dijo Gregor.

Los tiempos de transmisión galáctica, limitados por la velocidad de la luz y los enlaces cuánticos, podían tardar una eternidad. DefenseCorp se había dividido en numerosos grupos regionales por esa razón. El lado izquierdo de la galaxia podría no enterarse de un desastre en el derecho durante años.

—Nuestras directivas son amplias —respondió Lani—. Mantener a Helix dentro de los límites, a toda costa. Todos saben que lo que están haciendo aquí es arriesgado, y todos entienden por qué necesitamos mantenerlos a raya.

—No creo que lo estén logrando —replicó Gregor—. Esos aerodeslizadores fueron enviados por nosotros.

—¿Solo por ustedes?

—Quizás. —Gregor miró a los otros dos agentes, ambos hombres mayores, ambos poniéndose armaduras ligeras y recogiendo rifles—. ¿Tienen autorización?

—Tanto como yo.

—¿Y cuánto es eso?

Lani negó con la cabeza.

—Gregor, no sé si lo entiendes, pero estás en mi planeta ahora. O me dices lo que sabes, o te mantengo encerrado hasta que lo hagas, y cualquier misión que hayas venido a completar se desvanecerá sin ti.

Existía la posibilidad de que Gregor pudiera abrirse paso luchando para salir de allí. Lani estaba dentro de su alcance de golpe, y los otros dos estaban abrochándose la ropa y las armas. Serían lentos en reaccionar, sorprendidos. Gregor podría derribarlos y luego seguir adelante.

—¿Qué harías —dijo Gregor— si encontraras algo, como dices, fuera de los límites?

—Destruirlo —respondió Lani—. Nada puede vivir en este planeta a menos que tenga nuestra aprobación, sin importar cuánto quiera creer Helix lo contrario.

Una declaración confiada para un grupo tan pequeño, pero Lani no parpadeó cuando Gregor le devolvió la mirada y buscó una mentira. La mayoría de las personas, cuando se enfrentaban a la mirada fija de Gregor, se marchitaban bajo la presión, comenzaban a balbucear o se encogían. Lani no hizo nada de eso, y Gregor tuvo que darle un poco de respeto.

—Eso es lo que quería oír —dijo Gregor—. Aterrizamos cerca de esa base después de que Helix nos atacara en nuestro ingreso. La instalación está comprometida. Una criatura que se hace llamar Felix creció a partir de algún experimento e infestó el lugar.

—¿Aterrizaron cerca de allí? Entonces, ¿cómo llegaron hasta esta ciudad?

—El tranvía.

Lani negó con la cabeza.

—Por supuesto que lo dejaron activo. Helix tiene anteojeras, Gregor. Cualquier cosa secundaria a su objetivo simplemente la pasan por alto. Solo tienen atención para la atracción principal, y ahora están echando a perder eso también.

Gregor no podía discutir eso.

—Deberían ir y destruir esa base, entonces —dijo Gregor—, y dejarme volver a mi misión.

—No —respondió Lani—. Dijiste que ni siquiera sabes dónde está tu escuadrón. No los vas a encontrar deambulando a ciegas por esta ciudad, así que ¿por qué no nos ayudas?

—No.

—Respuesta equivocada. Te dije que este es mi planeta, lo que significa que son mis reglas, lo que significa que vienes con nosotros.

"Venir con nosotros" significaba dirigirse a la azotea del edificio, donde un aerodeslizador con la marca de Defense-Corp estaba atracado y listo. Los cuatro subieron por una corta escalera de metal y llegaron a la cubierta, Gregor ayudando a cargar más cajas con armas que Lani pensó que serían buenas cuando llegara el momento de limpiar la base.

Sayers, uno de los otros agentes, cuya característica más distintiva era una cicatriz que le cruzaba la frente revelada por el cero pelo en su cabeza calva, tomó los controles de la cabina. Wicks, el otro, fue a la proa para manejar el cañón frontal del aerodeslizador mientras Lani y Gregor terminaron sentados en el centro. Dos cañones laterales más completaban el armamento del aerodeslizador, una construcción agresiva considerando la misión.

Mientras Sayers calentaba los motores del aerodeslizador, esas turbinas eléctricas girando con su zumbido tecnológico, Lani intentó decirle a Gregor el papel que desempeñaría: el guía, llevando a los otros tres hasta este Felix para que pudieran administrar un castigo letal y, así, evitar que este experimento se saliera de control.

—Quieres que yo lidere —respondió Gregor—. Bien. Puedo liderar. Pero necesitaré mi martillo.

—¿Tu martillo? —dijo Lani.

—Mi martillo y mi armadura. Ambos están en la estación del tranvía. Me llevarás allí, y luego podremos ir de caza.

Lani le dio a Gregor la mirada desconcertada que recibía cada vez que hablaba de su martillo, porque todos inevitablemente pensaban que se refería a una cosa pequeña destinada a clavar clavos, en lugar de un aplastador hecho para cráneos. También inevitablemente, después de ver el martillo de Gregor, nunca lo volvían a cuestionar.

La lancha despegó en la tarde amarillenta, con la bruma de Dynas invariable y siempre húmeda. La cubierta de esta lancha tenía tacos, por lo que las botas de todos tenían algo de agarre mientras la nave ganaba velocidad, elevándose sobre la ciudad y orientándose de nuevo hacia el oeste, en dirección a la estación de tranvía cerrada y a una cita con el virus.

Por encima y alrededor de ellos, la Ciudad Negra aceleró su ritmo. Más lanchas y lanzaderas se precipitaban hacia la torre que las que Gregor había notado por la mañana, y las calles bajo su lancha deslizante parecían más llenas, como si la población de la ciudad hubiera sacudido por fin una larga noche y decidido que un paseo, por lúgubre que fuera, era necesario. Ponchos, trajes de neopreno y combinaciones de ambos ofrecían una vista insulsa, como insectos blandos de color gris-negro chapoteando en los charcos.

—Realmente es el peor planeta —dijo Lani. Ella y Gregor se inclinaban sobre el lado izquierdo de la lancha, observando—. Si los proyectos no fueran tan interesantes, me habría ido hace mucho tiempo.

—¿Te dejarían irte?

—No estoy segura, nunca lo pregunté —respondió Lani —. Hasta ahora.

—¿Qué quieres decir?

—Si lo que dices es cierto, y este puesto avanzado es realmente un refugio ilegal que Helix está protegiendo, entonces todo esto está comprometido —Lani asintió hacia la ciudad—. Estamos aquí para proteger a esta gente, y a todos los que no están en este planeta, de científicos rebeldes que proliferan algún arma biológica más allá de lo que estamos investigando. Si eso está sucediendo, entonces Helix ha violado nuestro contrato, y necesitan ser borrados.

—Destruir Felix no detendrá los experimentos.

—No, pero podemos, con suerte, frenarlos —dijo Lani—. Luego, cuando te vayas, puedes llevarme contigo y haremos que los peces gordos se involucren. Arrasar este lugar. Y sacarnos de aquí.

—Así que harías esto por ti misma.

—Claro que sí, por mí misma —dijo Lani mientras la lancha se acercaba a la estación de tranvía, con Sayers dirigiendo la nave hacia abajo para un aterrizaje tranquilo—. Por Sayers y Wicks también. Hemos estado aquí durante años, Gregor, y la misión nos ha retenido durante todo este tiempo, pero estamos listos para terminar. El problema es que DefenseCorp no aprobará una evacuación hasta que la misión esté completa, o la misión haya fracasado.

¿Por qué todos tenían que tener sus propias motivaciones? ¿No era suficiente simplemente marchar hacia las filas enemigas y derribarlas? ¿Golpear a unos cuantos enemigos? Gregor no se había unido a Sever Escuadrón para involucrarse en los problemas personales de la gente; si aceptabas una misión, la llevabas a cabo y encontrabas las alegrías donde pudieras.

—Puedo ver que no te gusta —Lani se rio—. ¿Sabes qué? No importa.

—¿No importa? —respondió Gregor—. Me necesitas para mostrarte el camino.

—Y tú nos necesitas para vivir —dijo Lani—. Como todo lo demás en esta galaxia, lo que tenemos es un trato. Ambos nos beneficiamos.

Sayers aterrizó en la estación de tranvía cerrada y Gregor los guió fuera. Lani voló el cerrojo de la puerta de acceso al techo y descendieron a la estación silenciosa y oscura, al tranvía silencioso y oscuro, donde tres trajes de Sever Escuadrón permanecían oscuros y silenciosos.

—Mira esto —dijo Lani—. No mencionaste los extras.

—No son tuyos.

—No veo por qué no podemos tomarlos prestados —respondió Lani—. Este parece de mi talla. Wicks, ¿puedes entrar en el azul?

—Mmhmm —murmuró Wicks, jugueteando con el traje de Rovo.

—No funcionarán sin los códigos, o su ADN —dijo Gregor, comenzando a ponerse su propia armadura—. Déjenlos.

Lani ladeó la cabeza, y Sayers, de pie detrás de ella, sacó rápidamente su propia pistola. La apuntó hacia Gregor.

—Entonces nos darás los códigos —dijo Lani—. Ahora. Porque tenemos que hacer una limpieza, y luego dejar atrás un planeta.

## 14

## ARRIBA, ARRIBA Y FUERA

Las palancas de control del kart —dos, ligeramente curvadas como C's garabateadas— se sentían firmes en las manos de Eponi. Sensibles, temblando mientras las baterías del kart activaban sus propulsores y elevaban la nave un metro sobre el suelo liso y pulido. Alrededor de Eponi, la cabina de cristal en forma de burbuja se cerró y su auricular crepitó al establecer conexión con uno de los pilotos más famosos de la galaxia.

—Muy bien, eh —el sonido se cortó por un segundo—. ¿Eponi? Sí, Eponi. ¿Me escuchas bien?

Ya se había olvidado de su nombre. Eso dolió, pero Eponi dejó que el zumbido del kart lo borrara. Ella sostenía las palancas, ella pilotaría la vuelta. Eso era lo que importaba.

—Te escucho —respondió Eponi.

El circuito se extendía ante ella, luces azules parpadeantes brillando bajo el cielo rojo de Seleno, arena roja, montañas rojas. El pavimento negro y brillante entre las luces azules se retorcería y giraría, arqueándose sobre y bajo el terreno mientras ponía a prueba la habilidad del piloto para mantenerse dentro de los límites. Para mantenerse, en algunos puntos, con vida.

—Parece que has pilotado uno de estos algunas veces, ¿verdad?

El concurso requería cierta experiencia para elegir este premio en particular, y sí, Eponi tenía esa experiencia. Aquellas noches en la vieja pista, después de horas. Pero, ¿esto? ¿Una vuelta oficial, diurna y autorizada? Nunca.

—Sé cómo pilotar —dijo Eponi, y luego recorrió con la mirada las pantallas de información por décima vez en otros tantos segundos.

El kart estaba en orden. Verde y listo para partir.

—Entonces esto es lo que vamos a hacer —dijo la voz al otro lado, actualmente en el número tres de las tablas de clasificación galácticas, con el entusiasmo de una resaca—. Empieza, ve despacio y disfruta del paseo. Mantente por debajo de los cien, y te diré cuándo frenar y girar. Debería ser divertido.

¿Por debajo de cien? Incluso los circuitos de karts más básicos alcanzaban los trescientos kilómetros por hora. Eponi sabía que había mucha gente buscando contratar al próximo nuevo piloto en el circuito hoy. Probablemente no la estaban observando a ella —las pruebas oficiales vendrían más tarde, con gente que se había abierto camino en lugar de hacer una elección afortunada con su última apuesta en las carreras.

Probablemente no la estaban observando, pero Eponi haría que la miraran de todos modos.

Un pequeño dron, una bolita con una única luz roja brillante, voló y flotó frente al kart de Eponi. Como era la única piloto en la pista, el dron se centró justo frente a ella, asegurándose de que no pudiera perder el momento en que su luz se volviera verde. Y si lo hacía, el propio kart vibraría, indicándole en múltiples sentidos que era hora de *partir*.

Eponi exhaló larga y lentamente. Tenía que mantener sus nervios bajo control en la pista, mantener su agarre suelto y flexible, sus ojos mirando hacia adelante. Mantener el pánico a raya. Los pilotos que se estrellaban eran los que pasaban demasiado tiempo pensando en el peligro que ya habían dejado atrás.

—Bien, allá vamos —dijo la voz al otro lado, ya aburrida—. Suave y fácil.

Eponi pisó el acelerador a fondo y se hundió en su asiento mientras el kart salía disparado hacia adelante, el torque instantáneo de la electricidad lanzando el kart flotante y sin fricción a lo largo de la pista. Eponi logró mantener su agarre incluso cuando el impulso tiraba de sus dedos. La voz gritó algo en su auricular, pero no importaba. No lo registró.

Voló. Las curvas se derritieron mientras Eponi caía en el instinto, en todas esas prácticas de simulador que había realizado durante las horas libres, cuando a nadie le importaba lo que hacía. Aquellos largos días surcando las estrellas digitales de un circuito a otro ahora daban sus frutos; Eponi nunca había corrido en este circuito en la realidad, lo había hecho un millón de veces en uno virtual.

En algún momento durante la primera vuelta, la voz en su oído había enmudecido. En algún momento durante la segunda, alguien nuevo había entrado en línea, sin decir nada más que siguiera adelante, que la estaban cronometrando y que le dirían cuándo parar.

—Hora de irnos —dijo Ben cuando el tablero de la lanzadera emitió un pitido indicando que la escotilla de carga había sido cerrada—. Tenemos lo que necesitamos.

Al menos había guardado el arma. Aparentemente,

había decidido que Eponi no iba a intentar ningún truco mortal en esta cabina estrecha con enemigos alrededor fuera.

—¿Adónde vamos exactamente? —preguntó Eponi.

—Arriba, arriba y fuera —respondió Ben, luego echó un vistazo a su computadora de muñeca—. Estamos a tiempo para la reunión. Ellos nos sacarán de aquí.

—¿Ellos?

¿Cuánta gente quería salir de este planeta, y cuántos carecían de una forma de hacerlo? Todo el informe de la misión de Sever se reducía a extraer a alguien de un lugar que no parecía tan hostil, sin embargo, tenía la creciente impresión de que Dynas no era un lugar donde nadie quisiera estar.

—Eso es algo de lo que yo me preocupo —dijo Ben—. Tú solo llévanos arriba. Una vez que salgamos de la atmósfera, entraremos en órbita y haremos nuestro encuentro.

Eponi pensó en preguntarle a Ben si alguna vez había volado antes. Comentarios como "entraremos en órbita" no ayudaban cuando se estaba trazando una navegación astral que cubría millones de kilómetros a velocidades ridículas. Cualquier encuentro en el espacio necesitaba un tiempo preciso, planificación, comunicación.

Por otro lado, nada de esto era su problema. Que Ben le disparara por no seguir el plan definitivamente sí lo era.

Eponi preparó los propulsores de la lanzadera, encendió el altavoz externo y emitió el aviso estándar de que esta lanzadera en particular despegaría en breve y que si no querías quemarte, debías mantenerte bien alejado.

Las palabras surtieron efecto, y pronto la lanzadera de Eponi tuvo espacio para flotar a un metro del suelo, girar y mirar hacia la salida del hangar. El cielo amarillo y lúgubre de Dynas se extendía más allá, goteando humedad sobre la abertura del hangar. La nano-red de la ciudad hacía su trabajo y una luz clara venía desde arriba. No era un mal vector de salida.

—¿Tienes los permisos? —preguntó Eponi a Ben—. ¿O simplemente confiamos en que nadie nos va a disparar un láser por el trasero?

Ben le lanzó una mirada extraña. —¿Permisos? ¿A qué te refieres?

La mano de Eponi se deslizó sobre el acelerador mientras se reía. —¿Hablas en serio?

El ingeniero maestro se sonrojó, un momento profundamente satisfactorio para Eponi. —Yo... no entiendo. Cargamos el cargamento. La lanzadera está lista para volar, ¿no? ¿Qué más necesitamos hacer?

Dos opciones. Eponi podría detener la lanzadera, aterrizar aquí mismo y explicarle el problema a Ben. Hacerle entender que enviar naves espaciales al aire sin avisar a las personas adecuadas tendía a activar las defensas. Ben podría ser capaz de rellenar los formularios, arreglar todo este asunto, y Eponi seguiría siendo una rehén.

Una rehén que Ben no tendría razón para mantener con vida una vez que llegaran a su punto de encuentro.

La segunda opción, entonces. Eponi empujó el acelerador de la lanzadera hacia adelante, activando los propulsores demasiado alto para salir de un hangar. La nave salió disparada, chamuscando y derribando personas, carga, drones y cualquier otra cosa a su alrededor. Si Ben no se había hecho enemigos antes, ciertamente lo había hecho ahora.

—¿Qué demonios? —gritó Ben cuando la lanzadera se liberó de la torre, arqueándose hacia el cielo.

—Si no se supone que debamos estar aquí, tenemos que irnos rápido —dijo Eponi, ajustando su trayectoria y enviando algo de energía a los sistemas de defensa rudimentarios de la lanzadera.

Sin armas, solo algo de armadura ligera y sistemas de evasión destinados a mantener la lanzadera con vida el tiempo suficiente para alcanzar protección. La configuración más inútil imaginable, pero aquí estaban.

—No quería llamar la atención —dijo Ben, con la voz tensa ahora, enojado.

—Entonces no deberías haberme elegido como tu piloto.

Como si fuera una señal, la lanzadera recibió una llamada entrante de la torre. Ben se acercó para responder, pero Eponi se le adelantó y cortó la llamada antes de que comenzara.

—Todavía no —dijo Eponi—. Una vez que se den cuenta de que eres tú y no yo detrás de esto, tu coartada se habrá esfumado.

—¿Mi coartada?

—Claro —dijo Eponi—. En este momento, todo lo que saben es que subiste a bordo con una piloto enemiga conocida. Podría haberte tomado como rehén. Todo esto podría ser mi plan. Cuando vuelvan a llamar, eso es lo que dirás.

Las luces se encendieron en el tablero de la lanzadera, una tras otra, a medida que los sistemas de defensa de la torre y, probablemente, alguna persecución, centraron su atención en la lanzadera. Listos para borrar la nave de la existencia.

La llamada llegó de nuevo.

—Contesta —dijo Eponi—. Convéncelos de que no disparen, o ambos estaremos muertos.

Ben parecía estar al borde de un ataque de pánico. El sudor cubría su rostro, su respiración iba y venía en jadeos maníacos, y el hombre giraba en la cabina como si esperara encontrar algún agujero por el que pudiera saltar y volver a un tiempo en el que esto nunca hubiera sucedido.

—Presiona el maldito botón —repitió Eponi, y luego hizo que la lanzadera ascendiera más empinadamente.

Directamente hacia ese cielo amarillo, y más allá, las estrellas. Si vivían lo suficiente para llegar tan lejos.

—Soy Ben, Ben Taigo —dijo Ben después de golpear el botón, tragando saliva varias veces durante la frase—. Por favor, no disparen. Por favor.

—Esta no es una salida programada —dijo una voz tensa al otro lado—. Cualquier vuelo no autorizado debe ser eliminado, a menos que puedas convencerme de lo contrario.

Eponi lanzó una mirada fulminante a Ben. Recordándole quién era la villana aquí. No él, sino ella. La piloto que había tomado la lanzadera como rehén.

—Eponi. La traje a bordo, eh —Ben miró a Eponi con los ojos muy abiertos.

—Él quería que revisara la lanzadera, que confirmara que parecía lista para volar a cambio de un postre extra —dijo Eponi, una declaración ridícula—. Se distrajo un momento, y ahora la lanzadera es mía. Así que negociemos.

La otra línea quedó en silencio. Eponi presionó el botón de silencio de su lado y miró a Ben mientras el cielo amarillo frente a ellos comenzaba a oscurecerse. El espacio se cernía sobre ellos.

—¿Alguna vez has hecho algo como esto antes? —dijo Eponi—. Porque, hablando francamente, eres un criminal terrible.

—Yo... no.

A Eponi le pareció un poco triste lo rápido que había muerto la bravuconería de Ben. Algunas personas simplemente no estaban hechas para una vida más allá de los límites.

—Lanzadera, Eponi —reanudó el oficial de vuelo de Helix—. La nave en la que estás no tiene capacidades interestelares. Si regresas a la torre, no abriremos fuego contra ti. No es necesario que se pierdan vidas. Esto puede ser olvidado.

Eponi frunció el ceño. ¿Olvidado? Realmente debían quererla viva para ofrecer algo así. ¿Qué tenía Eponi que le importara tanto a Helix?

—Lo siento, voy a intentarlo —dijo Eponi—. Dynas es, literalmente, lo peor. Solo volveré si no puedo llevar esta cosa a ningún otro lugar.

—Entonces tómate tu tiempo —Eponi pudo oír el desdén en la voz—. Cuando te des cuenta de la futilidad, estaremos aquí.

La llamada se cortó, las luces de objetivo también, y la lanzadera se elevó más alto, hacia adelante. Ben parecía que estaba a punto de desmayarse. Eponi, sonrojada por la emoción, sonreía mientras las estrellas aparecían a la vista.

## 15

PATERNIDAD

Mierda.

Rovo libraba una guerra emocional y factual. La primera lo llevaría a una inevitable ira, a una extraña desesperación por el hecho de que un niño pudiera ser tratado así incluso en un planeta tan húmedo e inservible como Dynas. La segunda, la segunda sería lo que Sever Escuadrón esperaría. Un análisis racional; desmenuzar la situación y dar algún sentido a lo que estaba viendo.

Ella sorbió por la nariz.

Rovo se contuvo de extender la mano, de darse la vuelta y buscar un pañuelo en el baño para ofrecérselo a la niña. Tuvo que contenerse por lo que había visto en aquel puesto avanzado no hacía mucho. Felix, la enfermedad.

Kashmal, presumiblemente, tenía una razón para encerrar a esta niña en la habitación, una razón para no mencionarla.

Hechos. Tendrían que ser hechos.

—¿Puedes entenderme? —preguntó Rovo a la niña, que no había intentado cruzar el umbral de la puerta.

Aparte de la suciedad y el harapiento vestido —¿Vestido? ¿Pijama? Rovo no conocía la ropa de niños—, parecía tener unos seis o siete años, en algún punto de ese rango donde debería ser capaz de entenderlo y, sin embargo, dudar en abandonar su espacio seguro, por muy asqueroso que fuera.

Mientras Rovo miraba más allá de la niña, su habitación era realmente un desastre. Sábanas arrugadas —sin colchón a la vista— y una almohada harinosa, un cubo en una esquina con un rollo de papel cuyo propósito Rovo pudo, con el estómago revuelto, discernir. Las paredes tenían arañazos por todas partes, patrones y formas aleatorias que se detenían un poco más arriba de donde la niña se encontraba de pie. Si habían sido dibujados con una herramienta o con los dedos de la niña, Rovo no podía decirlo.

—Sí —dijo la niña, o más bien, graznó.

De alguna manera, en este desastre húmedo de planeta, la niña tenía sed. Rovo se agachó, poniéndose a la altura de los ojos de la niña, y la examinó más de cerca. Su cabello castaño, enredado y largo, le caía por debajo de la cintura y casi hasta las rodillas. Tenía las mejillas manchadas de suciedad, pero sus ojos verdes eran brillantes y no parecía malnutrida. Kashmal debía estar haciendo lo mínimo para mantenerla con vida, e incluso las simples barras de proteínas introducidas por una ranura estaban tan llenas de nutrientes fortificados estos días que la niña probablemente lo había hecho mejor de lo que el propio Kashmal habría esperado.

Nada de esto significaba que Rovo no fuera a darle un buen puñetazo en la mandíbula a Kashmal la próxima vez que viera a esa rata. Dejar a una niña, enferma o no, no deseada o no, encerrada en una habitación así no merecía menos.

Rovo tenía hermanas. Más jóvenes. Antes de lanzarse al espacio por necesidad económica, había vigilado sus relaciones, su salud como un tiburón, buscando y destruyendo cualquier amenaza potencial. Había sido bueno en eso, también. Quizás demasiado bueno: se habían alegrado de ver a Rovo aceptar un trabajo en una estación orbital y quitárselo de encima.

—¿Qué haces aquí? —preguntó Rovo.

—Se supone que debo permanecer escondida —respondió la niña—. Siempre.

—¿Por qué?

—Porque estoy enferma.

Ahí lo tenemos. Rovo cerró los ojos por un largo momento. Había abierto la puerta, y aunque no la había tocado, el aire en el que la niña había estado viviendo durante semanas —¿Meses? ¿Años?— se había esparcido por su cabeza expuesta, boca, nariz y pulmones. Cualquier virus transmitido por el aire ya lo habría encontrado.

Pero tal vez estaba enferma de un resfriado, ¿una gripe común?

—¿Enferma de qué? —dijo Rovo—. ¿Algo muy malo?

La niña asintió, volvió a sorber por la nariz. Miró al suelo y sus manos mientras jugaba con su cabello. El rostro de Rovo se torció. Esto apestaba. Este no era el plan. Se suponía que los mercenarios rudos debían entrar y destruir para luego teletransportarse como héroes victoriosos. No se suponía que encontraran niños así.

—¿Sabes cómo se propaga? —dijo Rovo—. ¿Tu enfermedad? ¿Puedes contagiarme al respirar? ¿O tienes que tocarme?

La niña lo miró, confundida.

—Está dentro —dio unos golpecitos en sus brazos. Su

pecho—. Él dice que es parte de mí, y que tenemos que esperar y ver qué pasa.

—¿Quién dice eso? ¿Kashmal?

La niña asintió de nuevo. Un asentimiento lindo y pequeño, donde su barbilla iba hasta su pecho y volvía a subir.

Aun así, la respuesta de la niña no ayudaba mucho a Rovo a decidir si ayudarla lo mataría o no. Él y la niña se miraron durante unos segundos mientras elaboraba una táctica diferente.

—¿Cómo te alimenta Kashmal? —preguntó Rovo—. ¿O vacía... eso? —Rovo señaló el cubo—. ¿Entra aquí?

—A veces.

—¿Lleva algo puesto? ¿Como una máscara?

—¿Una qué?

Hmm.

—¿Se ve como yo? —Rovo señaló su cara, luego a la niña—. ¿Como tú? ¿Sin llevar nada puesto?

—No se parece a mí —respondió la niña, luego dio un paso adelante. Rovo retrocedió sin pensarlo—. ¿Me tienes miedo?

Rovo negó con la cabeza.

—No de ti. Tal vez de lo que hay dentro de ti.

La niña aún no había llegado a la puerta. Si Rovo se movía ahora, probablemente podría cerrársela en la cara. Encerrarla de nuevo. O... podría suponer que el virus no se transmitía por el aire. La puerta no era, exactamente, un sello hermético. Y si la niña tenía que tocarlo para transmitir la enfermedad, entonces Rovo podría dejarla salir. Podría darle algo de comida, y simplemente mantener sus manos alejadas de ella.

—¿Tienes un nombre?

—Sí —dijo la niña.

—¿Puedes decírmelo?

—Kashmal dice que no debo hacerlo.

—Bueno, Kashmal me dijo que podías —Rovo siguió su línea mental—. De hecho, mientras él está fuera hoy, se supone que debo cuidarte, y para eso, voy a necesitar saber tu nombre.

La niña no reaccionó por un momento, luego sonrió lentamente de esa manera tímida en que los niños lo hacen cuando están realmente felices y realmente preocupados porque lo que están a punto de decir o hacer significa tanto para ellos.

—Kaia —dijo la niña—. Ese es mi nombre. El que me dio mi madre.

—Es un nombre hermoso —dijo Rovo. Quería preguntar por la madre de la niña, pero dado dónde estaba ella, dónde había estado, Rovo sintió que sus padres ya no estaban en el panorama—. ¿Tienes hambre, Kaia?

Otro asentimiento.

—¿Por qué no vienes conmigo y te conseguimos algo de comer?

—¿Pero no se supone que debo quedarme en mi habitación?

—Kashmal dijo que yo te cuidaría, ¿recuerdas? Lo que significa que puedo hacer nuevas reglas, y digo que puedes salir, ¿de acuerdo?

Resultó que dejar salir a Kaia de su habitación y llevarla a la cocina del apartamento significaba desatar una bestia hambrienta. Rovo se apresuró a encontrar comida en el lugar de Kashmal que no pareciera podrida o potencialmente letal, pero después de revisar algunos armarios, Rovo encontró algunas sopas enlatadas que sirvieron para saciar a Kaia por el momento.

A partir de ahí, Rovo siguió jugando a ser padre repentino, cerrando la habitación de Kaia, ayudando a la niña a usar la ducha caliente y escupidora de Kashmal, y luego envolviéndola en las mantas más limpias que pudo encontrar. Después de hacer todo eso, Kaia empezó a parecer un ser humano de verdad. Lo suficientemente real como para que Rovo la sentara en el sofá, le dijera que se quedara quieta y que volvería con ropa nueva para ella.

No es que Rovo tuviera idea de dónde conseguir ropa, o cómo obtener dinero para comprarla en esta ciudad. Sin embargo, comparado con la misión cada vez más perdida de Sever, esto parecía un desafío que podía superar.

—¿Qué son esas? —preguntó Kaia desde su fuerte de mantas en el sofá mientras Rovo se preparaba para salir, recogiendo y colocando sus armas en su traje de neopreno.

—Son para mantenerme a salvo —dijo Rovo—. No tienes que preocuparte por ellas. Nadie te va a hacer daño.

Kaia aceptó eso sin muchas preguntas, en parte porque Rovo había dejado su computadora de muñeca en el sofá sintonizada en algún programa infantil local. Formas insulsas balbuceaban sobre números o letras o algo así, y Kaia parecía hipnotizada.

—No te muevas de ese sofá, ¿de acuerdo? A menos que necesites ir al baño —dijo Rovo, pensando que eso era lo suficientemente seguro—. Y si alguien llama, no respondas a menos que digan que son yo.

Kaia hizo su característico asentimiento después de todo esto, y aunque Rovo no podía estar seguro de que la niña lo hubiera escuchado siquiera, o prestado atención en absoluto, salió de todas formas. Tres pasos por el pasillo y se detuvo, volvió y llamó a la puerta.

Esperó. Ningún sonido.

—Kaia —dijo Rovo, sin gritar del todo pero lo suficientemente fuerte como para que se oyera a través de la puerta.

—¡Soy yo! —respondió la niña—. ¿Ya has vuelto?

—No, solo te estaba probando —dijo Rovo—. ¡Pasaste la prueba!

Se oyeron risas desde dentro, y Rovo no intentó reprimir una sonrisa—. Bien, el juego empieza de nuevo ahora mismo. Nadie excepto yo.

Kaia volvió a reír, probablemente por la computadora.

Para cuando Rovo llegó a las calles, había identificado dos grandes fallos en su plan: primero, había dejado su computadora con Kaia, lo que significaba que no tenía forma de buscar un mapa de dónde estaba, dónde podría haber tiendas. Y segundo, se había dado cuenta de que el apartamento, con su comida mohosa, gran cantidad de cubiertos y más, presentaba una trampa mortal gigante para una niña dejada a su suerte.

También había dejado el maletín allí arriba, pensando que las pruebas de Kashmal no ayudarían a Rovo a mantener un perfil bajo.

Mientras la lluvia fresca caía a su alrededor —ya no solo húmeda, Dynas había decidido añadir agua real a la mezcla— Rovo intentó decidir si tenía más sentido dar la vuelta y esperar, o simplemente terminar el trabajo rápido.

Kaia necesitaría ropa si iba a salir del planeta. Si Aurora y Kashmal volvían necesitando una salida rápida, Rovo apostaba a que ella no arriesgaría ningún retraso por Kaia. Tenía que hacer esto ahora o nunca.

Así que Rovo extendió la mano y tocó el hombro de la siguiente persona que pasaba. El hombre, envuelto en un grueso poncho oscuro, se apartó de Rovo, girándose con una mirada asustada y la boca abierta.

—¿Qué quiere? —preguntó el hombre, como si esperara que Rovo lo atacara directamente.

—Solo intento encontrar la tienda de ropa más cercana —intentó Rovo—. Soy nuevo aquí.

—¿Nuevo aquí? —el hombre parecía confundido—. No creía que estuvieran dejando entrar a nadie más.

—Supongo que soy especial —dijo Rovo—. Tienda de ropa, ¿dónde?

—Oh, eh, ve dos manzanas en esa dirección. Tienen un poco de todo —el hombre entrecerró los ojos—. ¿Trabajas en la torre?

—¡Gracias! —dijo Rovo, pasando junto al hombre y caminando por la acera.

Nunca continúes una conversación más allá de su punto útil. Particularmente cuando estás tratando de mantenerte encubierto.

Afortunadamente, Dynas y su terrible atmósfera no animaron al hombre a insistir en su pregunta, y los chapoteos que se alejaban indicaron que había renunciado a cualquier persecución.

Rovo encontró la pequeña tienda justo donde el hombre había dicho que estaba, y a diferencia de algunos de los planetas más metropolitanos, o, de hecho, los propios proveedores del *Nautilus*, esta tienda se anunciaba bajo la sombría realidad de que sus clientes simplemente no tenían otra opción.

Letras blancas y estropeadas sobre fondo negro declaraban que la tienda se llamaba *El Telar*, aunque todo en el interior parecía, a los ojos inexpertos de Rovo, ser sintético. Abundaban los plásticos, hechos para repeler el agua omnipresente, y aunque la sección infantil no era grande —Rovo se estremeció ante quien viera Dynas como el lugar ideal para criar una familia— había algunos trajes estilo neopreno que le quedarían a Kaia.

Ahora, ¿cómo pagarlos?

*El Telar* no estaba abarrotado, pero las pocas personas que deambulaban por los estantes hacían que un robo exitoso fuera arriesgado. Rovo podría agarrar el traje y correr, ver si a alguien le importaba lo suficiente como para perseguirlo. ¿O pedir generosidad? Levantó un traje de neopreno rojo para niños del estante, se giró hacia la caja registradora y sintió el extremo de una pistola presionando contra su espalda.

—No pensé que los mercenarios comprarían ropa —susurró una voz ardiente detrás de él—. Aunque supongo que esa niña necesita algo que ponerse.

## 16

## SEVER Y LA CIENTÍFICA

Ésta era la prisión más extraña que Aurora había visto jamás. No solo las paredes y los pasillos eran de una combinación de azul y negro más brillante y limpia que los corredores llenos de mugre y limo que había visto en otros mundos mejores, sino que no parecía haber muchos prisioneros aquí. Aurora pasó por una celda vacía tras otra, todos esos bonitos cristales mostrando catres arrugados y espacios vacíos.

Al menos hasta que llegó a la quinta celda, a lo largo de la pared derecha de un nivel que Aurora había llegado a entender formaba un gran cuadrado. Las celdas estaban dentro y fuera, y no directamente una frente a la otra. Eso, al menos, tenía algo de sentido: mantener a tus cautivos sin comunicarse, sin formar ningún tipo de plan. Las fugas eran más difíciles en solitario.

Sin embargo, mirando a este, este pobre desgraciado atrapado en la quinta celda, Aurora no podía imaginar que la fuga estuviera en su mente. El hombre se apoyaba en cuatro patas, con las rodillas en el suelo y las manos plantadas, vomitando en una rejilla en el centro de la celda. La enfermedad jugaba un papel obvio, obvio porque Aurora podía ver las manchas descoloridas en la piel del hombre. No llevaba nada más que ropa interior básica, su cabello hasta los hombros pegado a sus hombros sudorosos, contrayéndose con cada respiración jadeante.

Después de ver a Felix, después de presenciar las mutaciones ya provocadas en su gente por quienquiera que dirigiera este maldito planeta, una persona "normalmente" enferma, por grave que fuera, dejó a Aurora sintiéndose vacía. No asustada, no asqueada, solo... distante. Quizás eso era lo que venía con una vida así; la exposición a tanta atrocidad eliminaba la empatía.

Eso, y la celda de cristal sellada significaba que Aurora probablemente no contraería lo que fuera que aquejaba al hombre. Felix había indicado que su virus requería una especie de transfusión de sangre, una inyección para transmitirse, y no hacía falta mucha imaginación para ver que lo que había afectado a Felix provenía de aquí mismo.

Aurora modificó la misión en su mente, añadió un objetivo opcional: si podía destruir este lugar al salir, o al menos incapacitarlo, lo haría.

—¿Quién eres tú? —la pregunta vino del pasillo, formulada por una mujer que llevaba una bata de laboratorio despeinada y manchada y cargaba un gran maletín plateado, uno que se parecía mucho al de Kashmal, bajo el brazo.

—Mejor pregunta —dijo Aurora, encarando a la mujer en el centro del pasillo, aunque varios metros las separaban—. ¿Quién eres tú y qué haces aquí?

La mujer frunció el ceño, como si no comprendiera del todo un interrogatorio en lo que obviamente era su propio palacio. Parecía tan cómoda con la prisión, con lo que sucedía a su alrededor, que Aurora no necesitaba una respuesta para saber que esta mujer dirigía, o al menos ayudaba, a que estos prisioneros sufrieran.

—No respondo ante intrusos —replicó la mujer—. Si fueras tan amable de meterte ahí dentro —tocó una celda a su derecha, una vacía, aunque las sábanas dispersas y el suelo manchado en su interior sugerían que solo recientemente—. Podré ayudarte pronto.

Una insignia de identificación en la manga de la mujer hizo que la puerta de la celda se abriera.

—No lo creo —respondió Aurora—. Pero, pensándolo bien, tal vez tú puedas ayudarme a mí.

Aurora dio un pequeño paso hacia la mujer, quien respondió con un retroceso igual.

—Tengo dos amigos que vinieron aquí, a esta torre, ayer —dijo Aurora, inyectando esa amenaza de acero que cualquier capitán competente aprendía a emplear—. No he tenido noticias de ellos, y me pregunto si tú podrías saber qué pasó.

—La gente viene a esta torre todo el tiempo —respondió la mujer, manteniendo la atención en Aurora, aferrándose fuertemente a ese maletín—. No los conozco a todos. Y, tristemente, algunos desaparecen.

—¿Desaparecen? —dijo Aurora, continuando su avance mientras la mujer seguía retrocediendo—. ¿En estas celdas, tal vez?

Ahora la mujer sonrió.

—Oh, no. Yo estoy ayudando a estos. Siempre sé dónde están —su sonrisa desapareció tan rápido como había aparecido—. Aunque a veces no aprecian mi trabajo.

—Sorprendente.

Con la diplomacia aparentemente fuera de cuestión y la paciencia de Aurora agotándose, comenzó otro paso lento, luego estalló en una carrera. Sin armadura, Aurora se movía más rápido de lo que esperaba —qué liberador era luchar sin kilos y kilos pesándote— y su objetivo parecía igual de sorprendida, girándose para correr y tropezando con sus propias botas para caer sobre su pecho, el maletín resbalando y deslizándose por el suelo liso.

Aurora tenía su propia bota en la espalda de la mujer antes de que pasara otro aliento, y su mano en el cuello de la mujer un segundo después, girando la boca de la mujer para que pudiera hablar, respirar.

Por el momento.

—Dime otra vez —dijo Aurora—. Tenía dos amigos. Vinieron a esta torre. ¿Sabes dónde están?

La mujer tosió. Intentó decir algo, luego tosió de nuevo. Aurora aflojó un poco, quitó la mano del cuello de la mujer. No todo el mundo respondía bien a un interrogatorio agresivo, y Aurora podía ser paciente; la mujer no era muy buena luchadora.

—Eres una de ellos, ¿verdad? —dijo la mujer entre más toses—. Esos soldados que vinieron a Dynas.

—Claro, una de esos —dijo Aurora—. Ahora responde la pregunta, o empezaré a romper cosas.

—Entonces sí, sí sé a dónde ha ido uno de tus amigos —dijo la mujer, lo suficientemente inteligente como para no retorcerse bajo el pie de Aurora—. Está abajo con los otros, tratando de sobrevivir al regalo que le di.

Oh, maldición. Sai no había visto a Felix de vuelta en el puesto avanzado, podría no saber lo que pasaría con este virus, asumiendo que la mujer siguiera inyectando a sus prisioneros con la misma sustancia. Lo que significaba que Aurora tenía que encontrar una cura para su amigo.

Los guantes de seda se iban a quitar.

Aurora se apartó de la mujer, la agarró por el cuello y la puso de pie. Señaló el maletín y dijo:

—Dime que ahí dentro hay una cura para lo que sea que estén haciendo.

—¿Cura? —respondió la mujer, y luego negó con la cabeza—. No hay cura porque esto no es una enfermedad. Los estoy haciendo mejores, humanos más completos.

La mujer ya no sonaba asustada, y eso atemorizó a Aurora. Ya había conocido a científicos arrogantes antes, personas tan absortas en su propio trabajo que no se daban cuenta de las amenazas a su alrededor. Eso hacía que su trabajo fuera peligroso, pero le daba a Aurora una oportunidad: a los egocéntricos les gustaba hablar de sus proyectos, y la científica podría revelar una opción si Aurora la mantenía hablando.

Esa esperanza murió cuando se escucharon gritos desde atrás, por donde estaban los ascensores. Aurora se dio la vuelta, manteniendo a la mujer entre ella y la media docena de soldados de Helix, que vestían esa armadura corporal que cubría todo y que había visto en el puesto de avanzada, acercándose a paso ligero con las armas en alto.

—¡Suéltela y no dispararemos! —dijo el soldado al mando, identificado como tal, supuso Aurora, por el borde dorado alrededor de su parche de doble hélice—. ¡Estás en desventaja numérica!

—Puedo verlo —dijo Aurora, y luego susurró a la mujer —: Diles que se mantengan alejados o te romperé el cuello antes de que puedan disparar.

—Romperme el cuello no salvará a tu amigo —respondió la mujer—. Cualquiera que sea tu razón para estar aquí, dudo que fuera matarme y luego morir en este pasillo.

No se equivocaba. La mujer tenía un buen punto. Aurora retrocedió, arrastrando a la científica con ella. Los soldados avanzaron, manteniendo la misma distancia, repitiendo sus exigencias sin disparar un tiro.

—Recoge tu maletín —dijo Aurora cuando pasaron junto al objeto. La mujer obedeció, agachándose con Aurora para recoger el contenedor plateado del suelo—. Y sigue caminando.

Después de que la científica recogiera el maletín, el soldado al mando aparentemente decidió que esta negociación ambulante no iba a ninguna parte. Levantó una mano, y los tres soldados de atrás se dieron la vuelta y comenzaron a correr en la dirección opuesta.

—Este piso es un cuadrado, ¿verdad? —dijo Aurora, manteniendo su retirada.

—Eres tan lista. ¿Estás segura de que no quieres una inyección propia? —respondió la mujer—. Te ayudaría, estoy segura de ello.

—Guárdate tus agujas para ti misma.

Aurora calculó que faltaba un minuto, tal vez dos, para que los soldados que corrían llegaran detrás de ella. Su rehén no podía cubrir ambos lados a la vez, lo que hacía que un disparo por la espalda fuera el resultado más probable que le esperaba.

Nada bueno.

En la esquina del pasillo, Aurora aprovechó el giro para retroceder más rápido. Otro ascensor se encontraba no muy lejos en este lado, opuesto al banco más grande donde Aurora había llegado. Este, a diferencia del diseño corporativo estándar de los otros, tenía pegatinas de advertencia y luces rojas a su alrededor. Uno importante, uno peligroso y posiblemente una vía de escape.

—Desbloquea el ascensor —le dijo Aurora a la mujer, llevándola hacia la puerta.

—Por supuesto —respondió la mujer—. Aunque puede que no te guste lo que encuentres allá abajo.

La mujer obedeció la orden de Aurora, golpeando su muñeca contra la puerta del ascensor y cambiando las luces rojas a verdes. Aurora pulsó el botón de llamada mientras los soldados doblaban las esquinas por ambos lados, gritándole que se rindiera.

Las puertas no se abrieron. El ascensor no estaba listo.

A Aurora se le había acabado el tiempo.

Aurora empujó a la mujer, levantó las manos. El soldado al mando agarró al rehén de Aurora mientras los otros dos fueron por Aurora misma, tomando sus manos y atándolas con esposas de metal paralizantes, listas para adormecer los nervios de Aurora si hacía algún movimiento agresivo.

—Quédate quieta y en silencio —le dijo uno de los soldados—. Y tal vez no te matemos.

La mujer se sacudió la ayuda del soldado al mando, se volvió hacia Aurora con esa sonrisa maliciosa que llevaba tan bien:

—Lamento que tu plan no haya funcionado del todo, pero no te preocupes. Siempre tenemos espacio para más sujetos como tú. Estos amables caballeros te llevarán a una celda, y te veré en unas horas.

—Lo espero con ansias —dijo Aurora mientras los guardias que la esposaban la levantaban y la presionaban contra la pared del pasillo.

En total, Aurora nunca había sido arrestada antes. Esto, a pesar de todas las invasiones hostiles que había llevado a cabo, misiones que violaban las leyes locales con absoluto desenfreno. Por lo general, sus enemigos simplemente iban a por el tiro de gracia. Menos peligroso de esa manera. Un

soldado muerto de DefenseCorp no volvería para ator-
mentarte.

Y cuando el ascensor que Aurora había llamado abrió
sus puertas, Aurora vio su oportunidad de hacer precisamente eso.

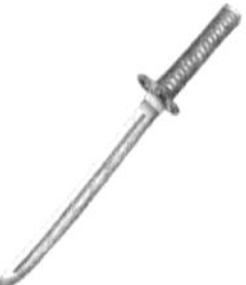

## TUMULTO DE REALIDAD

Sai nunca había sido un líder, un director, un gestor de hombres. Prefería sus explosivos, su espada y el trabajo práctico que los acompañaba. Sin embargo, febril y furioso, en una gran sala llena de sujetos de prueba que sentían lo mismo, alguien necesitaba dar un paso al frente. Alguien necesitaba dirigir la plaga en la dirección correcta.

Anaskya había ido hacia el ascensor. Desapareció mientras su gran compañero encontraba su horrible final entre las afiladas uñas, los dientes mordaces y las mandíbulas babeantes de humanos apenas reconocibles.

De pie junto a la puerta del ascensor, vacilando en su borrosa visión, estaban el hijo y la hija de Sai. Sonrisas en sus rostros, saltando y señalando hacia la puerta. No podían ser reales, pero maldita sea, parecían serlo. La misma edad que cuando Sai los vio por última vez, hace años y años. Cintas de menta en el cabello de su hija como él solía hacerlo en los días festivos.

Si sus hijos querían que entrara en el ascensor, si su

mente febril e infectada veía ese como el camino, entonces Sai lo tomaría.

Mientras los últimos restos del Capitán Feliz eran despedazados, el soldado de Sever Escuadrón se tambaleó hacia el ascensor y golpeó el botón de llamada. Pegó la identificación del hombre, arrancada de la camisa arruinada de la víctima, contra el escáner del ascensor y vio la aceptación verde, la prioridad anulando a cualquier otro llamado.

—Por aquí —gritó Sai al grupo, un llamado húmedo y tosiendo que se mezclaba bien con cómo se sentía Sai—. Si quieren una oportunidad de cura, tenemos que atraparla.

Sai no podía decir cuánto entendían las otras docenas de víctimas, pero la mayoría siguió el llamado. Soltaron sus mordiscos carnosos y deambularon hacia Sai.

El hombre que lo había iniciado todo, cuyo virus parecía más avanzado que el de cualquier otro, lideró al tambaleante grupo en una carrera ondulante, como si el fluido llenara su cuerpo y se deslizara de lado a lado con cada paso. Los ojos rojos del hombre supuraban un pus amarillento, mientras su piel continuaba un rápido cambio hacia un azul más oscuro, como un moretón gigante que se extendía. Cuando se acercó, mientras las puertas del ascensor se abrían, reconoció a Sai con la boca abierta y un ronco gruñido.

—Juntos —respondió Sai, sin saber qué más decir.

El soldado de DefenseCorp extendió la mano antes de poder detenerse y la puso sobre el hombro del otro hombre enfermo. Apretó el agarre por un segundo, como lo habría hecho con Gregor o Eponi. Había conocido a este desastre humano por menos de unos minutos, pero el propósito común forjaba lazos comunes.

Entraron en el ascensor y los demás se amontonaron detrás de ellos. Sai no sabía muy bien si excedían el límite de peso, si tener a tantos infectados en estrecha proximidad los perjudicaría o ayudaría. Sí sabía que su visión nadando, un ardor constante en sus brazos y piernas, y una alucinación ocasional de segundos que lo llevaba de vuelta a casa con su familia significaba que Sai estaba en un viaje terrible hacia ningún lugar bueno.

El ascensor solo tenía otro botón. Por esto, al menos, Sai podía agradecer a Anaskya. Su deseo de eficiencia directa le dio a Sai una decisión menos que tomar, una elección menos que considerar. Golpeó el botón, vio cerrarse las puertas y escuchó la respiración pesada y empapada a su alrededor.

Por sus apariencias, la variada mezcla de infectados de Sai provenía de todos los estratos de la escala social de Dynas. Algunos llevaban trajes de neopreno, rasgados y manchados, lo que sugería una vida en las calles de la ciudad. Víctimas más fáciles, quizás, de tomar. Otros, como el hombre condenado junto a Sai, tenían ropa con el logotipo de la doble hélice. Empleados sacrificados en el altar de la corporación.

¿Por elección o por la fuerza?

Sai adivinó lo primero, por cortesía de lo segundo. Una bonificación ofrecida o un viaje fuera de este mundo, y cuando la realidad de esa elección se hizo evidente, una pistola empujada contra la espalda para evitar que la gente se volviera contra sus ideas iniciales.

El corto viaje en ascensor y la disposición en descomposición del hombre no dejaron tiempo para confirmar la idea de Sai.

Cuando las puertas del ascensor se abrieron, Sai trató de dar sentido a lo que vio. Justo frente a él, con la cara presionada contra la pared y vistiendo uno de esos trajes de neopreno baratos, estaba su capitana. Dos soldados trabajaban en ella, mientras otra media docena holgazaneaba cerca, todos mirando hacia el ascensor, sus rostros enmascarados sin duda confundidos ante la masa enferma que salía rodando hacia ellos.

Sai no dio ninguna orden, no salió primero y exigió que cada uno de los guardias se convirtiera en forraje para los apetitos asesinos de sus monstruos. Los monstruos lo hicieron por sí mismos.

El hombre arruinado lideró la carga, captando esos uniformes negros de doble hélice en sus ojos y precipitándose fuera del ascensor con un rugido enloquecido y tosiendo. Sai se presionó contra el ascensor mientras los demás lo seguían, saliendo en tropel al pasillo y lanzándose hacia sus víctimas elegidas con un abandono de ojos llorosos.

—¡Sai! —llamó Aurora por encima de los gritos, y Sai finalmente salió del ascensor para encontrar a su comandante en el suelo, pateando a una mujer enferma que intentaba débilmente alcanzar el tobillo de Aurora.

—Déjala en paz —dijo Sai, atravesando la neblina para apartar tanto la patada de Aurora como el agarre de la mujer infectada—. Los que tienen los uniformes, ellos son el enemigo. Ellos te hicieron esto.

La mujer miró a Sai, un rostro curtido que empezaba a mostrar las mismas manchas azul oscuro que el hombre guerrero, y comenzó a decir algo, cuando su cabeza simplemente explotó, estalló en llamas y se derritió mientras uno de los guardias descargaba su arma sobre ella. Apuntó a Sai a continuación, cuando este sintió una repentina presión en su tobillo izquierdo.

Sai cayó al suelo mientras el disparo del guardia atravesaba el espacio donde había estado un segundo antes. Aurora, a su izquierda, retrajo la pierna después de patear a

Sai para derribarlo, se encogió y se lanzó de cabeza contra el guardia, su pelo enmarañado y sudoroso liderando una carga devastadora contra el hombre y derribándolo.

El techo del pasillo de la prisión se cernía sobre él mientras Sai yacía de espaldas, la caída golpeando con fuerza su pecho y expulsando el aire de sus debilitados pulmones. Vio a Aurora lanzarse de cabeza, con las manos esposadas a la espalda, y supo que necesitaba levantarse, necesitaba hacer algo.

Entre un parpadeo y el siguiente, su madre estaba allí, sonriéndole desde arriba, luciendo exactamente como en la azotea de la torre aquel terrible día. Se inclinó hacia adelante, extendiendo ambas manos hacia las de Sai, y él las tomó, sintió a su madre levantarlo, y-

—¡Sai! ¡Necesito ayuda aquí! —gritó Aurora y su madre se desvaneció, reemplazada a un metro de distancia por la forma luchadora de su capitana mientras intentaba mantener la mano armada del guardia clavada en el suelo.

Cierto. Eso era lo que estaba haciendo. Luchando.

Sai se abalanzó hacia adelante y cayó sobre el guardia, esquivando a Aurora y clavando su codo en la cara del hombre con fuerza suficiente para dejarlo inconsciente.

Las víctimas infectadas se defendían por todo el pasillo, tacleando, mordiendo y desgarrando a los guardias blindados. Varios de los improvisados compañeros de Sai habían sido obliterados por el fuego láser, pero la sorpresa y la ferocidad habían derribado a todos menos a dos de los guardias, que fueron abatidos momentos después por la horda restante.

—Sai, ¿te importaría quitarme estas esposas y luego explicarme qué demonios está pasando? —dijo Aurora, cortando los gritos de pánico de la presa de los infectados.

Abrir las esposas significaba conseguir una placa del

guardia caído, algo que no debería haber sido tan difícil, excepto que los dedos de Sai habían empezado a sentirse tan grandes como salchichas, y sus hijos seguían apareciendo en los márgenes, dificultándole la concentración.

—Sai, concéntrate —dijo Aurora después de que él hiciera un torpe intento de abrir el bolsillo de la placa en el pecho del guardia—. ¿Qué te pasa? ¿Qué les pasa a ellos?

—Yo —Sai cerró los ojos. Intentó apartar todo solo por un segundo. Reiniciarse—. Nos inyectaron algo. Es lo que están haciendo aquí, en la torre, creo. El propósito de todo este lugar.

Sai tenía que seguir hablando, tenía que seguir soltando las palabras porque si se detenía, si su boca se cerraba, Sai tuvo la repentina sensación de que podría no ser capaz de abrirla de nuevo. Su fiebre debía estar subiendo, ese virus enviando su calor arriba y abajo y por todo su cuerpo.

—Van a convertirnos en otra cosa —continuó Sai, inhalando aire como podía, y logrando sacar la placa de identificación del guardia. Aurora le dio la espalda, presentó las esposas, y un toque sudoroso desenganchó las restricciones de metal azul—. Anaskya seguía diciendo que nos ayudaría a ser mejores, pero no creo que sepa lo que está haciendo.

Aurora se dio la vuelta, ayudó a Sai a ponerse de pie, mantuvo sus manos en sus hombros. Su rostro parecía claro, sólido, real. Pero claro, por supuesto que lo era. Aurora no era como los hijos de Sai, su madre. No una alucinación.

—¿Real? —dijo Sai después de que Aurora hiciera una pregunta que no captó—. Eres real, ¿verdad?

—Estoy a punto de serlo mucho menos si no alejas a tus amigos —respondió Aurora, girando a Sai para enfrentar a los supervivientes, que se habían reunido alrededor de ellos dos, luciendo tan angustiados, tan arruinados como Sai se sentía.

—Ellos no son —Sai miró alrededor, los rostros que le devolvían la mirada iban desde apenas coherentes hasta rabia burbujeante, pero todos compartían un rasgo singular que Sai había visto antes—. No son mis amigos.

—Tal vez quieras reconsiderarlo antes de que nos coman.

—Estamos infectados —dijo uno de los otros, una mujer corpulenta vistiendo los restos ensangrentados de un uniforme de doble hélice—. Eso es todo. Eso es todo. Pero no estamos locos, solo, solo enojados. Y enfermos.

Una enfermedad en desesperada necesidad de una cura. Una que, Sai sospechaba, Anaskya tendría. Si es que existía alguna.

—Tenemos que ir tras ella —dijo Sai—. Anaskya. Es la única opción.

—¿Estás hablando de una científica? ¿La líder de este grupo? —dijo Aurora—. Porque estaba aquí hace un minuto.

Tan pronto como Aurora terminó las palabras, el grupo de infectados se dispersó y comenzó a recorrer los pasillos, gritando el nombre de Anaskya y recibiendo respuestas de los prisioneros aún atrapados en sus celdas. Aurora y Sai los vieron moverse, y Sai los habría seguido de no ser porque Aurora lo sujetaba con firmeza.

—Sai, necesito saber. ¿Qué te está pasando? ¿Estás comprometido?

Sai relató los síntomas. Dijo que sentía que podía mantenerse en pie, moverse. Que cualquier acción sostenida sería desastrosa.

—¿Y Eponi? —preguntó Aurora—. ¿Sabes dónde está?

—Ella me entregó. Salvó mi vida y me mató al mismo tiempo.

—¿Está aquí entonces, en la torre?

—¿Tal vez? —Sai intentó sacudir la cabeza, pero Aurora pasó de largo su comentario.

Explicó, con el estilo de informe de misión rápido y contundente de Aurora, sobre Kashmal y el maletín, el objetivo y el plan para asegurar un viaje en lanzadera una vez que Sever Escuadrón se hubiera reunido. Sai captó una de cada cinco palabras, e incluso esas las dejó escapar.

Porque, la verdad era que pronto estaría muerto, o algo tan diferente que el Sai que había viajado todo este camino bien podría haber desaparecido.

## 18

## EL FIN DEL INFECTADO

Estar en Sever Escuadrón significaba que las amenazas tenían una manera de encontrarte, ya fuera directamente, como con el arma de Lani apuntando a tu cara, o colateralmente, como cuando Wicks intentó descifrar el código de la armadura de Rovo y casi activó su función de autodestrucción antitampering. El traje comenzó una cuenta regresiva rápida, y Lani, sabiamente, dejó que Gregor pasara junto a ella para introducir una cadena de doce dígitos en el teclado de la armadura, justo al lado de la costura del lado izquierdo.

Morir cuando la armadura de su propio equipo explotara no sería la muerte más estúpida que Gregor había visto en su tiempo con DefenseCorp, pero estaría cerca. Nada, sin embargo, superaría aquella vez que presenció cómo un prisionero en fuga se eyectaba accidentalmente al vacío frío del espacio segundos antes de alcanzar la atmósfera. El paracaídas no le sirvió de nada al pobre hombre.

—Gracias —ofreció Wicks, manteniéndose bien alejado de Gregor—. Olvidé que hacían eso.

Agentes. Gregor se había alegrado de ver a Lani al principio, pensando que quizás le ayudaría a encontrar al resto de Sever, tal vez a conseguir una nave para salir del planeta. En su lugar, Lani le había recordado a Gregor por qué le gustaba evitar a los miembros del servicio clandestino de DefenseCorp.

Para empezar, guardaban demasiados secretos. Lani podía decir todo lo que quisiera sobre destruir a Felix y mantener a Helix bajo control, pero DefenseCorp podría haber hecho lo mismo con inspecciones periódicas, una fragata esperando en órbita lista para fundir cualquier material objetable. Infiltrar agentes en la ciudad significaba que DefenseCorp tenía otras ideas, o quería garantizar alguna inversión de toda esta aventura.

Pero, ¿le importaba a Gregor?

Tomas a un minero de cometas sin nada a su nombre, le das una oportunidad como matón musculoso que se convierte en una forma de lucha de élite, y vas a obtener cierta lealtad. Aurora podría presionar a estos agentes. Sai podría cuestionar sus verdaderos motivos.

Gregor tenía su martillo de vuelta, y lo estaban llevando a un lugar donde podría usarlo. Por ahora, eso era suficiente.

—Os doy los códigos —dijo Gregor—. Me devolvéis la armadura cuando nos reunamos con mi escuadrón.

—Por supuesto —respondió Lani—. No vamos a lograr mucho si andamos por esta ciudad con eso puesto.

—Si intentáis quedárosla, os mataré. DefenseCorp o no.

Lani se rio.

—Claro. Lo que tú digas.

Con las apuestas claras, Gregor proporcionó los códigos y, con Lani y Wicks poniéndose los trajes de Aurora y Rovo, el cuarteto regresó a la azotea de la estación, saltó a su aerodeslizador y se alejó zumbando de la ciudad.

La espesa y húmeda niebla amarilla envolvió el aerodeslizador cuando salió de la red de nanos, obstruyendo las rejillas de ventilación de Gregor y forzando una limpieza manual. Les mostró a Lani y Wicks cómo hacerlo, ciclando la entrada de aire de la armadura mientras contenían la respiración para expulsar ese aire, y el polvo amarillo, por las rejillas. Un verdadero placer, pero, en el proceso, Gregor se dio cuenta de lo poco que estos agentes sabían sobre el combate real.

—No, nunca he tratado con una armadura como esta —dijo Wicks después de que Gregor le explicara cómo limpiar las rejillas—. Prefiero los métodos sutiles, la verdad. Pero si vamos a enfrentarnos a algo malo, no podemos ser demasiado cuidadosos.

—Entonces si quieres vivir, déjame enseñarte algunas cosas —respondió Gregor.

—Y yo que pensaba que no te importábamos —dijo Lani, sin duda sonriendo detrás de su visera.

—Mis amigos querrán recuperar su armadura —dijo Gregor—. No quiero tener que cargarla de vuelta a casa.

Explorar las diversas funciones de la armadura de DefenseCorp ocupó el resto del viaje en aerodeslizador, hasta que el puesto avanzado conquistado por Felix surgió de la penumbra ocre como una alucinación opaca. En el día transcurrido desde la última vez que Gregor había estado aquí, no mucho había cambiado en el puesto avanzado.

De hecho, nada había cambiado.

—¿Cómo es que este lugar no está repleto de soldados? —preguntó Gregor al aire. Había estado esperando a medias que esta expedición terminara antes de que tocaran tierra, ya que cualquier fuerza que se precie debería haber enviado refuerzos, o incluso un contingente abrumador—. No dejas que los enemigos ganen en tu propio terreno.

—Lo haces si el precio de la victoria es demasiado alto —

dijo Lani—. ¿Quién sabe cuántos de los matones que emplean realmente saben lo que están protegiendo?

Gregor supuso que él también se rebelaría si descubriera que sus amigos estaban siendo sometidos a experimentos, convertidos en monstruos ambulantes.

Sayers guio el aerodeslizador hasta el techo, se ofreció a vigilarlo mientras los otros tres saltaban y descendían por un elevador en el exterior del puesto avanzado. Gregor se dio cuenta de que así debía haber sido como Sai y Eponi lograron escapar.

¿Cómo estarían esos dos? ¿Y Aurora y Rovo? Gregor se sentía bastante seguro con este grupo, pero ¿seguiría vivo el resto de su escuadrón?

Agarró su martillo con más fuerza, lo mantuvo listo mientras se acercaban a una entrada lateral, una que había sido forzada. El gran arma, lista para transmutar la fuerza cinética en sus golpes, hacía que Gregor se sintiera más seguro. Como en casa, pero destructivo.

—Antes de entrar —dijo Lani mientras se formaban cerca de la puerta, con Gregor listo para liderar—. ¿Algo más que debamos saber sobre Felix? ¿Con qué está luchando?

—No os acerquéis —dijo Gregor—. Usad fuego. Y no le escuchéis.

Wicks y Lani parecieron asentir, así que Gregor volvió a la pesadilla espantosa que había preferido olvidar, atravesando la delgada puerta con su martillo y entrando.

Este pasillo, sin embargo, era nuevo. Marcas de láser grababan las paredes, junto con la ocasional línea plateada de una espada, sin duda la katana de Sai. Gregor vio todo esto a través de la luz de su casco, ya que la energía de la base aparentemente había fallado. No era muy sorprendente, dada la lucha que había tenido lugar allí.

—Esta fue una gran pelea —dijo Lani—. ¿Cuántos de ustedes vinieron? ¿Un ejército?

—Cinco —respondió Gregor.

A la izquierda, pasaron por los barracones, con literas que aún conservaban las sábanas y los efectos personales de al menos algunos soldados. Unos que ahora estaban muertos o, peor aún.

Gregor no tenía el plano de la base, así que siguió los cortes de la katana y los disparos láser. En teoría, esto los llevaría de vuelta al centro del conflicto, donde encontrarían a Felix. O él los encontraría a ellos.

—No trajiste palas, ¿verdad? —dijo Wicks mientras doblaban una esquina y se encontraban cara a cara con una pared de escombros donde aparentemente se había derrumbado el pasillo—. No cavo con las manos.

—Rodeamos —Gregor los guio hacia una habitación a la izquierda, ¿una oficina? ¿Suministros? Luego preparó su martillo—. Atrás.

Tomó tres golpes atronadores para abrir un agujero en las paredes hacia la siguiente habitación, un espacio más grande que parecía un centro de mando. Monitores muertos tapizaban las paredes y se erguían sobre los escritorios. Más importante aún, una puerta en el extremo opuesto conducía a otro pasillo que...

—Odiaba este ascensor —dijo Gregor.

—¿Está tan empapado de sangre como este lugar? —preguntó Lani, mirando alrededor del centro de la base, donde los restos semidesteñidos y aún pegajosos de la incursión inicial del Sever Escuadrón permanecían en los pasillos.

—Felix nos esperó abajo —dijo Gregor—. Aquí arriba, los guardias intentaron emboscarnos. Ninguno tuvo éxito. Fue molesto.

Dale una pelea directa cualquier día. No este trabajo en espacios reducidos y furtivo. Tampoco mutantes genéticos.

—Hablando de eso —dijo Lani—, dijiste que Felix solía saber lo que pasaba por aquí. ¿Dónde está nuestro amigo?

—No he visto nada inusual —añadió Wicks—. Por divertida que sea esta armadura, me voy a enojar si nos arrastraste hasta aquí para nada.

Sin embargo, la nada parecía ser la tendencia. La base estaba en silencio, vacía y sin un solo ruido. Ni siquiera las ratas u otros bichos se hacían presentes. Como si, después de la lucha de Sever, toda la base hubiera decidido quedarse callada.

El vacío debería haber sido inquietante, pero dado lo que había sucedido aquí no hace mucho tiempo, Gregor lo encontró pacífico. Como visitar una tumba.

Gregor llevó a Lani y Wicks de vuelta hacia la planta de energía, luego a la izquierda y a través de más oficinas, hasta donde habían rescatado a Rovo. Hasta donde, la última vez que Gregor había visto, las mutaciones colectivas de Felix se retorcían en una enorme masa biológica, esperando nueva sangre para añadir.

Excepto que aquí, en el hueco vacío del ascensor que había servido como cuba celular de Felix, Gregor no vio nada. Solo, en el fondo, un poco persistente de lodo negro.

—¿Vas a bajar ahí? —preguntó Wicks cuando Gregor se dirigió a la única escalera del hueco—. ¿Por qué?

—Porque si Felix se ha ido, quiero saberlo.

Gregor descendió rápidamente, con el martillo colgado a su espalda y las manos en los rieles exteriores de la escalera, permitiéndole deslizarse varios pisos hasta el fondo.

Sus botas blindadas aterrizaron con un chapoteo desagradable, esparciendo materia biológica alrededor. Gregor se arrodilló, tocó la sustancia negra grisácea con su mano. La masa se estremeció cuando sus dedos blindados la tocaron. Todavía viva, entonces, aunque no parecía estar succionándolo como lo había hecho con Rovo el día anterior.

—¿Y bien? —llamó Lani desde arriba—. ¿Encontraste algo?

—Todavía no —respondió Gregor, poniéndose de pie.

Aurora había dicho que mataría a Felix ella misma o haría que DefenseCorp lo quemara desde la órbita. Ahora, parecía que no necesitaría hacer ninguna de las dos cosas.

Detrás de él, Gregor escuchó el lento sonido de trituración de la anulación manual de una puerta eléctrica abriéndose. El Sever se dio la vuelta lentamente, levantando el martillo sobre su cabeza en el mismo movimiento.

De pie allí, una masa encorvada mucho más gris y quebradiza de lo que Gregor recordaba, estaba la razón por la que Lani lo había arrastrado de vuelta aquí.

—Hola, Felix —dijo Gregor.

—¿Has venido a hacerle compañía a un hombre moribundo? —respondió Felix—. Qué amable de tu parte.

## 19

## CASI LIBRES

Alcanzar la ingravidez fue un momento elástico. La gravedad de Dynas desapareció en un instante, pero el cuerpo de Eponi reaccionó con sensaciones oscilantes mientras cada órgano, vaso sanguíneo y nervio se adaptaba a su repentina liberación. La primera vez que Eponi había sentido esa sensación, había vomitado por todas partes.

Todas las demás veces, había sucumbido a la sonrisa maniática que definía el pilotaje en el espacio. Maravilla tras maravilla tras maravilla.

—Odio esto —dijo Ben a su lado, acunando su arma y viéndose más verde que otra cosa.

Algunas personas nunca entenderían, ni podrían entender, lo que significaba dejar atrás las ataduras de un planeta. ¿Otros como ella? Eponi no era ajena a la idea de que crecer cautiva de trabajos insignificantes y atrapada en un mundo atrasado la hacía sensible a obtener libertad, por imaginaria que esa libertad realmente fuera.

Había dejado Dynas, sí, pero Ben aún la tenía como

rehén. Aunque ahora, en el espacio sin otro piloto, ella también lo tenía como rehén a él.

—O te acostumbrarás o no —dijo Eponi.

—No pertenezco al espacio —Ben negó con la cabeza—. Por eso acepté el trabajo en Helix en primer lugar. Si las cosas iban bien, podría quedarme allí para siempre.

—Pero te fuiste.

—Pero me fui —dijo Ben—. Pasar un día en Dynas ya es demasiado tiempo.

Adelante, el espacio se iluminó cuando estrellas y planetas por miles de millones aparecieron en la oscuridad. La estrella natal de Dynas yacía detrás de ellos, su luz hacía poco para lavar la distancia mientras Eponi inclinaba la lanzadera para poner a Dynas entre la estrella y la nave. Un pequeño eclipse artificial.

Inútil, a menos que quisieras organizar un lugar de encuentro relativo.

Mientras ascendían, Ben había mencionado que no tenía coordenadas. Solo un nombre, una fecha y una promesa. Llegar a la sombra de Dynas y esperar, y Ben encontraría a su comprador y su escape.

—¿Cómo contactaste siquiera con esta gente? —preguntó Eponi mientras enviaba la lanzadera para igualar la órbita de Dynas, luego la giró para mantener la vista hacia el exterior. Cuanto menos viera de ese planeta húmedo, mejor—. ¿Algunos láseres apuntando al cielo?

—Dynas no está desconectado de la galaxia —dijo Ben —. Helix necesita alimentos, compradores para sus productos. Solo está muy controlado. Resulta que soy una de las personas que hace el control.

—¿Y esta gente que vamos a encontrar, nos van a llevar a nosotros y lo que tienes allá atrás?

—Esa es la idea.

—¿Por qué no simplemente te dispararían y tomarían las cosas gratis?

Ben sonrió de esa manera engreída que tienen las personas demasiado confiadas. —Los maletines están cerrados. Soy el único que sabe cómo abrirlos.

Eponi se rio. Sever se había encontrado con innumerables amenazas como esa. Imbéciles arrogantes que afirmaban que no podían ser asesinados porque algún arma, algún tesoro, algún código secreto dependía de su vida. Resultaba que podías abrir cualquier cosa con suficiente habilidad, paciencia y, si era necesario, explosivos.

—No me estás tomando en serio —dijo Ben.

—Definitivamente no —respondió Eponi—. O vas a terminar muerto, o, bueno, muerto.

—No todo el mundo en la galaxia hace tratos de vida o muerte, ¿sabes? —replicó Ben—. A veces la gente está bien sin matar.

Eponi podía admitir que su carrera había empañado su perspectiva.

Siendo una piloto de karts corriendo por los márgenes de la galaxia, Eponi había estado expuesta a muchos tratos y compromisos, el tipo de cosas que ocurrían fuera de las luces brillantes, las multitudes y las cámaras que convertían a la gente en estrellas. Se sentaba allí mientras los managers, dueños, equipos y agentes negociaban su vida, su tiempo por ganancias. Y ella lo aceptaba. Así funcionaba la galaxia, la industria y la vida. Que Ben hubiera encontrado algo similar en Dynas traficando células para una corporación loca no le sorprendía.

¿Lo que sí la sorprendía?

Que Ben no pensara que alguien se aprovecharía de él.

La lanzadera emitió una advertencia, una pequeña luz roja que indicaba que otra nave había entrado en el espacio relativamente cercano. Eponi había estado orientando la lanzadera hacia el exterior, planeando al menos captar, con el radar frontal, cualquier cosa que viniera desde fuera del sistema. Sin embargo, este contacto venía desde atrás. La nave debía haber saltado alrededor de Dynas, rodeando el planeta para acercarse sin ser vista.

¿Estaban siendo paranoicos? Tal vez. ¿Estratégicos? Definitivamente.

—Parece que tus amigos están aquí —dijo Eponi.

—Nuestros amigos —respondió Ben—. No los enfades.

—¿Qué, crees que podría hacerlo?

—Sí.

La lanzadera que habían robado de Dynas no tenía el sofisticado radar al que Eponi estaba acostumbrada. DefenseCorp se aseguraba de que sus naves vinieran listas para escanear, ver y saltar sobre cualquier amenaza potencial. Esta lanzadera solo indicaba la posición. Eponi no podía decir si la nave que se acercaba era grande, pequeña o mortal. No es que tuvieran algún arma para contraatacar. En lugar de intentar maniobras evasivas, cualquier dirección o pilotaje, Eponi dejó la lanzadera suspendida y se reclinó en el asiento. Esperando a los captores.

—¿Me están esperando? —dijo Eponi—. ¿O voy a ser un inconveniente, uno más fácil de simplemente arrojar al vacío?

—Estos no son asesinos —dijo Ben—. Son solo una empresa, igual que para la que tú trabajas. Igual que para la que yo trabajaba. Todo lo que quieren es obtener ganancias y algo para vender.

—Deberías iniciar una nueva carrera como orador motivacional —respondió Eponi—. Me estás haciendo sentir tan cálida y reconfortada.

Antes de que Ben pudiera responder con algo más que

un giro de ojos, la lanzadera se estremeció. La nave que se aproximaba realizó su acoplamiento inicial, enganchándose a la escotilla en el costado de su lanzadera. Otro pitido y una luz parpadeante indicaron una esclusa de aire segura, lista para transferir el contrabando de Ben, y a Ben mismo.

Personalmente, Eponi odiaba esos lentos paseos interestelares. Donde solo una membrana te separaba de una muerte rápida. La galaxia estaba plagada de historias sobre transferencias que salieron mal: tenías las cosas accidentales como un enganche equivocado, un sensor que leía una conexión cerrada cuando en realidad una fractura microscópica significaba que todo el oxígeno se escapaba. O tal vez todo parecía estar bien, la transferencia iba bien, y alguien pensó que había terminado. Presionabas un botón un minuto antes y puf, toda una tripulación desaparecida.

Era mejor esperar la señal de todo despejado, así que Eponi esperó mientras Ben regresaba a verificar. Se quedó en la cabina donde podía, si fuera necesario, cerrar las puertas y sellarse en ese pequeño compartimento. Darse el aire suficiente para regresar a la atmósfera si algo salía catastróficamente mal. Si los compradores de Ben resultaban estar menos interesados en Ben y su rehén.

La confianza no era uno de sus rasgos dominantes.

—Eponi, ¿puedes oírme? —la voz de Ben llegó a través del altavoz de la cabina.

—Fuerte y claro —respondió Eponi—. ¿Ya conociste a tus amigos?

—Han establecido el enlace. Deberían estar aquí en un minuto. Hablaré con ellos y te avisaré qué sigue.

Lo que le dio a Eponi tiempo de sobra para mirar las estrellas, para contar sus respiraciones. Para mirar alrededor y ver si quedaba algo en la cabina que pudiera darle alguna pista, tal vez, sobre con quién se estaban reuniendo. Qué empresa. No es que no lo descubriría eventualmente, pero cualquier fragmento de información podría ayudar.

Como se ha dicho, Eponi no confiaba en nadie que no conociera. Especialmente en las empresas.

La primera vez que Eponi dejó su hogar en Seleno, la organización de carreras de karts proporcionó el viaje. Eponi había pensado que estaba dejando atrás una masa roja donde tantos sueños morían o se desvanecían, gracias a ellos. Eponi firmó todo lo que le pidieron. Siguió sus demandas, corrió en todas las carreras que pudo. Y solo, solo cuando conoció a los otros corredores profesionales, los que habían estado en esto durante años y años y años, descubrió cuán mal se había posicionado. Cuán atada estaba a las decisiones arbitrarias tomadas por personas mucho más poderosas que ella.

A pesar de que tenía todo el talento.

Ese talento empujó a Eponi a empezar a hacer demandas, pedir más dinero, mejores recursos. Lo cual funcionó bien mientras estaba ganando, mientras no hubiera alguien nuevo que pudiera obtener lo mismo sin todas las molestias.

Se estrelló una vez demasiadas. Como todos los corredores de karts, pero, también, debido a sus demandas, no. Decidieron que no valía la pena repararla cuando el próximo novato volaría sin quejarse. Y cuando te echan de la pasión de tu vida a una edad tan joven...

Terminas pilotando misiones de naves de descenso para una empresa peligrosa, como parte de un escuadrón peligroso.

Hablando de eso, ¿dónde estaban? Allá abajo en esa superficie. ¿Seguirían vivos? ¿Se sorprenderían al saber que Eponi había logrado escapar, a una esclusa de distancia de saltar a otra vida?

Apoyó las manos en el panel de control y se inclinó

hacia adelante, tratando de encontrar alguna respuesta ahí fuera. Si iba a la otra nave, aceptaba esa supuesta oferta y se iba con Ben, estaría fuera. Probablemente etiquetada como desertora de DefenseCorp, con una licencia para capturarla o matarla si alguien se la cruzaba. Pero Eponi era poca cosa, caza menor. A DefenseCorp no le importaría tratar de atraparla y la dejarían desaparecer en la oscuridad como tantos otros lo habían hecho.

No más armas, no más misiones, no más armaduras, no más planetas extraños con gente más extraña y virus aún más extraños.

Podría transportar carga, enviar cosas de un lado a otro hasta ahorrar lo suficiente para conseguir su propio kart. No era una mala vida. Para nada mala.

—¿Eponi? —dijo Ben, su voz interrumpiendo—. ¿Sigues despierta?

—Estoy aquí, ¿dónde estás tú?

—En su nave —respondió Ben—. Están aceptando el trato. Se están llevando lo que trajimos. Y a mí.

Ben entregó el final con un peso pesado, una finalidad. El tipo de tono usado al romper con alguien, o con una idea, o un sueño. O tal vez solo decepcionando a un amigo.

—¿Tú? —dijo Eponi, dejando que el hielo formado por sus palabras corriera por sus venas, congelando cualquier shock. ¿Sin confianza, recuerdas?—. ¿Eso significa lo que creo que significa?

—Significa que eres libre —respondió Ben—. Ya no eres mi rehén.

—¿Por qué no me llevan a mí?

—No hay espacio —dijo Ben—. Pero en realidad, una vez que les dije quiénes éramos, no quisieron enemistarse con tu empleador. Parece que DefenseCorp tiene demasiada influencia.

—Claro.

¿Qué más podía decir?

—Gracias, Eponi —dijo Ben—. Gracias por sacarme de allí. Y ahora tienes tu nave. Puedes volver y recoger a tus amigos.

¿En una lanzadera que no podía salir del sistema?

—Seguro. Que tengas una buena vida, Ben.

Eponi cortó la comunicación. Un segundo después, la lanzadera se estremeció de nuevo cuando el pestillo se soltó. Ese sello de la esclusa de aire se desprendió. Los escáneres pitaron de nuevo, rastreando la otra nave mientras se alejaba hacia el borde exterior del sistema, donde aceleraría hasta casi la velocidad de la luz o más en su camino hacia algún otro mundo, alguna otra vida.

Su lanzadera no podía llevarla a ninguna parte.

No, eso no era correcto. La lanzadera podía llevarla al único lugar al que necesitaba ir.

De vuelta a ese mundo miserable.

## 20

## PELEA EN LO MOJADO

Solo había unas pocas reacciones que tenían sentido cuando te apuntaban con un arma en la espalda. La primera era rendirse. Levantar las manos y esperar y rezar para que la persona que te estaba asaltando te quisiera para algo, o de lo contrario estabas muerto.

Excepto que DefenseCorp prohibía ese movimiento.

¿Por qué? Porque DefenseCorp no pagaría ningún rescate, y cada vez que el secuestrador se enteraba de eso, bueno, tendían a llevar a sus rehenes directamente a la tumba.

Opción dos: Intentar luchar, dar un codazo o golpear con la cabeza hacia atrás si el enemigo se acercaba demasiado y ver qué pasaba. Ver si podías romperle la nariz, hacer que soltara el arma, tal vez agarrarla y volverla contra él. En cualquier caso, dar todo lo que tienes en la frenética pelea salvaje para ver quién podía salir con vida en un enfrentamiento primitivo.

O la opción tres: Hablarlo. ¿Probabilidad de éxito? Baja. Pero, para Rovo, ex oficial de comunicaciones de Defense-

Corp y maestro de muchos idiomas, quizás un poco más alta.

—Baja esa arma —dijo Rovo, forzando una calma acerada en cada palabra—, y luego déjame darme la vuelta, hablar cara a cara para averiguar qué estás haciendo, y cómo puedo ayudarte o matarte.

—No me parece un buen trato —dijo el tipo con el arma —. Arrodíllate para que pueda ponerte estas esposas.

—Inténtalo de nuevo —respondió Rovo. Mientras hablaba, sus ojos recorrían la tienda, buscando algo más útil y cercano, algo que pudiera ayudarlo a salir vivo de esta. No vio nada, lo que significaba que Rovo tenía que ser creativo —. Porque adivina qué, no estoy solo. Si no guardas esa arma, uno de mis amigos te perforará el cráneo.

—¿Ah, sí? —respondió el tipo, ocultando una risa bajo las palabras—. Creo que estás mintiendo.

El hombre cambió su tono, habló en algo cerca de su barbilla, a alguien que no se llamaba Rovo. Una pregunta transmitida a algún tipo de fuerza de respaldo esperando en la calle. Y en ese momento, Rovo tuvo la distracción que necesitaba.

El secreto sobre la opción tres: si lo haces bien, te da una gran opción dos.

Rovo se agachó y giró, lanzando su brazo izquierdo en un puñetazo a la altura del estómago. Agacharse quitó el arma del hombre de su puntería letal, y también puso a Rovo detrás de un perchero a su izquierda, con la ropa colgada bloqueando la vista desde la calle para cualquiera de los refuerzos del hombre que pudieran estar alineándose para disparar.

El puñetazo de Rovo golpeó un acolchado duro, un traje de neopreno grueso, tal vez de grado profesional. El músculo delgado debajo se movió con el impacto. Cuando logró girar la cabeza, Rovo se dio cuenta de que no estaba mirando a un asesino experimentado y duro, sino a un hombre más joven, que llevaba un respirador y sostenía el arma como si no supiera qué hacer con ella.

¿Acaso Helix carecía de personal de seguridad? ¿Sever y Felix habían aniquilado a tantos que estaban reclutando reservas de donde fuera?

De cualquier manera, el chico no parecía saber qué hacer, así que Rovo tomó la decisión por él. Simplemente se abalanzó sobre el matón de Helix, empujándolo hacia atrás contra el suelo. Con su mano izquierda, Rovo le arrebató el arma y la arrojó por el suelo.

—Te quedas quieto, conservas tu vida —dijo Rovo, acercando su rostro al de su presunto captor—. Estás metido en algo que te supera, chico.

—No soy un chico.

—Bien. Entonces quédate quieto, hombre.

El chico no lo hizo, intentó forcejear, así que Rovo le propinó un codazo en la sien para dejarlo fuera de combate. Otra mirada alrededor mostró que los refuerzos se tomaban su tiempo para entrar, lo que significaba que Rovo no quería perder tiempo en salir.

Rovo corrió. No lo llamaría cobardía, sino jugar de manera inteligente. Mientras los otros compradores se pegaban a los lados, manteniéndose fuera del camino, Rovo se puso de pie y corrió hacia la puerta, estirándose y agarrando un par de trajes de niña mientras corría: pequeños camisones. Perfectos para cualquier otro mundo menos este.

La acera salpicó cuando Rovo salió corriendo. Ahora sería el momento de que cualquier refuerzo del chico se presentara, pero nadie lo esperaba. Tal vez el chico había sido demasiado confiado, se había apresurado sin respaldo. Las únicas personas en la acera eran los desechos habituales, arrastrándose en su tarde tardía, buscando un poco de esperanza mejor, sin encontrar ninguna. Algunos observaron a Rovo mientras pasaba corriendo, salpicando agua a su paso. Nadie parecía reaccionar. Porque, por supuesto, cuando toda tu vida es un desastre sombrío, ni siquiera una acción real penetra.

Rovo tenía que llegar a Kaia. Eso estaba claro. Si lo habían rastreado hasta la tienda, entonces sabrían de dónde venía, irían tras, bueno, tal vez no la chica. ¿La maleta? De cualquier manera, el apartamento de Kashmal estaba comprometido.

Los trajes de neopreno no eran buenos para correr. Dos manzanas salpicadas más tarde y Rovo había resbalado y caído varias veces. Cada paso parecía meter el traje de neopreno en los pliegues de Rovo y recordarle lo buena que solía ser su armadura. Pero en tiempos desesperados, aceptas medidas desesperadas y Rovo siguió moviéndose.

En la cuadra fuera del apartamento de Kashmal, Rovo no vio nada. Una acera vacía, sin vehículos detenidos con emboscadas esperando. Una mirada hacia atrás mostró que el chico de la tienda no lo estaba persiguiendo, o lo había perdido.

Y por un momento, Rovo respiró. Redujo el paso a una caminata mientras se acercaba a la puerta de Kashmal antes de entrar y dirigirse al ascensor.

Mientras entraba en la caja que lo llevaría a los pisos superiores, Rovo intentó armar un plan. Solo tenía una pistola. Necesitaría ambas manos para sostener a Kaia y el maletín, y aun cuando Rovo los asegurara, no sabía realmente a dónde ir. Sin duda Aurora había ido a la torre, pero Rovo no podía dirigirse allí.

¿Llevar el maletín y a Kaia directamente a los que los querían? Ni hablar.

Gregor, entonces. El hombre del martillo podría ser la única opción de Rovo. Podría intentar rastrear la dirección más probable de Gregor desde donde se habían separado, aunque eso tampoco prometía mucho. Rovo no era un perro de caza, aunque incluso esas habilidades podrían no ayudar en un planeta tan húmedo como Dynas.

Así que eso dejaba la estación del tranvía. Donde Rovo, Aurora y Gregor habían abandonado sus armaduras. Si Rovo pudiera regresar allí, al menos podría equiparse. Tal vez resistir.

Gregor y Aurora también intentarían regresar allí en algún momento: ninguno de ellos dejaría su armadura si tuviera opción. Rovo solo había usado el traje en el simulador y en esta misión, y ya se sentía como una segunda piel.

La estación del tranvía, entonces. Rovo llegaría allí y moriría o viviría lo suficiente para ser rescatado.

Las puertas del ascensor se abrieron y Rovo giró a la izquierda, hacia el apartamento. Se detuvo. Nadie estaba en el pasillo, pero se oían voces, fuertes voces dando órdenes a alguien. Tal vez a Kaia, tal vez entre ellos. Rovo presionó su espalda contra la pared opuesta, luego alcanzó y pulsó el botón de emergencia del ascensor, manteniéndolo en este nivel. Eso retrasaría cualquier refuerzo, aunque solo fuera un poco.

Rovo avanzó, paso a paso, sus pies crujiendo en las baldosas antideslizantes. La única concesión inteligente que este planeta hacía a la humedad. Rovo mantenía su arma en alto, listo. Apenas respirando.

—Dicen que lo perdieron, que probablemente viene

hacia acá —dijo una de las voces desde la habitación, sin el menor estrés—. Tú vigila la puerta, yo terminaré de empacar a la chica.

¿Empacar a la chica?

De cualquier manera, Rovo no esperó a que se prepararan. Corrió el último metro, rodeó la puerta y disparó mientras lo hacía, apuntando su arma a la altura de un hombre, no de una niña. El primer disparo alcanzó a un objetivo, vestido completamente de negro con equipo táctico. Le quemó un agujero en el pecho y el hombre se desplomó mientras el otro, con Kaia medio inmovilizada en una especie de chaqueta, se giró y puso a Kaia entre él y Rovo.

—¿Quieres arriesgarte a darle a ella? —dijo el hombre, este mayor. Aparentemente, Helix aún tenía algunos adultos en sus filas—. Es a ella a quien quieres, ¿verdad?

Rovo no vio el maletín por ninguna parte. Tal vez aún no lo habían encontrado. Tal vez no sabían que existía.

—No hay razón para que ella salga herida —dijo Rovo—. Puedes soltarla ahora.

—¿Y por qué haría eso? —respondió el hombre, su voz calmada. Demasiado calmada dadas las circunstancias. Rovo intentó mirar alrededor, ver si había alguien más en el apartamento—. El tiempo está de mi lado. El tuyo se está agotando. Baja el arma y, si no mataste a mi amigo allí, tal vez sobrevivas a esto.

El hombre tenía razón en una cosa: Rovo no tenía tiempo para hablar. Tenía que arriesgarse. Su enemigo tampoco querría que Kaia muriera, eso arruinaría su premio. Así que Rovo lo embistió.

El hombre se quedó paralizado, esperando un disparo o una negociación. Con las manos ocupadas con Kaia, no pudo hacer nada para evitar que Rovo le golpeara la cara con la culata de su arma. Rovo agarró la mano izquierda de Kaia cuando el hombre la soltó, estabilizándola.

La giró antes de que Rovo administrara un disparo final.

—¿Estás bien? —le preguntó Rovo a Kaia mientras le quitaba la ajustada envoltura en la que los guardias la habían atrapado.

Ella asintió, sus ojos apretados con algo que no era exactamente miedo. ¿Estrés quizás? ¿Emoción? De cualquier manera, Rovo estaba impresionado. A esa edad, estando cerca de un par de cadáveres, Rovo imaginaba que él habría estallado en llanto. Gritando por sus padres. Pero entonces, tal vez Kaia no tenía padres reales por los que gritar.

Kashmal ciertamente no calificaba.

—Bien, vamos a irnos. Saldremos a la calle y correremos —dijo Rovo—. ¿Lista?

—Puedo correr —dijo Kaia.

—Por supuesto que puedes —Rovo alcanzó debajo del sofá y sacó el maletín—. ¿Necesitas algo más?

—¿Qué quieres decir?

—Bueno, no creo que vayas a volver aquí. Tal vez nunca.

¿Se suponía que debía decirle eso a Kaia? Difícil saberlo. La niña no parecía haber vivido una vida encantada. Las malas noticias debían llegar regularmente a alguien que vivía en una habitación así. En un apartamento como este. En un planeta como Dynas.

—¿Puedo traer algo? —preguntó Kaia.

—Date prisa —respondió Rovo.

La niña se alejó corriendo, de vuelta a su habitación, y Rovo arrastró los dos cuerpos a la cocina, dejándolos allí detrás del mostrador, apenas ocultos de una mirada superficial. No era exactamente un movimiento de alto nivel, pero era mejor que dejarlos a la vista, donde podrían ser vistos desde una ventana. Cualquier cosa para ganar un par de segundos.

Ella regresó, llevando una pequeña pelota. Un pequeño león, desesperadamente fuera de lugar en este mundo. Amarillo moteado, muy usado. Pero ella abrazaba el muñeco como si significara todo para ella, y como Rovo le estaba quitando todo lo demás, le permitió conservarlo.

## UNA SOLA SALIDA DE DYNAS

La revuelta de prisioneros en Cassius Cinco. A eso podía compararlo Aurora. Cuando Sever Escuadrón, en aquel entonces con una tripulación diferente excepto por Aurora y Gregor, se dejó capturar intencionadamente. Una vez dentro, trabajaron para inspirar un levantamiento total que destrozó grandes partes de la ciudad principal de Cassius Cinco. Los dueños del planeta habían decidido que podían prescindir de extender el contrato de DefenseCorp.

DefenseCorp había decidido lo contrario.

Por supuesto, liderar a un montón de prisioneros descontentos era una cosa. Escapar de un laboratorio de alta tecnología en un planeta miserable con un montón de experimentos científicos devastadoramente enfermos era algo completamente diferente.

Aurora y Sai, este último apenas aferrándose a su conciencia, reunieron a todos los infectados que pudieron encontrar en el piso de la prisión. Eso significaba liberarlos de las celdas, usando placas de guardias robadas para abrir las puertas de cristal y convencer, cuando podían, a los ocupantes de que se unieran a ellos. Algunos estaban demasiado débiles para molestarse en levantarse de sus camastros, y Aurora no tenía tiempo de jugar a ser médica, así que los dejó sin pensarlo dos veces.

Una vez reunidos, los veinte desarrapados se dirigieron hacia los ascensores que Aurora había usado, solo para encontrarlos bloqueados. El botón de llamada no funcionaba, y pasar la placa de un guardia solo devolvía un error diciendo que el rango no era lo suficientemente alto para anularlo.

—Hay otra manera —dijo una de las infectadas, una mujer con uniforme de Helix que no parecía estar tan devastada, mientras se apiñaban alrededor de las puertas del ascensor—. Tiene que haber salidas de emergencia, por si acaso. Pero están ocultas en este piso, por razones obvias.

—Bueno, ahora es nuestro piso, así que dinos —dijo Aurora.

Sai asintió, tratando de estar de acuerdo, y habría caído si Aurora no lo hubiera sujetado.

—Es más fácil si os lo muestro —dijo la mujer antes de guiarlos hacia una ligera hendidura en una pared en la esquina derecha, cerca del ascensor de prisioneros y los restos de la pelea.

La sección de acero gris estaba recortada lo suficientemente grande como para parecerse a una puerta doble, aunque una mirada superficial no habría mostrado nada. Sin manija, sin botón, ciertamente sin señal de salida u otro indicador. Aurora no tuvo que pensar mucho para adivinar por qué: en caso de una verdadera emergencia, las personas que sabían más podían decidir si salvar a los prisioneros o no. En una situación como esta, donde los prisioneros eran la emergencia...

Dejarlos aquí. Dejar que se pudran.

—¿Entonces cómo la abrimos? —preguntó Aurora.

—Prueba con la placa —dijo la mujer—. El escáner está en el lado derecho.

Aurora golpeó la tarjeta de identificación contra la pared, sintiéndose un poco estúpida al hacerlo. Era posible que la mujer estuviera experimentando algún delirio febril, que solo estuvieran perdiendo el tiempo. Claro que tampoco tenían otras pistas, así que ¿por qué no?

Dado el estado de deterioro de Sai, y las miradas cada vez más salvajes que los otros infectados se lanzaban entre sí, Aurora calculó que no pasaría mucho tiempo antes de que todos empezaran a devorarse unos a otros.

Golpear la placa no hizo nada. Ni un sonido, ni una señal.

—¿Estás segura de que es esta esquina? —dijo Aurora.

—Estoy segura —respondió la mujer—. La mayoría de los pisos de la torre están dispuestos así.

—¿Como una prisión?

—No, como un cuadrado. Esta esquina siempre alberga las escaleras, no sé por qué cambiaríamos aquí. Este piso no siempre fue para esto.

Aurora observó más detenidamente a la mujer. Era un poco mayor, probablemente no una interna. Su cabello más blanco, su piel y su postura ligeramente encorvada sugerían una larga carrera que se había agotado al final. Aurora le habría preguntado qué hacía aquí, por qué la eligieron para este loco experimento, pero no había tiempo. Y Aurora no estaba aquí para obtener la historia completa.

—Esto es lo que haremos —dijo Sai, con una voz tan suave que Aurora tuvo que repetir cada palabra para que los demás pudieran oír—. Cogemos todas las armas. Cada una que tengamos y las amontonamos. Excepto una.

La vieja explosión. Encender todos esos gases de láser quemante a la vez, abrir un agujero en la pared. No era una mala táctica, aunque el efecto secundario, desarmarse para alimentar la bomba improvisada, no era exactamente el mejor plan.

Excepto que los infectados ya habían acabado con un montón de guardias con sus puños y sus dientes, tal vez podrían seguir por ese camino. Salir de aquí de forma física.

—Ya lo habéis oído —dijo Aurora—. Coged las armas, amontonadlas. Justo aquí.

—Estas puertas están diseñadas para detener incendios —protestó la mujer mientras algunos de los infectados se movían para seguir las órdenes de Sai, colocando las armas saqueadas una encima de otra cerca de la puerta—. ¿De verdad crees que esto la abrirá?

—Los incendios y las explosiones son dos cosas diferentes —dijo Sai, apoyándose en Aurora, respirando con dificultad—. No es el calor lo que va a abrir la puerta, sino la fuerza.

Aurora y Sai se movieron por el pasillo mientras el amontonamiento continuaba, hasta que los infectados habían apilado todas las armas una encima de otra. Quedó una pistola, que le entregaron a Aurora una vez que la pila estuvo lista. Hizo un gesto para que todos los infectados se colocaran detrás de ella, a mitad del pasillo.

—No es suficiente —dijo Sai—. No lo creo, de todos modos. Esto podría generar muchos fragmentos. Tal vez algo peor. Deberíamos estar en la siguiente esquina.

—Esto no es lo suficientemente potente para hacer un disparo desde tan lejos —Aurora miró la pequeña pistola. Diseñada para uso a corta distancia, era imprecisa a cualquier rango más allá de una docena de metros—. Alguien tiene que estar más cerca.

—Entonces lo haré yo —dijo Sai—. Es mi idea, y mírame. De todos modos, no estoy exactamente vivo.

Aurora dudó. El autosacrificio no era exactamente el código de Sever Escuadrón, pero en una situación imposible, a veces había que tomar una decisión imposible. Pero no estaban condenados aquí. Aún no. Podrían ingeniárselas. ¿Tal vez reemplazar una de las armas más grandes con la pistola, disparar desde el final del pasillo y lanzarse detrás de la esquina?

—Sai, hay otras opciones —dijo Aurora—. Podemos intentar algo diferente.

—No, no —dijo Sai, intentando y fallando en señalar mientras su brazo temblaba—. Apenas puedo mantenerme en pie. Solo voy a retrasarte. Déjame hacer esto, déjame hacer algo que valga la pena al final.

Pero Aurora no le dio la pistola a Sai. En su lugar, hizo un gesto a un par de los infectados más cuerdos, incluida la mujer mayor, y les dijo que alejaran a Sai de la esquina. Aurora haría el disparo. Podría disparar y esquivar de vuelta a la esquina, o caer al suelo para limitar la exposición.

Aurora no tenía familia. No tenía a nadie esperando verla. Ella apretaría el gatillo.

Al menos, eso era lo que Aurora había planeado hasta que sintió una mano en su hombro y se volvió para ver al hombre grande, el brutal que había liderado la carga desde el ascensor.

Era fuerte, sin duda algún tipo de empleado de las fuerzas de seguridad en su vida anterior, pero ahora manchas rojas y grietas supurantes afeaban su rostro, parches azules brotaban por el cuero cabelludo mientras su cabello caía en ondas. Su sencillo uniforme de prisionero tenía desgarros a lo largo de una quemadura donde un láser había rozado su pierna. Nada en él parecía saludable.

—Déjame hacerlo —dijo el hombre—. De todos modos, estoy cansado de esta maldita vida.

—Puedo intentar el disparo —dijo Aurora.

—¿Y si fallas? —respondió el hombre, su voz débil, silbante. Sus pulmones se estaban desmoronando—. Gastas energía que necesitamos. Que tú necesitas. Yo me encargo de esto.

Autosacrificio. Un rasgo poco común. Pero había objetivos que debían cumplirse, y Aurora entendió, vio en los ojos del hombre una mirada que había visto antes: había hecho las paces con su decisión.

—¿Hay alguien a quien quieras que le diga algo? —dijo Aurora—. ¿Algún mensaje que quieras enviar?

El hombre intentó reír, pero en su lugar salió un jadeo, una tos, y tomó la pistola de la mano cedente de Aurora. —No vienes a Dynas porque tengas alguien a quien necesites decirle algo, porque tengas algo que necesites hacer. Dynas es un final, y estoy listo para que termine.

—Entonces gracias —dijo Aurora, y se movió alrededor de la esquina con el resto del grupo. La multitud de matones infectados, todos aferrándose a la vida mientras algún virus loco hacía picadillo de sus cuerpos, retrocedió para darle espacio.

Se agacharon, con las manos sobre sus oídos como Sai les indicó. El hombre, con un último asentimiento hacia Aurora, lanzó un grito salvaje y débil y corrió hacia las armas agrupadas. Un estruendo ensordecedor sacudió el suelo, seguido por el chisporroteo mientras la energía eléctrica quemaba el aire. Las alarmas, pequeñas luces blancas anidadas en las juntas del suelo, parpadearon y sonaron sus bocinas.

Cuando Aurora dobló la esquina, una nueva puerta esperaba.

La lámina de acero había sido destrozada, con pedazos colgando y esparcidos por el pasillo casi hasta la esquina. Marcas de quemaduras negras cubrían las paredes. Del hombre, no quedaba nada.

—Justo donde pensé que estaría —dijo la mujer.

Aurora quería correr escaleras arriba, poner a todo el grupo en movimiento, pero se contuvo. Sever Escuadrón tenía un objetivo aquí, y, por ahora, era salir con vida. Luego encontrar a Kashmal, conseguir una nave, recoger a Rovo y ese maletín y dirigirse a las estrellas. Con suerte, encontrarían a Gregor y Eponi en el camino.

En ninguna parte de esa lista estaba el requisito de rescatar a un montón de experimentos fallidos. No se suponía que Aurora arrastrara a un par de docenas de personas infectadas fuera del planeta donde podrían propagarse por la galaxia o hacer algo peor. Las cosas, probablemente, serían mejores si todos estos infectados murieran aquí.

Aurora no se llamaría a sí misma desalmada, solo enfocada.

—Necesito saber —dijo Aurora al grupo reunido en el pasillo cubierto de metralla—. Necesito saber con qué están infectados. Qué le va a hacer a mi amigo. Y tal vez a mí.

La miraron fijamente, un par haciendo ruidos de que deberían estar moviéndose y no hablando. Hasta que finalmente la misma mujer, la que señaló la salida de emergencia, levantó una mano.

—Ninguno de nosotros lo sabe —dijo la mujer—. Es decir, sabemos cuál es el objetivo. El propósito de todo este proyecto. Pero no sabemos con qué nos infectó Anaskya, qué va a hacer o cómo se transmite de una persona a otra.

—Espera —dijo Aurora—. ¿Qué proyecto?

Sai, aún apoyándose en ella, presionó un poco, —

Aurora, vámonos ya. No nos causarán problemas. Y podríamos necesitarlos.

—¿Ninguno de ustedes va a matarme, verdad? —dijo Aurora—. ¿No perderán la cabeza?

Pensó que probablemente podría manejar a cualquiera que lo hiciera, pero si todo el colectivo decidía enloquecer, eso podría ser un problema.

—Por favor —dijo la mujer—. Por favor, solo ayúdanos. Sácanos de aquí.

DefenseCorp se oponía a los regalos. Cualquiera a quien ayudaran, cualquiera que aprovechara cualquier recurso necesario debía ser cobrado en consecuencia. Pero ¿aquí? Tal vez Aurora podría dejar pasar esto, solo por esta vez. Darles una oportunidad de salvarse.

Y, si alguno de ellos lograba salir del planeta, bueno, ese no era problema de Aurora.

—Está bien —suspiró Aurora—. Está bien. Si me siguen, entonces obedecerán mis órdenes. Vamos a intentar salir de aquí, y lo haremos dirigiéndonos a la parte superior. Encontrar una nave y salir volando de esta roca húmeda. O están de acuerdo con eso y vienen conmigo, o pueden irse por su cuenta en cualquier momento. No me importa. Si intentan detenerme, o interponerse en mi camino, los mataré. Sin hacer preguntas.

No hubo preguntas. Tampoco hubo fugitivos.

Aurora lideró la carga escaleras arriba, que eran precisamente eso: largos escalones de metal en una escalera gris y monótona que parecía interminable. No obstante, subieron. El grupo tambaleante detrás de ella avanzaba más lentamente, algunos resbalando y cayendo, otros ayudándolos a levantarse. Un verdadero grupo caritativo uniéndose. Habría sido conmovedor, excepto que la carne, los huesos y el cabello en degradación de todos lo hacían repugnante y triste.

Dos niveles más y oyeron más ruidos. Unos que Aurora podía descifrar con bastante facilidad, porque los conocía bien. Órdenes ladradas, la cadencia de pasos con un toque profesional. Un grupo agresivo que venía hacia ellos desde arriba. Aurora levantó una mano y detuvo el ascenso en el siguiente rellano.

—Podemos volver a bajar —ofreció Sai—. No podemos enfrentarnos a ellos directamente, Aurora. No tenemos armas.

—Lo sé —dijo Aurora, volviéndose hacia la puerta del rellano. Volver a bajar sería la dirección equivocada—. Probemos esto. No habrán cerrado todas las puertas de esta torre.

Aurora golpeó la insignia del guardia contra el lector negro junto a la puerta y esta vez, a diferencia de abajo, la insignia funcionó. La puerta se deslizó y reveló algo brillante y lleno de cristal. Un espacio blanco, pero completamente diferente al bloque de celdas de abajo. Largas mesas aprovechaban el área abierta, con varios estuches en cada una, algunos rodeados de máquinas y monitores zumbantes. La ventilación corría por encima. Ni un alma a la vista.

—Vamos —dijo Aurora—. Antes de que nos atrapen.

Se apresuraron a entrar en el nuevo espacio, su suciedad completamente en desacuerdo con la pureza estéril del piso. El último cerró la puerta tras de sí y reinó el silencio. El sonido parecía estar reñido con el ambiente aquí, la ciencia obviamente en acción. Aurora pudo darse cuenta de que este lugar era un laboratorio, el lugar donde, podía adivinar, se había creado la cosa que infectaba a su amigo.

—¿Y ahora qué hacemos? —dijo Sai—. Nos encontrarán aquí eventualmente.

—Vamos a los ascensores —dijo Aurora—. Esperemos que no los hayan bloqueado.

Aurora no dijo que, dado que no había otras puertas en este piso, unos ascensores bloqueados significarían que todos estaban muy, muy muertos.

Mientras atravesaban el laboratorio, y se dirigían hacia el otro lado donde el banco de ascensores se hacía notar con un par de letreros resplandecientes, Aurora echó un vistazo a varias muestras. Los monitores y lo que mostraban. La mayoría eran galimatías indescifrables, el tipo de lenguaje científico que solo conocen quienes lo practican. Pero otros tenían etiquetas, designaciones que eran claras y con propósito.

Los compradores. Los financiadores. Los que pagaban por todo esto. Y esos nombres Aurora los reconocía. Desde compañías de exploración, dedicadas a encontrar el próximo nuevo lote de minerales valiosos, hasta agencias de turismo que querían una forma más fácil de estacionar gente en planetas lejanos, y sí, uno que Aurora sabía que estaría aquí, sabía en el fondo que tenía que estar involucrado.

Por supuesto que DefenseCorp estaría invirtiendo en esto. Por supuesto que estarían pagando para ver si podían transformar a sus mercenarios en una fuerza de combate más efectiva.

Eso no enojó a Aurora. Violar la ley galáctica no era una buena imagen, pero la ley galáctica siempre podía cambiarse. No, lo que la enfurecía, lo que hizo que Aurora apretara el puño y rechinara los dientes incluso cuando algunos de los infectados llegaron al ascensor y gritaron que, de hecho, funcionaba, era que DefenseCorp sabía lo que estaba pasando aquí y envió a Sever de todos modos. Habían entrado a ciegas sin razón alguna.

Bueno, Aurora podía ver ahora. E iba a salir de esta roca, maldita sea. Iba a salir e iba a hacer pagar a quien fuera que ordenó esta misión. Sin importar lo que costara.

## 22

## LO QUE YACE MÁS ALLÁ

¿Por qué demoliciones? Eso es lo que le preguntaron cuando Sai llegó por primera vez a Sever. Aurora y Gregor eran los únicos que estaban allí en ese momento. La pregunta surgió en su primera misión, su primer vuelo, cuando Sai era un novato que solo había jugueteado en los márgenes de equipos menos arriesgados de DefenseCorp.

Sin embargo, si querías ganar el dinero de verdad, tenías que lanzarte al peligro. Por eso Sai se decidió por los explosivos. Había hecho su tarea, examinado el trabajo más mortal del escuadrón y lo había elegido para sí mismo.

Sai sentía que lo haría mejor que nadie, y no quería morir porque alguien más arruinara los explosivos.

Después de que el hombre infectado detonara la salida a través del montón de armas, Sai se sintió reivindicado mientras Aurora y sus amigos infectados subían las escaleras. Todo ese entrenamiento había dado sus frutos, todo el tiempo y esfuerzo para volar un trozo de pared y permitir que unos despojos enfermos hicieran un escape a medias.

Mejor que ningún escape en absoluto. Mejor que ser acorralados y ejecutados en el suelo de esa celda.

El laboratorio no había sido una sorpresa. No como claramente impactó a Aurora: todas las muestras, todo este trabajo, todo patrocinado por supuestos actores respetables del orden galáctico. Por supuesto que alguien tenía que estar pagando por esto. Helix no estaba infectando a la gente por caridad. Sai vio las etiquetas y sintió que se confirmaba una sospecha, la lógica detrás de cómo existía tal ciudad en un planeta aparentemente aislado y deshabitado se aclaró.

Pero a medida que Aurora se enfurecía, Sai se encontró absorbiendo esa emoción. Ella maldecía una y otra vez sobre las empresas que veían, y esas palabras atravesaron la bruma infectada de Sai. Todo esto era culpa de ellos. No volvería a ver a sus hijos por la gran negligencia de estas empresas, por su inhumanidad.

Envolvió su mano alrededor del vaso de precipitados, marcado para una prueba al día siguiente. Muestras de alguna cepa marcada con números y letras que Sai no podía entender, pero conocía al comprador. La empresa se beneficiaba de la minería de cometas, los capturaban y los llevaban a enormes estaciones donde los cometas serían descompuestos en sus metales. Tal vez querían a alguien que pudiera pararse en la superficie del cometa.

La katana de Sai había sido forjada en un cometa. Proporcionada, probablemente, por esta misma empresa o una de sus predecesoras. Que algo tan ligado a su familia hubiera invertido en Helix terminó de romper la apatía que provenía de la enfermedad. ¿Realmente nada podía ser puro? ¿Todo tenía que estar tan impulsado por el beneficio ciego?

¿Era esa la galaxia en la que vivirían sus hijos, sin Sai para ayudarlos?

—Destrúyelo —dijo Sai. Su voz resultó insuficiente, así que tosió y repitió la orden. Más fuerte—. Destrúyelo todo.

Los otros infectados, que deambulaban por el laboratorio, dirigiéndose lentamente hacia los ascensores en el extremo opuesto, se detuvieron al oír las palabras.

—Sai, no tenemos tiempo —dijo Aurora—. Podemos hacerlo más tarde.

—No. Puede que no haya un más tarde, no con todos los que están detrás de esto —dijo Sai—. Lo destruimos ahora.

Barrió el vaso de precipitados de la mesa, haciéndolo añicos en el suelo. Se sintió condenadamente bien, romper el cristal. Mejor que arrancar la identificación del cuerpo del Capitán Feliz allá abajo, mejor que derribar a ese guardia que atacaba a Aurora. Pero ni de lejos tan satisfactorio como blandir su espada. Sai podría estar muriendo, pero recuperaría la katana. Después de destruir este lugar.

—Simplemente lo van a reconstruir —dijo Aurora mientras más infectados seguían el ejemplo de Sai, volcaban máquinas, recogían y lanzaban herramientas, vasos de precipitados e instrumentos por toda la habitación.

El lugar silencioso y estéril se llenó de sonidos de cristales destrozados, se llenó de pitidos de programas en pánico mientras los parámetros eran perforados y pulverizados. Las mesas volcadas enviaron a sus ocupantes volando. La materia biológica, las enfermedades en incubación estallaron libres y salpicaron las paredes y los suelos, convirtiendo el espacio blanco en manchas amarillas y verdes. Sin duda peligroso, sin duda sin importancia para aquellos ya condenados.

Sai no estaba seguro de cuándo se abrió la puerta de la escalera, cuándo atravesaron las fuerzas de Helix. Estaba demasiado perdido en ello, esa rabia ciega que dirigía contra estos instrumentos inútiles y horribles a su alrededor. El fuego láser pronto atravesó esa coraza, abriéndose paso en brillantes haces que atravesaban el aire alrededor de Sai, antes de que Aurora lo derribara al suelo.

Su capitana había encontrado una máscara en algún lugar, y también unos guantes. Sai supuso que, como única no infectada aquí, la protección de Aurora tenía sentido. Pero en ese momento, la cobertura la hacía parecer alguien completamente diferente. Sai intentó un empujón a medias, un puñetazo. Aurora tenía el pelo de Anaskya, y con la máscara, eso era suficiente.

—Sai, detente —dijo Aurora, apartando su puñetazo—. Ve a los ascensores. Ahora.

Comenzó a arrastrarlos por el suelo y Sai ayudó después de un segundo, reconectando con sus piernas y pateando con sus botas a lo largo del suelo de baldosas. No podían ponerse de pie, demasiados láseres llenaban el aire, el calor de los haces pasaba sobre Sai mientras se movían. También llegaban gritos, gritos de dolor y rabia y desesperación. Algunos se cortaban tan pronto como empezaban. Sai vio a los otros infectados siendo abatidos incluso mientras Aurora lo arrastraba detrás de una mesa, continuando tirando de ellos hacia los ascensores mientras ponía cobertura entre ellos en cada momento posible.

Ella sabía cómo ser soldado, cómo aprovechar el terreno del campo de batalla y diseñar un camino hacia la victoria incluso contra probabilidades abrumadoras. Sai, Sai solo quería destruirlo todo. Acabar consigo mismo de una manera que no implicara un lento deterioro en una celda siendo pinchado y examinado, probado y experimentado.

—Déjame ir —dijo Sai—. Déjame morir luchando.

—No te detendré —respondió Aurora—. Pero este no es el lugar. No vas a ser un mártir, no por esta gente.

Algunos infectados llegaron hasta los guardias, saltando sobre ellos mientras las fuerzas de seguridad de Helix irrumpían en la sala. Antes, el equipo de Sai tenía la ventaja numérica. Tenía el factor sorpresa para abrumar a enemigos mejor armados y protegidos. Pero no aquí. Mientras Aurora los arrastraba hacia el banco de ascensores, Sai se agachó detrás de un escritorio blanco volcado, cubierto de cristales y rezumando un lodo verde que olía a levadura podrida, y vio arder a sus efímeros amigos.

Ya no había piedad, ni intento de capturar vivos a los sujetos. El equipo de Helix no se contuvo. Apartaban a los infectados, los derribaban y les daban el golpe de gracia con sus láseres directamente en la cara, en el pecho, en cualquier lugar que pudieran encontrar hasta que lo único que quedaba eran cáscaras carbonizadas. Parecía abrumador e innecesario hasta que Sai recordó lo que eran. Lo que él era.

Esterilizar la enfermedad, quemarla hasta que desaparezca.

Detrás de él, las puertas del ascensor sonaron. Aún no estaban atrapados.

¿Debería huir? ¿Abandonar a los últimos infectados que arrojaban cosas hacia los guardias, lanzándose de manera descoordinada incluso mientras esos brillantes rayos daban en el blanco?

—Vámonos, Sai. Ahora. —Aurora habló con la postura de una comandante, firme y ordenada. Exigiendo ser obedecida.

Sai se había dedicado a la demolición para salvar vidas. La suya incluida. Y cuando trabajabas con explosivos, no tomabas el camino de la reacción. No te apresuraba, y no te lanzabas a lo inevitable por desesperación. Tenías que mantener la calma, estar sereno y pensar en lo que te esperaba al otro lado.

El virus aún no lo había matado y tal vez no lo haría. Esos láseres seguramente sí, y ahora se estaban volviendo en su dirección.

Aurora tiró de su espalda, y Sai huyó.

## 23

# FELIX REDUX

Gregor nunca se había enfrentado a un enemigo dos veces. Esto se debía generalmente a dos razones: o bien los convertía en una masa irreconocible con su enorme martillo, o alguien más de Sever Escuadrón eliminaba al enemigo de las filas de los vivos. Había otras opciones para borrar a un enemigo de la lista de Gregor, opciones que le desagradaban. Felix intentaba tomar una aquí, de pie, débil y patético, a punto de morir sin presentar batalla alguna.

La última vez que Gregor había visto a Felix, el monstruo viral estaba liderando una horda de mutantes a través de la base, consumiendo a personas vivas y convirtiéndolas en más experimentos sin mente y defectuosos. El propio Felix había estado cubierto de estos crecimientos, y de hecho tenía toda una cuba de esa sustancia, justo aquí en el pozo ahora vacío.

Lo que había sido un enemigo de pesadilla se había disuelto prácticamente en nada.

Incluso el virus parecía haber abandonado a Felix. Sus

crecimientos habían desaparecido, su piel suelta colgaba en láminas pálidas y sus ojos se hundían en su cráneo.

—¿Qué pasó? —dijo Gregor.

No por simpatía, sino por curiosidad. En los momentos de descanso vagando por esa ciudad húmeda, y especialmente después de hablar con Lani, Gregor había jugado y disfrutado con la idea de volver a por Felix. Encontrarlo y propinarle la paliza que el monstruo tanto, tanto se merecía. Pero esto, esto no sería asestar un golpe fatal a un enemigo mortal, sino más bien aplastar a una hormiga.

—Lo que pasa con los virus, con los experimentos, es que no sabes dónde van a terminar —respondió Felix y soltó una débil risa—. Pensé que había llegado al final del ciclo. Que las cosas se habían estabilizado. Resulta que me equivoqué. Resulta que Golpe en Helix simplemente no puede dejar de fallar. El virus siguió comiendo y comiendo.

—¿Y el resto? —dijo Gregor—. ¿La cosa en esta habitación?

Antes de que Felix pudiera responder, se escucharon ruidos desde arriba. Al parecer, Lani y Wicks se habían cansado de esperar y habían empezado a bajar por la escalera, sus botas resonantes marcando el tiempo de la conversación.

—¿Trajiste a todo el escuadrón contigo? —dijo Felix—. Supongo que me siento honrado. Dijiste que volverías para destruirme. No estaba seguro de que realmente lo harías y sin embargo aquí estás, ni siquiera un día después.

—No son mi escuadrón —dijo Gregor—. Pero quieren lo mismo que yo. Eres un error, Felix. No deberías estar vivo.

—Oh, ahora lo sé —respondió Felix, tambaleándose alrededor de Gregor con un andar vacilante—. Pensé que tal vez este sería mi momento. Después de una vida como un zángano en las minas de oficina, aquí llega la oportunidad de Felix. Inyectado con la dosis perfecta, reaccionando de la manera perfecta y aquí voy, a conquistar la galaxia o algo así.

Gregor miró hacia arriba. Lani y Wicks se acercaban, sus cascos observando a Felix. Le gritaron un par de preguntas, pero Gregor las ignoró. Tenía que decidir si matar a Felix antes de que los otros dos bajaran, o esperar y darles la oportunidad de interrogar a la víctima viral.

—Así es como funciona la vida, ¿no? —continuó Felix—. Todos estos eventos aleatorios y lo único que haces es esperar que uno de ellos salga bien para ti. Algo que se cruce en tu camino que elimine todos tus problemas. Eso es lo que Golpe en Helix me ofreció. ¿Cómo dices que no a eso?

Felix caminaba sin rumbo. Gregor mantenía las manos en su martillo. A pesar de sí mismo, esperó, escuchó. La historia de Felix no era muy diferente de la suya, atrapado en ese cometa minando cada día esperando algo mejor. Sus padres pasaron toda su vida golpeando rocas espaciales y Gregor solo había escapado dando un puñetazo a esa idea en la boca. Al igual que Felix, había tomado una decisión que no podía deshacer.

Como Felix, esa elección probablemente lo mataría antes de mucho tiempo.

—No pasó mucho tiempo después de que te fueras —dijo Felix ahora—. Aparentemente el virus necesita muchas calorías, nueva comida para comer. No me di cuenta, mis creaciones empezaron a devorarse a sí mismas, el virus empezó a comerme a mí. Todavía puedo sentirlo, muriendo en mi interior. Creo que ahora podría ser más virus que persona, y cuando se vaya, me iré con él.

—Suenas como una mala película —dijo Gregor—. Puedo aplastarte la cabeza, si quieres.

—Aún no —dijo Lani, saltando los últimos metros hasta el suelo y aterrizando con un fuerte estruendo—. Felix, supongo, ¿no?

Felix intentó darse la vuelta y se cayó. Gregor, cambiando su martillo a la mano izquierda, agarró el brazo de Felix, evitando que el hombre enfermo se estrellara de cara contra el suelo.

¿Por qué había atrapado a Felix? ¿Lástima? Gregor no estaba seguro.

—No eres diferente de los otros —dijo Lani, su casco sin poder ocultar el desdén—. Gregor me hizo creer que algo especial estaba sucediendo aquí. Que Golpe en Helix finalmente había encontrado un avance. Parece que no.

—¿Avance? —preguntó Gregor mientras Felix reía entre sollozos—. ¿Qué avance?

—Te lo dije. Estamos aquí para monitorear el progreso. Golpe en Helix está haciendo algo que podría traer un inmenso valor a la galaxia. O, si la fastidian, arruinar muchas vidas. Felix podría haber significado que estaban cerca. Ahora, solo significa que estaremos atrapados aquí aún más tiempo.

Wicks tocó el suelo detrás de Lani, más lento, más cuidadoso. Todavía aprendiendo la armadura. Que Lani se moviera lo suficientemente bien decía que tenía algo de experiencia con el equipo, tal vez de un simulador. O tal vez había sido expulsada de los rangos más activos de DefenseCorp.

—Creí que estábamos aquí para destruirlo —dijo Gregor—. Esto es ilegal.

—No seas corto de miras —dijo Lani—. Tienes que ver cómo tus habilidades y tus misiones podrían mejorar si tu cuerpo se adaptara al entorno del objetivo. Piénsalo. Ahora mismo, DefenseCorp tiene que fabricar todo tipo de equipos diferentes para cada bioma. En cambio, podrían tener simplemente tropas especiales. Inyectar un poco de esto y ya estás listo para ir a ese planeta helado, esa roca de lava.

Gregor soltó a Felix. —Estoy bien como estoy.

—Nadie te está obligando —dijo Lani—. Felix, ¿eso es todo? ¿No hay nada más que necesitemos ver aquí?

—A menos que te gusten los cadáveres —dijo Felix—. El virus quería comer más, así que se comió todo lo que pudo encontrar. No fue suficiente. Nunca será suficiente.

—Eso es lo que necesitaba saber —dijo Lani, y sacó su arma y apretó el gatillo. Una, dos, tres veces hasta que Felix no fue más que cenizas.

Gregor retrocedió, miró los restos ardientes. No era la muerte de un guerrero.

—¿Confías en él? —Lani le preguntó a Gregor—. ¿Crees que Felix estaba diciendo la verdad?

—Sí —dijo Gregor—. No se encuentran muchos mentirosos a las puertas de la muerte.

—Te sorprenderías —respondió Lani, enfundando el arma—. Wicks, ponte en marcha. Haz un recorrido por este nivel y asegúrate de que no nos estamos perdiendo nada. Si encuentras algo, grábalo. Puede que Felix no fuera lo que queríamos, pero si se apoderó de una base, entonces estaba cerca.

—¿Por qué vinimos? —preguntó Gregor—. Si usted está aquí, si quiere que esto tenga éxito, ¿por qué estamos en una misión de rescate?

Lani se encogió de hombros. —Ni idea. Volvamos arriba. Creo que te estás metiendo demasiado en los detalles con esto. DefenseCorp es una empresa enorme, con muchas partes móviles. No todas se comunican entre sí.

Empezaron a subir por la escalera, cada golpe de sus

botas en los peldaños metálicos resonando arriba y abajo del pozo.

—Entonces, ¿qué hacemos? —dijo Gregor.

—Completar su misión, supongo —respondió Lani—. Encuentren su objetivo, sáquenlo del planeta. Y luego olviden que este lugar existió alguna vez.

—No trabajamos en silencio —dijo Gregor—. Destrozamos y agarramos. Rompemos cosas. Conozco a mi comandante y conozco la ley galáctica. Ella no permitirá que esto quede así.

—Tendrá que hacerlo —dijo Lani—. En esto, ella está bajo las órdenes de alguien más. Las personas que quieren ver esto tener éxito están muy por encima de cualquier líder de escuadrón.

Autoridad. Qué molestia. Siempre creían que estaban por encima de todo, que debido a algún título o posición tenían una excusa para eludir las leyes comunes, la decencia común. Lo que a Gregor le gustaba de Sever, por lo que se quedaba, era que a Aurora no le importaba la autoridad. Le importaba el dinero, completar la misión.

Y se preocupaba por el escuadrón. Gregor seguiría a alguien así.

Llegaron a la parte superior de la escalera y subieron a la plataforma. Wicks informó por radio que todo estaba despejado, que había algo de desorden, pero por lo demás nada notable. Una habitación había sido quemada, parecía. Gregor no mencionó que había sido él, su martillo, su golpe.

—Deberían habérnoslo dicho —continuó Gregor, frustrado en parte porque no había blandido su martillo, porque esta misión parecía estar tan lejos de lo normal para Sever. Quería enemigos para destruir, no misterios para resolver—. Ya faltan dos de nosotros. Esta es una misión hostil, mal planificada. Ustedes podrían haber rescatado a nuestro hombre.

—¿Sabes por qué quiere irse? —dijo Lani—. Supongo que simplemente está cansado de estar aquí y como Helix no deja salir a nadie, tal vez se desesperó. Pero ahora me pregunto, dado el equipo que tienen, debe tener mucho dinero —y no hay muchos tan ricos aquí— o tiene algo que cree que puede pagar lo que están haciendo.

—No lo sé —Gregor sintió ese picor, movió una mano hacia su martillo. Tal vez podría aplastar al hombre que los había traído aquí—. Volvamos.

—Quizás cuando lleguemos a la ciudad, podamos ayudarles a encontrar a su escuadrón. Conocemos a algunas personas que trabajan para Helix, podríamos comprobar si han encontrado a sus miembros desaparecidos. Tal vez arreglar algo, un trato. No dejarán que su hombre salga del planeta, pero podríamos conseguir que liberen al resto de su escuadrón.

—Así que fallaríamos la misión.

—No, su misión ha cambiado. DefenseCorp quiere que Helix finalice el virus, que lo haga funcionar. Ahora están en el lado correcto.

## PSICOLOGÍA ESTELAR

Eponi tenía la lanzadera para ella sola. En los segundos desde que Ben se había ido, desde que un último clic dejó claro que su nave de rescate se había separado y partido, Eponi se había sentado en la cabina y había observado en el radar cómo la nave se empequeñecía y desaparecía. Estaría acelerando ahora, superando la velocidad de la luz en ruta hacia algún otro planeta, algún otro lugar donde el cargamento robado de Ben pudiera ser utilizado de forma rentable. Probablemente ya se habría olvidado de ella, su pequeña rehén. Su pequeña herramienta. Al igual que Sever, Eponi había sido empujada a la acción y ahora, completado su trabajo, la habían dejado de lado.

Excepto que Sever no había hecho eso. No realmente. Aurora no había dejado atrás a Eponi. DefenseCorp enlistaba las habilidades de Eponi como piloto y poco más, pero Aurora le había dado un arma, la había metido en los simuladores y la había hecho venir con un equipo de campo. Nadie, en Sever, tenía un solo papel.

No es que a Eponi le hubiera importado quedarse atrás.

En la mayoría de estas misiones, Eponi se habría contentado con jugar carreras imaginarias en una cabina segura, contando las horas hasta que Aurora y los demás regresaran con el objetivo y una saludable inyección de efectivo.

Eponi supuso que ahora podría dar rienda suelta a su imaginación. Flotando aquí arriba, podría pasar el rato con sus sueños mientras orbitaba Dynas. Nadie la encontraría.

Nunca antes había estado sola en una nave espacial. Ni una sola vez. Eponi tenía que suponer que tales cosas eran raras, ¿verdad? ¿Quién iría al espacio por su cuenta? Ocurrían fallos. Se perdían coordenadas sin una segunda comprobación. Cualquier problema médico a años luz de distancia de la ayuda.

Y sin embargo, aquí estaba Eponi, sola. Al igual que en aquellas carreras de karts, su supervivencia dependía de sus habilidades y de nadie más.

Se desabrochó del asiento de la cabina. La lanzadera seguiría girando y, salvo alguna interferencia, algún micro-meteorito u otra nave jugando a investigar, Eponi no necesitaba estar en los controles. Podía hacer un recorrido, revolcarse en el vacío.

La lanzadera no discutió con ella. Ben no había guardado nada bajo llave, aunque más allá de la cabina no había mucho que ver. Él había dicho que esta era una lanzadera de corto alcance y tenía razón. La bodega de carga dominaba casi todo lo que había detrás de la cabina, más allá de una pequeña zona de estar donde los manipuladores podían sentarse. Unos pocos pasajeros podían pasar el tiempo viendo algo en el monitor de video o jugando una partida en el pequeño tablero y mesa que se encontraba entre las seis pequeñas sillas acolchadas con cinturones de gravedad a su alrededor. Había que mantenerse sujeto durante la inevitable entrada, ese traqueteo a través de la atmósfera que una lanzadera completamente cargada como esta haría muy, muy agitado.

Más allá de los aposentos de los pasajeros, la bodega de carga se alzaba vacía. Espaciosa, de un gris amarillento apagado y metálico. Las puertas de la bodega rodeadas de pintura amarilla más brillante, como si advirtieran a la gente que más allá había una muerte segura. Al menos, algo a lo que prestar atención, aunque ahora las franjas parecían un marco extraño para una imagen vacía. Unas cuantas líneas irregulares en el suelo de la bodega insinuaban lo que Ben se había llevado consigo. Sin duda, restos de cuando fueron cargados allá abajo.

Porque aquí arriba, reinaba la gravedad cero.

Eponi se impulsó desde el suelo y rebotó en las paredes, tomándose un momento para dar vueltas y girar sin hacerlo para esquivar algún ataque entrante. La bodega no tenía mucho espacio, un segundo o dos de movimiento y golpeaba la pared opuesta, pero era suficiente. Lo suficiente como para que, por primera vez desde que aquel esquife se había estrellado, Eponi sintiera que su corazón se aceleraba un poco, que su sangre se elevaba incluso cuando su cuerpo le decía que no había resistencia aquí. Incluso cuando su mente le decía que estaba perdiendo el tiempo.

Claro. Como si tuviera lugares a los que ir.

De vuelta en la cabina, Eponi confirmó lo que Ben había dicho. La lanzadera carecía del oxígeno y el combustible -la lanzadera no tenía suficientes paneles de succión solar para mantenerse en funcionamiento indefinidamente- para llevar a Eponi a ninguna parte. Helix probablemente lo mantenía así intencionadamente, haciendo imposibles los grandes escapes a menos que lograras encontrar amigos. O, como el VIP que había llamado a Sever a esta misión en primer lugar, tener suficiente dinero guardado para contratar tu propia evacuación.

Había otras tácticas. Cosas que Eponi podría intentar si no quería volver a esa superficie.

Esa era realmente la pregunta que Eponi tenía que responderse a sí misma, aquí arriba sola entre las estrellas. De la que seguía apartándose.

Volver abajo no era solo una cuestión filosófica. Eponi no tenía ningún código técnico para pasar la autorización de aterrizaje de Helix. No tenía armas para defenderse si Helix se oponía a que su lanzadera robada volviera a casa en manos de una piloto capturada y hostil. Incluso si Eponi quisiera volver corriendo a Sever, hacerlo en una nave como esta probablemente la mataría.

No, una mejor opción sería hacer algo como Ben. Encontrar otra nave, ponerse en contacto con los transeúntes y decir que había encontrado infractores de la ley. Monstruos. Gente que quería cambiar la forma en que los humanos viven y mueren. Esa podría ser suficiente información para conseguir que la recogieran, para que alguien se detuviera y la arrastrara lejos de este lugar y de esta vida. Porque eso era algo que había encontrado en esos momentos con Ben, que había visto con él. Un cambio que había anhelado, por fin, tal vez, aquí.

Enviar una señal de SOS no requería mucho esfuerzo. Más difícil, sin embargo, era dirigir la alerta lejos de la superficie del planeta. Lo último que necesitaba Eponi era que un rescate de Helix subiera a por ella. Esperaba que fuera una persona al azar, una nave que navegara a velocidades lo suficientemente lentas como para captar el mensaje y estuviera dispuesta a venir a ver de qué se trataba.

En esta galaxia, se necesitaba tiempo para alcanzar velocidad y cuando tus baterías inevitablemente se agotaban, te deslizabas, absorbiendo energía solar para dar a tu nave la oportunidad de recargarse antes de acelerar de nuevo. Frenar también requería energía, así que convencer a cualquier nave de que redujera su cadencia significaba hacerles llegar el mensaje en el momento perfecto: baterías cargadas y tiempo de sobra.

—Hay que amar esas probabilidades —susurró Eponi para sí misma.

Orientó la matriz de comunicaciones de la lanzadera, la apuntó lejos de Dynas y comenzó a transmitir.

—Todo aquel que pueda oírme, pido ayuda. Estoy atrapada en una lanzadera de corto alcance sobre un mundo hostil, donde se están llevando a cabo actos ilegales según la ley galáctica —Eponi hizo una pausa. No estaba acostumbrada a los grandes discursos, estas palabras surgían lentamente. Tenía que pensar, ¿qué haría que alguien viniera y arriesgara su vida para salvarla? —Sé todo sobre estas cosas, y en las manos adecuadas, ese conocimiento podría traer...

Se detuvo. Cortó la grabación. ¿Podría traer qué? ¿Beneficios? ¿Fama? Eponi no tenía maletas llenas de datos, ni células capturadas o piezas de evidencia. Solo sería su palabra. ¿Cuánto valía eso?

Eponi no se engañaba demasiado, no hablaba ni creía en una nobleza superior. Que detener a Helix sería un acto que valdría la pena por sí mismo. No podía permitirse pensar de esa manera, y nadie vendría a ayudarla si intentaba apelar a algún sentido de justicia cósmica.

Todo lo que Eponi realmente tenía para ofrecer era a sí misma, sola y a la deriva. ¿Quién arriesgaría algo por eso?

Se inclinó hacia adelante, presionó su rostro cerca del cristal de la cabina, mirando hacia esas estrellas. Ya empezaba a sentir la decisión en sus entrañas, revolviendo su estómago. No había escapatoria de esto. No habría salida, no podría alejarse de DefenseCorp. De esta vida en la que había caído por culpa de unos cuantos accidentes de kart.

Las únicas personas que vendrían a ayudar a Eponi sin preguntar, sin recompensa, aún estaban en ese planeta podrido. Todavía estaban tratando de completar la misión, aún intentando encontrar una forma de salir del mundo. Ben había huido. Eponi, Eponi no podía.

—Eres tan tonta —dijo Eponi—. Más les vale darte un aumento por esto.

Se acomodó de nuevo en el asiento, encendió los motores de la lanzadera y trazó un curso de regreso a la ciudad de Helix, de vuelta a la torre y la bahía de aterrizaje de donde había venido. Aumentó los propulsores y comenzó a avanzar. Las estrellas se apartaron y Dynas ocupó la vista.

No se podía huir, no de esta vida. Nunca.

## 25

## EXPOSICIÓN AL AIRE LIBRE

Cuando salieron a la calle, Rovo se dio cuenta de que había cometido un terrible error. Con un maletín en una mano y sosteniendo a la niña con la otra, Rovo destacaba entre los solitarios que deambulaban por las aceras de la ciudad negra. Más aún, Kaia, con su vestido andrajoso, no encajaba con las masas vestidas con trajes de neopreno. Rovo no se había tomado el tiempo de ponerle uno de los trajes que había conseguido en la huida apresurada del apartamento asediado.

Sería un buen padre, algún día.

—Esto no es divertido —dijo Kaia, de pie en un charco.

Su tono le rompió el corazón a Rovo en ese momento. No lo dijo como lo haría un niño normal, ni como lo habían dicho las hermanas de Rovo en casa. Kaia hablaba como alguien que simplemente constataba las miserias del mundo que la rodeaba sin esperar que fueran remediadas por un padre, un tutor o cualquier otra persona. Para ella, estar empapada era su realidad. Lo mejor era adaptarse y seguir adelante.

—Súbete —dijo Rovo—. Vas a dar un paseo.

La paternidad siempre había sido una ilusión lejana, algo a considerar si todo salía bien antes. Rovo tenía una carrera en qué pensar, estrellas que surfear y aventuras salvajes que vivir, y sin embargo, esa idea lejana se hizo realidad cuando Kaia trepó por su costado hasta la cima de sus hombros, donde, con una mano, Rovo la sostuvo lo mejor que pudo y chapoteó hacia la parada de tranvía más cercana. Una vez que subieran a un teleférico, Kaia podría sentarse y podrían fingir ser una pequeña familia y viajar hasta la estación de tranvía donde él podría recuperar su armadura.

Entonces podría proteger a Kaia. Mantenerla a salvo hasta que Aurora y Kashmal se pusieran en contacto.

Y sin embargo, si Kaia había llamado la atención sin su traje de neopreno, atrajo aún más sentada en lo alto sobre los hombros de Rovo. Ojos por todas partes les lanzaban miradas, muchas más que pasajeras. No es que esto molestara a Kaia: todavía empapada, Kaia soltó una risita cuando Rovo maniobró alrededor de un charco y chapoteó a través de una calle transversal.

—Agárrate bien a mi cabeza y no me sueltes —dijo Rovo, y Kaia obedeció. Sus pequeñas manos presionaban sus orejas a través del traje de neopreno—. Siento que estés mojada, pero te prometo que pronto llegaremos a un lugar seco.

—Está bien —respondió Kaia—. Nunca antes había estado fuera.

Aurora tendría que impedir que asesinara a Kashmal o al menos que le diera una buena dosis de golpes furiosos. ¿Nunca había estado fuera? Incluso en este lugar sombrío, un niño debería tener la oportunidad de salir de su habitación. De respirar el aire mohoso y sentir la brisa muerta. De entender dónde vive y, tal vez, tal vez ver algún lugar lejano o una nave que surca el cielo y construir sus primeros sueños.

Si Rovo hubiera estado encerrado dentro de su casa, incluso en su planeta comparativamente agradable, no sabía en qué se habría convertido.

Probablemente en nada, probablemente en nadie.

—¿Qué se siente? —preguntó Rovo—. ¿Estar fuera por primera vez?

—Oh, no lo sé —dijo Kaia—. Pero me gusta.

Continuaron caminando pesadamente, Rovo escaneando a cualquiera que mostrara más que un interés casual. Cualquiera que los siguiera, tramando lo peor.

—Suenas inteligente —dijo Rovo—. ¿Kashmal te enseña cosas?

—A veces me da libros. Pero mi amigo mono, él es muy listo. Él me enseñó más.

—¿Mono?

—En mi pewter —dijo Kaia—. Él lo sabe todo.

Ah. Eso tenía sentido. Kashmal podría simplemente darle un juguete infantil barato, uno cargado con horas interminables de programación educativa y dejar que la niña se entretuviera. La verdadera pregunta era cómo Kaia parecía tan tranquila, tan serena. Si todo a lo que había estado expuesta era su propia habitación...

—¿No tienes miedo? —preguntó Rovo—. ¿No te resulta extraño todo esto?

—El mono siempre dice que hay que ser valiente —respondió Kaia—. Así que soy valiente.

—Ese mono parece bastante inteligente —dijo Rovo.

Qué bonito sería si solo con decir algo te convirtieras en eso. Si quisieras valor, entonces tendrías valor. Si quisieras fuerza, también la tendrías. Pero cuando Rovo pidió un teleférico al acercarse a la esquina, ninguno apareció. Ninguno a la vista tampoco.

Mala suerte.

—Esperaremos aquí hasta que llegue un coche —dijo Rovo—. ¿De acuerdo?

Quedarse quietos resultó ser un juego peligroso. El movimiento implicaba acción, pero al ocupar su lugar en la esquina de la acera y permanecer inmóviles, Rovo sintió una atención más centrada. Gente preguntándose quién tendría a una niña al aire libre con este tiempo. Quién tendría una niña en absoluto en este mundo, lo más probable.

Rovo siguió mirando a su alrededor, los edificios que rodeaban la parada del teleférico se alzaban cinco pisos, con techos puntiagudos que goteaban agua hacia las alcantarillas, intentando y fracasando en mantener las inundaciones al mínimo. A lo lejos, los motores de las naves espaciales rugían su paso por el cielo mientras salpicaban agua. Conversaciones a gritos se escuchaban entre los edificios.

Aquí, en medio de la tarde, la ciudad no parecía tan amenazadora o miserable, la luz brumosa se filtraba a través de las gotas brillantes creando arcoíris aquí y allá.

Rovo nunca llamaría hermosa a Dynas, pero tal vez no era tan fea como pensó al principio. Tal vez había algunas cosas aquí que valía la pena admirar.

—¿Es tu hija? —dijo una voz de mujer detrás de él—. Si es así, deberías cuidarla mejor. Cogerá un resfriado o algo peor así.

Rovo se dio la vuelta, un movimiento lento para mantener a Kaia estable sobre sus hombros. Una mujer escrutadora que parecía tener la misma edad que Rovo, vestida con un traje de neopreno verde y rosa que parecía tener alguna concesión a la moda, parecía ser la instigadora. Sin poncho para ella, solo brazos cruzados y juicio.

—Solo estoy haciendo de niñera —respondió Rovo—. Olvidé la ropa adecuada.

—¿Cómo olvidas un traje de buceo en este planeta?

—Tal vez no tomé suficiente café —Rovo intentó darse la vuelta, pero la mujer extendió la mano y lo agarró del brazo.

—Ni tú ni yo queremos verla herida —dijo la mujer—. Tenemos gente cubriéndote desde varias ventanas en este momento. Intentamos hacer esto de manera amable en la tienda, pero ahora has matado a dos de los nuestros —Las palabras amables de la mujer se desvanecieron en un tono cortante—. No es culpa de ella, así que si me la entregas, me aseguraré de que salga bien de esto. Y el maletín. Al menos así, no serás responsable de su muerte.

Esto hacía dos emboscadas en una hora. Rovo tenía que mejorar en esto, tenía que averiguar qué se le estaba escapando.

Lo que Rovo definitivamente no podía hacer, sin embargo, era mantener a Kaia sobre sus hombros. La mujer tenía razón sobre ese riesgo: Kaia no merecía nada de lo que pudiera pasarle a Rovo.

Además, mover a Kaia encajaba perfectamente en la opción uno: ganar tiempo y buscar una solución.

—De acuerdo —dijo Rovo—. No quiero que salga herida. ¿Puedes prometerme eso?

—No estás en posición de hacer exigencias —dijo la mujer—. Pero no queremos derramamiento de sangre. No aquí. Ella estará bien.

—Entonces la bajaré —dijo Rovo—. Kaia, vamos.

—Pero no quiero.

—Todo estará bien —dijo la mujer, y extendió ambos brazos hacia la niña—. Solo déjate caer hacia adelante y te atraparé.

—No quiero, no me caes bien.

La mujer intentó sonreír, una sonrisa insincera, fina y superficial. Rovo, mientras tanto, intentaba evaluar si podría alcanzar sus armas, si podría desenfundarlas y dispararlas, y qué ventanas podrían estar usando los asesinos. Las probabilidades de que funcionara eran escasas. Entonces un nuevo sonido le dio otra idea, una salida.

—Vamos —le dijo Rovo a la niña, empezando a moverla hacia un lado de sus hombros—. Hagamos lo que dice la señora amable. No queremos que nadie salga herido.

—¡Pero no quiero! —Kaia comenzó a forcejear.

La mujer se acercó de nuevo, intentó forzar la situación agarrando los brazos de Kaia y Rovo la empujó hacia atrás—. Por favor, solo dame un segundo. La bajaré.

La oferta funcionó, aunque solo ligeramente. La mujer retrocedió y Rovo movió a Kaia a un hombro y luego al hueco de su brazo que sostenía el maletín, con las piernas de Kaia a horcajadas sobre el metal plateado. Mientras Rovo la estabilizaba, un sonido de deslizamiento y zumbido se elevó cuando un teleférico se deslizó hasta detenerse detrás de ellos, las puertas abriéndose con un chasquido húmedo.

Rovo saltó hacia atrás, subiendo rápidamente al teleférico y casi lanzando a Kaia por el pasillo central. Afortunadamente, los viajes de media tarde no estaban tan concurridos como los de la mañana y los sorprendidos pasajeros les dieron espacio mientras se abrían paso hacia el fondo del vagón.

Rovo esperó y recibió su deseo: ningún francotirador oculto intentó disparar, aparentemente el teleférico proporcionaba suficiente cobertura, suficiente daño colateral para mantener el fuego contenido.

—Tenga cuidado, señor —dijo el conductor automatizado—. Por favor, aborde con seguridad.

—Lo siento —dijo Rovo, retrocediendo con Kaia, mezclándose entre la multitud—. Siéntate y mantén la cabeza baja.

Cuando se volvió hacia el frente, Rovo vio a la mujer abordar el teleférico tras ellos, con furia fría en sus ojos. Entre la multitud, la mujer no se atrevió a hacer un movimiento abierto. Mantuvo los ojos fijos en Rovo, con la boca en una línea recta mientras el teleférico comenzaba a moverse de nuevo. El vehículo continuó por las calles húmedas, con Rovo sosteniendo a Kaia en sus brazos, encorvado en un asiento con alguien más bloqueando las ventanas a ambos lados.

Manteniéndose en la opción uno. Ganando tiempo hasta que se le acabara el efectivo.

## 26

## MERCANCÍA CALIENTE

El ascensor subía de esa manera constante y acelerada en que lo hacen los elevadores cuando siguen subiendo sin detenerse en ningún piso. Aurora sostenía a Sai, lo había levantado del suelo después de arrastrarlo al ascensor y ahora lo estudiaba mientras él se balanceaba sobre sus pies, murmurando sobre los otros infectados, sobre cómo debería haber salvado sus vidas. Aurora observaba los números subir en el contador a la derecha de la puerta, saliendo de los negativos y entrando en los positivos vertiginosos. Su estómago se hundía, sus oídos comenzaban a taponarse mientras subían y subían y subían. Lo más interesante, o peor aún, era que ella no había marcado ningún número. No había tenido la oportunidad de intentarlo.

Alguien había llamado al ascensor.

Pero ese misterio podía esperar. La especulación no los llevaría a ninguna parte, y cualquier cosa que hubiera más allá de las puertas cuando se abrieran, Aurora la enfrentaría con Sai, no sola. Tenía que hacerlo volver, devolver su atención al presente y encontrar el impulso que pertenecía a cada miembro de Sever. Al menos, a cada miembro que sobrevivía a su primera misión.

—¿Recuerdas cuando encontraron Signet Ocho? —dijo Aurora, poniendo su boca junto al oído de Sai y pronunciando las palabras de manera clara y directa—. Esas civilizaciones primitivas, siempre en guerra entre sí. Resultó que estaban sentadas sobre un montón de minerales valiosos y metales duros. ¿Recuerdas esa?

Sai, por su parte, dejó de murmurar. Dejó que un solo sollozo bajo sacudiera sus hombros.

—DefenseCorp nos dijo que nuestras fuerzas solo iban a entrar para detener la lucha, para servir como una guardia avanzada para lo que sería una introducción al resto de la galaxia. ¿Recuerdas todas esas mentiras? ¿Todas las mentiras que nos alimentaron antes de esa? —dijo Aurora. Había sido un equipo diferente, el escuadrón Sever. Tenían más miembros entonces—. Nos dijeron que no necesitaríamos un arsenal completo. Que estarían demasiado aturdidos al vernos venir del cielo para pelear. Tendríamos el objetivo sin disparar un solo tiro.

Sai escuchaba, respiraba. Los números seguían subiendo.

—Nos lanzaron, ni siquiera con lanzaderas. Caídas de meteoro. Nos estrellamos directamente contra el suelo porque DefenseCorp pensó que eso crearía una mejor impresión. Cientos de nosotros, todo tipo de escuadrones de DefenseCorp simplemente estrellándose por todo el mundo. Conmoción y asombro, eso se suponía que arreglaría todo. Conmoción y asombro.

—No lo hizo —Sai no tanto dijo las palabras como las respiró, y Aurora pudo ver que sus ojos estaban cerrados.

—No. Realmente no lo hizo. ¿Recuerdas cómo nos lanzaron en medio de ese campo de batalla? Esos dos grandes ejércitos enfrentándose con sus lanzas y sus piedras arrojadizas, esas espadas hechas de vidrio fundido?

—Esas espadas se veían realmente geniales.

—Tu katana las cortaba como mantequilla.

—Ya ni siquiera la tengo. Mi katana.

Mal movimiento ahí. Necesitaba mantenerse alejada de la espada. Tal vez la conseguirían en algún lugar, de alguna manera. Mantener el enfoque de Sai en la antigua misión, no en las armas perdidas.

—¿Recuerdas que nos rodearon de inmediato? Detuvieron la pelea cuando nos estrellamos. Una docena de nosotros, miles de ellos. Todos ansiosos por pelear y ahora tenían a estos extraños invasores llegando —Aurora negó con la cabeza, frotó su nariz muy ligeramente contra la nuca de Sai. No se trataba de romance, sino de amor, ese vínculo profundo que se forma entre dos soldados que han dependido el uno del otro para sobrevivir. Aurora necesitaba a Sai, y Sai necesitaba a Aurora y juntos lo lograrían—. Ferris nos hizo formar un círculo, y comenzó a hablar, como si pudieran entenderlo. Tratando de explicar. Y lo golpearon primero.

—Fueron brutales —Sai por fin pareció poner sus propias piernas en el suelo, cuadró los hombros—. No entendíamos, luchaban porque eso era todo lo que creían. Luchar y morir e ir a tu perfecto más allá. Cuanto mayor el desafío, mayor la gloria en el gran más allá. Fuimos tan estúpidos.

—No, nosotros no. La gente que nos envió —dijo Aurora.

—Supongo que tienes razón. La gente que nos envió. Igual que aquí.

Sever había sido abrumado en Signet Ocho. Los bandos en guerra hicieron una tregua espontánea para atacar a los invasores, como había sucedido en todas partes del planeta. Sai había tomado la decisión, después de que la mitad de su número cayera simplemente debido a la presión. La armadura de poder podría protegerte de pinchazos y puñaladas, podría mantenerte a salvo de las rocas voladoras, pero no te ayudaría a mantenerte firme contra cincuenta cuerpos escamosos, fuertes y cargando mientras te presionaban contra la tierra y te asfixiaban.

El bombardeo de DefenseCorp descendió a través de la atmósfera, apuntando a su alrededor, los láseres y los misiles de las naves arriba ennegreciendo los cielos. Sai había arrastrado a Aurora de vuelta dentro de su caída de meteoro, una nave en forma de lágrima, casi indestructible. Un refugio perfecto para esperar el fin del mundo.

Después, Sever se enteró de que no eran el único escuadrón que había tomado la decisión. En todo el mundo, los nativos demostraron no estar dispuestos a negociar. Capaces solo de una guerra homicida e interminable. Y así DefenseCorp los aniquiló, y las empresas mineras y de extracción entraron para reclamar el premio. Aurora ni siquiera recordaba si DefenseCorp había expresado algún arrepentimiento oficial. Aurora sabía que ella no lo había hecho. Los monstruos habían intentado matarla, habían matado a sus amigos. Se merecían lo que obtuvieron.

Las puertas del ascensor se abrieron con un *chunk* y un lento silbido. Del otro lado, sonriendo con una sonrisa desquiciada, estaba Kashmal.

—Los encontré —dijo Kashmal—. Justo a tiempo.

Aurora quería golpear al hombre, pero él había llamado al ascensor. Los había alejado.

—Nos están persiguiendo —dijo Aurora—. Tenemos que seguir moviéndonos.

—Oh, no, yo no me preocuparía —respondió Kashmal—. Las cosas han cambiado ahora. Lo tienes a él.

Señaló con un dedo a Sai, y Aurora lo miró de nuevo. Su compañero de equipo aún parecía cansado, débil. Respiraba con dificultad y sudaba. Difícilmente un ejemplo de un espécimen sobresaliente. De alguien digno de ser considerado un premio.

—¿Qué quieres decir? —preguntó Aurora.

—Te lo diré más tarde —respondió Kashmal—. Todo lo que necesitas saber ahora, es que tus circunstancias cambiaron. Te sacaste la lotería, Sai. Tú y tus genes.

Kashmal los guió fuera del ascensor, hacia un piso concurrido que, con el sonido de los motores de cohetes arrancando y sus líneas agudas, le indicó a Aurora que albergaba una bahía de acoplamiento. Cajas y trabajadores moviéndolas obstaculizaban el pasillo, y tan pronto como salieron del ascensor, varios más empujaron sus contenedores adentro y se fue. Ninguna mención sobre la masacre de abajo, sobre la alerta y el peligro.

Kashmal los dirigió por el pasillo. El amplio corredor tenía el suelo negro pulido común en toda la torre, y de vez en cuando una puerta se abría hacia la bahía de acoplamiento, presentando una nave diferente, un área diferente. Carga, pasajeros, combustible, todo lo demás. Kashmal los llevó hasta el final, de modo que cuando finalmente entraron en la bahía de acoplamiento, estaban justo cerca de la salida ampliamente abierta que daba a la ciudad. Un esquife pasó rozando por encima, llevando lo que parecía una flotilla de guardias.

—Están buscando a sus amigos —dijo Kashmal—. Según tengo entendido, hay uno suelto ahora mismo. El que dejamos en mi apartamento. Lo van a capturar y traer aquí. ¿Qué conveniente es eso?

—No entiendo —dijo Aurora. Sai, por su parte, miraba alrededor, habiendo vuelto a caer en el silencio y cualesquiera batallas que se libraban en su mente—. Hace un minuto estaban tratando de matarnos.

—La doctora cambió de opinión. En realidad —Kashmal se rio—, es bastante gracioso. Pasó todo este tiempo, todo este esfuerzo tratando de encontrar un éxito y luego su mano se ve forzada por un ingeniero de laboratorio al azar.

—¿Qué?

—Debería estar triste, porque él hizo lo que yo estaba tratando de hacer. Logró salir del planeta con muestras. —Kashmal puso los ojos en blanco—. Ben, eres una plaga miserable —Kashmal señaló hacia una nave más grande en el centro de la bahía. La única alrededor que parecía verdaderamente apta para el espacio—. Lo entiendes, ¿verdad? Todo lo que está pasando aquí? Todo está financiado en secreto. Virus hechos para personas dispuestas a pagar. Pero si el material sale a la luz? Si alguien más logra sacarlo y replicarlo? Entonces todo esto se vuelve inútil. Ahora que hay muestras fuera del planeta, Anaskya tiene que moverse rápido para tratar de recolectar antes de que las otras compañías corten el financiamiento.

Aurora trató de seguir las afirmaciones de Kashmal. Ser el primero en sacar el virus que estaba infectando a Sai a la galaxia en general tenía cierto sentido, incluso si su propósito previsto, modificar a la persona y convertirla en algo diferente, más eficaz, iba en contra de la letra de la ley Galáctica. Las leyes podían reescribirse, podían ser cambiadas por aquellos con el poder para hacerlo. Aurora lo había visto muchas veces ella misma, cuando las misiones de DefenseCorp se habían ampliado para incluir el tipo de aniquilación como la de los nativos en Signet Ocho.

¿Por qué no jugar con la naturaleza? ¿Y por qué no obtener beneficios al hacerlo?

—Entonces, ¿por qué estamos aquí? —dijo Aurora.

—A ella no le importas tú. Le importa él —dijo Kashmal—. Vamos, tenemos que subir a la nave. Antes de que Anaskya cambie de opinión.

—¿Y tú? ¿Intentaste hacer lo mismo que este otro ingeniero?

—Y ella me habría hecho fusilar, excepto que prometí que los conseguiría —dijo Kashmal—. Lo sé, lo sé, podrías estar enojada. Pero adivina qué? Vamos a salir de este planeta. Los tres. Ahora mismo. Y eso vale cualquier cosa, ¿verdad?

Aurora lo habría estrangulado, habría disparado a Kashmal por lo que ya había hecho, excepto que tenía que mantener a Sai en pie. Tenía que mantenerlos en movimiento. Porque notó guardias por toda la bahía de acoplamiento, observando a los tres con las manos en sus armas.

Si Aurora intentaba contraatacar aquí, sin duda ella y Sai morirían, y rápido. Así que mantuvo la boca cerrada y caminó, hacia la lanzadera y subió por la rampa de embarque. La nave era más grande, mucho más grande que la lanzadera que DefenseCorp había dado a Sever para rebotar hasta Dynas.

Tan pronto como abordaron, dos guardias aparecieron alrededor de la entrada y dirigieron a Aurora y Sai hacia atrás, muy atrás, a través de la nave de acero con adornos dorados. Kashmal desapareció, escabulléndose a alguna otra parte mientras los dos guardias empujaban y señalaban hasta que Aurora y Sai llegaron a lo que parecía la bodega de carga, donde se alineaban cajas de comida y otras provisiones.

No un viaje corto, entonces.

Una cosa más destacaba en la bodega de carga, larga y delgada y empujada en una esquina, manchada pero por lo demás sin daños.

—Sai, adivina qué —dijo Aurora—. Encontraron tu espada.

## 27

## UN AMOR POR LOS ESPACIOS CERRADOS

Únete a los que te salvan. Eso es lo que Sai había hecho, después de que aquellos soldados de DefenseCorp irrumpieran en su apartamento, después de que limpiaran su planeta natal de los rebeldes y su interminable destrucción. Restauraron el orden con puño de hierro y luego lo devolvieron a los plutócratas y corporaciones que habían iniciado todo.

Dos formas de pensar confrontaban a los que quedaban: o luchar contra un orden establecido corrupto que había demostrado ser imposible de derrotar, o marcharse. Sai y su madre eligieron lo segundo. Ella tomó sus ahorros e inversiones y se fue a un mundo menos conflictivo, dejando a Sai con su katana para unirse a la vida más dura, rápida y violenta a la que había sido introducido tan bruscamente en la azotea, las escaleras y las calles de la ciudad mientras su hogar ardía.

Pero de las cenizas a menudo surge algo mejor. Y en esa primera estación, Sai encontró a la que sería su esposa. Tuvo hijos y construyó una buena vida para sí mismo. Hasta que la galaxia demostró de nuevo su naturaleza salvaje y el planeta de su familia rescindió el contrato con Defense-Corp. Sai tuvo que elegir: llevar a su familia a una vida espacial con asignaciones impredecibles, saltando de mundo en mundo, o dejarlos atrás y llevar sus talentos a la división activa de mayores ingresos.

A Sever Escuadrón y su aventura de alto precio.

¿Y adónde lo llevó eso? A esta bodega de carga, llena de contrabando ilegal destinado a ser vendido a quien lo quisiera, incluido su propio empleador. Una cosa peligrosa que podría remodelar especies, que ahora mismo estaba ocupada remodelándolo a él.

El virus en su cuerpo había encontrado un equilibrio, y Sai se sentía más fuerte ahora, casi claro en su propósito. Todavía se desviaba de vez en cuando hacia esas alucinaciones, mientras Kashmal y Aurora lo llevaban por la bahía y lo subían a la nave, Sai apenas estaba presente. Había pasado esos preciosos minutos de vuelta en casa, viendo a sus hijos aprender a jugar, sabiendo y entendiendo por qué no estaría allí cuando enseñaran a sus propios hijos lo mismo.

*Vuelve, Sai. Mantente presente, porque si no lo haces, no saldremos de aquí.*

¿Nosotros?

La bofetada llegó rápida y fuerte. El ardor de la sangre en su mejilla hizo que los ojos de Sai se abrieran de golpe y su respiración se acelerara. Aurora levantó la mano, lista para hacerlo de nuevo, cuando Sai alzó su propio brazo para bloquear el de ella.

—Estoy despierto —dijo Sai—. Por ahora.

—Más te vale que sea para siempre —respondió Aurora—. ¿Sientes eso?

Lo sentía. Una vibración que recorría toda la lanzadera, sacudiendo sus pies, rodillas y espalda. Sin estar en un asiento de impacto, el despegue de una nave espacial sería toda una aventura. Una experiencia dolorosa.

—Mejor nos sujetamos. —Sai obedeció sus propias instrucciones, dejando el espacio abierto y atrincherándose en una esquina, tratando de situar sus hombros y brazos para poder mantenerse erguido mientras las vibraciones aumentaban. Aurora hizo lo mismo, colocándose en el lado opuesto, de modo que se miraban a través de las cajas que contenían, en sus formas metálicas plateadas, el mismo virus que había arruinado a Sai y a tantos otros en aquella torre.

—Así que creo que la misión se canceló —gritó Aurora a través de la bodega—. No sé si te diste cuenta, pero Kashmal se ha aliado con el enemigo.

—Aurora, dejé de preocuparme por la misión cuando ella me inyectó ese virus.

—Prioridades, Sai.

—Mi vida tiene prioridad, Aurora. Lo sabes.

Aurora le dio una sonrisa triste, lo sabía. Todos lo sabían. Eso era parte del encanto de Sever Escuadrón, donde cumplirían la misión, sí, pero lo harían sin el desprecio insensible que a menudo venía de los ejércitos mercenarios. El dinero reclamaba el premio mayor, y mantener a todos con vida era un buen extra. Para Sever Escuadrón, sin embargo, esas órdenes estaban invertidas.

A Sai le gustaba pensar que era porque en Sever Escuadrón se querían y se preocupaban mucho los unos por los otros. En los estrechos y frenéticos pasillos llenos de fuego, no podías evitar hacerte amigo del soldado que tenías al lado. Dispuesto a dar tu vida por los demás.

Aurora lo había expresado de otra manera, varias misiones atrás. Mantener a Sever Escuadrón unificado, vivo y funcionando de la misma manera de una misión a otra, era simplemente una estrategia de inversión sensata. Menos tiempo de inactividad, mayores rendimientos.

—¿No sabes dónde están los otros? —dijo Sai mientras la vibración cambiaba, los motores de la nave aceleraban y los levantaban del suelo de la bahía de acoplamiento—. ¿Gregor? ¿Eponi?

—Gregor y Rovo están en algún lugar de la ciudad —respondió Aurora—. Al menos, ahí es donde los dejé.

—¿Los dejaste?

El estómago de Sai se revolvió cuando la lanzadera ganó velocidad, sin duda saliendo de la bahía de acoplamiento y dirigiéndose hacia las estrellas. Aquí, en este espacio cerrado, Sai no podía saber dónde estaba, qué estaba haciendo la nave. Solo ligeros espasmos le indicaban que estaba volando.

Sai habría sentido náuseas, tal vez incluso habría vomitado, como la mayoría durante el ascenso cuando no se tiene vista del exterior. Pero se sentía normal, tranquilo. Incluso su fiebre había disminuido.

—Nos separamos —estaba diciendo Aurora—. Tuvimos que llegar a un compromiso. Kashmal tenía material que quería sacar del planeta. No podía dejarlo desprotegido. Y Gregor, Gregor despistó a los perseguidores.

—¿Dejaste al novato protegiendo la mercancía valiosa?

—No es que tuviera muchas opciones —Aurora sacudió la cabeza y estiró un poco las piernas para afianzar su posición mientras la lanzadera comenzaba a temblar, elevándose en la atmósfera donde los vientos y las corrientes de aire la sacudirían—. ¿Qué se suponía que debía hacer? ¿Dejarlo allí sin más? Pensé que volveríamos a buscarlo.

Sai percibió otra nota en la voz de Aurora, en su tono. Cansancio, sí, pero también un poco de tristeza y frustración. Así no era como debería haber ido la misión. Sever

Escuadrón no estaba diseñado para separarse, no eran agentes aislados entrenados para cumplir objetivos en solitario. Eran un escuadrón y debían funcionar como una unidad. Ahora estaban dispersos por todo este planeta y, pronto, sobre él. ¿Volverían a reunirse alguna vez?

Sai no lo sabía y, sinceramente, en ese momento tenía preocupaciones más acuciantes.

Sever Escuadrón definitivamente no se reuniría si Sai y Aurora eran llevados a alguna estrella lejana. Vendidos a alguien que quisiera jugar a los experimentos con sujetos humanos.

—Entonces, ¿cómo vamos a volver? —preguntó Aurora—. ¿Alguna idea?

—Tomar el control de la nave —respondió Sai—. ¿Volar de vuelta?

—Vaya. Jamás se me habría ocurrido —Aurora puso los ojos en blanco. La lanzadera se sacudió aún más, adentrándose en la parte más dura de la atmósfera. Justo antes de esa liberadora salida—. ¿Cómo piensas tomar el control de una nave sin armas?

Sai miró a su alrededor. La katana estaba allí, lo cual era bueno, aunque probablemente no pudiera cortar ninguna de las puertas. Y cuando lo intentara, Sai no tenía duda de que uno de esos guardias aparecería y le dispararía en la cara. Así que eso quedaba descartado. Más allá de eso, estaban los maletines plateados, todos repletos de enfermedades y desastres.

Enfermedades y desastres.

—¿Cuál es la única cosa que un comprador no arriesgaría al trabajar con algo como esto? —dijo Sai, manteniéndose firme pero inclinándose ligeramente hacia adelante para echar un mejor vistazo a esos maletines.

—La infección —respondió Aurora—. No te expones a algo que no entiendes.

—Exactamente —dijo Sai—. Tenemos un montón de la enfermedad aquí mismo.

—Y la única que la entiende está a bordo —añadió Aurora.

A veces los planes se desarrollaban pieza por pieza, revelándose el siguiente paso solo cuando completaban el anterior. A menudo, las misiones se ejecutaban por instinto, con Sever Escuadrón danzando a través de tiroteos y objetivos, cada uno allanando el camino para el siguiente. Otras veces, como cuando Sai estaba atrapado en una bodega de carga sin nada más que hacer que contemplar su propia muerte, la planificación desesperada surgía por completo.

—Estamos en un contenedor sellado —dijo Sai—. Si liberas algo aquí, no irá a ninguna parte. La lanzadera quedará expuesta y no habrá escape.

—Estás olvidando algo —dijo Aurora—. Yo no estoy infectada.

—Bueno, aquí tienes tu oportunidad —dijo Sai—. Con Anaskya en la nave, es posible que tenga una cura. Tendrá que sacarla si se infecta.

De repente, el temblor cesó. Sai sintió que sus manos y pies se alejaban ligeramente de la pared y su estómago dio unas cuantas volteretas mientras la gravedad desaparecía. Ahora estaban en el espacio, y el virus no tendría a dónde ir excepto a través de los sistemas de oxígeno cerrados y reciclados de la lanzadera. Una gigantesca placa de Petri, llena de víctimas desprevenidas. Sai se comprimió y luego pateó, impulsándose hacia su katana. Con un movimiento fluido, Sai desenvainó la espada mientras Aurora observaba desde la esquina.

—¿Estás seguro de esto? —dijo Aurora—. Porque si me enfermo y muero, voy a estar muy cabreada contigo.

—Si tú mueres, probablemente yo te siga de cerca —dijo Sai—. Además, no nos metimos en este trabajo para jugar a lo seguro.

En lugar de blandir la espada en tajos contra los maletines, Sai pasó el filo de la katana por los cerrojos. Trabajó la espada como una pequeña sierra mientras la nave seguía volando. La katana era afilada y, con cada movimiento, cortaba un poco más profundo.

Cuando el primer maletín se abrió de golpe, Sai vio exactamente lo que esperaba. Pequeños viales, comprimidos y sellados al vacío. Listos para ser vertidos en una rejilla de ventilación para que toda la nave los disfrutara.

## 28

## LA RAZÓN POR LA QUE

Oficialmente, Gregor no era un rehén. Simplemente lo habían reasignado de su antigua división a una nueva. Asimilado de Sever Escuadrón a la rama más secreta de DefenseCorp, la que difuminaba las líneas entre lo legal y lo ilegal, la que no distinguía entre objetivos y ética. Lani se aseguró de que Gregor sintiera esa línea durante todo el camino fuera de la base, mientras Wicks cargaba el cuerpo ligero y en descomposición de Felix para un análisis más detallado en la ciudad.

Lani hacía que Gregor fuera al frente, y cada vez que este miraba hacia atrás, Lani seguía con su arma en la mano, lista para usarla. Gregor tenía su martillo y pensó que probablemente podría dar un golpe si quisiera. Probablemente podría romperla a ella y luego a Wicks.

Y entonces Sayers huiría con la lancha y dejaría a Gregor aquí para que se pudriera con los muertos infectados.

A DefenseCorp no le importaría de todos modos. Suponiendo que la noticia de esto llegara a salir de Dynas. La organización era demasiado grande, abarcaba demasiados planetas y tardaba demasiados años luz en hacer llegar los mensajes de un lado a otro para funcionar como un todo cohesionado.

Gregor había visto los efectos de la física en la comunicación desde su primera asignación, cuando DefenseCorp emitía regulaciones y reglas que tanto los nuevos reclutas como los líderes debían seguir. Los reclutas, sin poder de negociación, se apresuraban a acatar las normas, mientras que los líderes locales no se ajustaban en absoluto. Se aferraban a sus posiciones corruptas, enviaban a cualquier recluta que no les gustara a misiones peligrosas, y si DefenseCorp alguna vez indicaba una auditoría, el tiempo de viaje a través del vasto espacio daba a los líderes tiempo para ocultar sus acciones.

En resumen, Lani podía hacer lo que le diera la gana porque las consecuencias estaban a años luz de distancia.

—Gregor, dijiste que la última vez que lo viste, Felix era un monstruo —dijo Lani a su espalda mientras caminaban, acercándose a la salida de la base—. Dijiste que tenía un enjambre infectado a su disposición, toda una masa de virus esperando propagarse. No vimos nada de eso.

—Lo oíste —respondió Gregor—. Se descompuso.

—O mentiste.

—¿Por qué lo haría?

—No lo sé —dijo Lani—. No sé por qué estoy siendo tan suspicaz, Gregor, excepto que todo son mentiras en Dynas, todos apuñalándose por la espalda.

—¿Crees que me importa?

Salieron por donde habían entrado, a través del agujero en el costado del edificio donde había estado la puerta. De vuelta por el ascensor hasta la lancha. Lani se mantuvo callada, y a Gregor no le importó. Ella estaba tratando de jugar algún tipo de juego, buscando un significado más profundo. Sever Escuadrón había venido aquí para una simple extracción, entrar, salir y escapar. Nada más profundo que eso.

—¿Quién era el objetivo? —preguntó Lani mientras el ascensor subía—. ¿Y sabes por qué están tratando de irse?

—Ya dije que no nos contaron nada.

—Especula para mí.

—No.

Incluso Wicks se rio de eso.

—No creo que hayas hecho una amiga, Lani.

—No estoy tratando de hacer amigos.

Y, sin embargo, eso era lo que Gregor había sentido en el apartamento. Camaradas de armas, espíritus afines, ambos tratando de asegurarse de que sus misiones tuvieran éxito. Lani había cambiado cuando vio en lo que Felix se había convertido: nada.

Gregor creía saber por qué: todos en Dynas querían salir del planeta, y esa oportunidad parecía girar en torno al virus. Si Felix hubiera sido una mutación viva y saludable, entonces tal vez Lani tendría lo que quería. Tal vez no estaría tan irritable si tuviera un boleto para salir de Dynas esperándola.

—¿Qué habrías hecho? —dijo Gregor cuando el ascensor llegó a la cima—. Si lo hubiéramos encontrado infectado.

—Matarlo, igual que hicimos —dijo Lani, pero no había convicción detrás de las palabras.

—¿No te habrías llevado a Felix? —preguntó Gregor.

—¿Llevarlo a dónde? —dijo Wicks—. ¿De vuelta a nuestros apartamentos? ¿Dejarlo que se pudra allí y nos enferme a todos?

Gregor mantuvo sus ojos en Lani, y ella le devolvió la mirada dura y se mantuvo en silencio.

—Hay mucho dinero en este virus —dijo Gregor—. ¿Verdad?

—Sube a la lancha, Gregor —dijo Lani.

Sayers había mantenido la nave preparada, y Lani y Wicks se habían acostumbrado tanto a sus armaduras potenciadas que ni siquiera parecían torpes al subir a la nave. Tan pronto como estuvieron a bordo, con el cuerpo de Felix asegurado de manera segura en la proa, Sayers hizo que los motores empezaran a zumbar.

Sayers levantó la lancha y la giró de vuelta hacia la ciudad. Lani y Wicks fueron a informar al piloto, dejando a Gregor solo, libre para deambular por la cubierta mientras la niebla amarilla lo cubría todo. La humedad de Dynas pesaba sobre él, y todo lo que Gregor podía pensar era en lo mucho que quería dejar este planeta. En lo mucho que Lani y los demás debían querer lo mismo. Lo suficiente como para hacer casi cualquier cosa.

Demasiado pocos enemigos para aplastar, demasiado poco que mirar, y el maldito polen o lo que fuera seguía metiéndose en sus conductos de ventilación.

Mientras Gregor se dirigía a la popa de la lancha, con la base condenada de Felix desapareciendo en la niebla, sintió un crepitar en su casco. Una transmisión a nivel de escuadrón, en la banda de Sever Escuadrón. Al principio demasiado estática, demasiado lejos, pero incluso desde aquí Gregor pudo reconocer un bucle. Una transmisión repetida puesta por alguien que no tenía tiempo para quedarse en la banda. Se movió hacia el frente de la lancha, de pie sobre el cuerpo de Felix.

—¿Qué está pasando? —dijo Lani, moviéndose junto a él—. Estoy escuchando algo.

Por supuesto, las otras armaduras de combate ya estarían sintonizadas con la frecuencia de Sever. Lani y Wicks también lo escucharían, pero no sabrían quién era. No podrían reconocer la voz de Rovo.

—En la estación del tranvía, solicitando asistencia a quien pueda. Helix viene y nos van a atrapar. El nivel superior está despejado, las calles están marcadas. La armadura se ha ido. No vamos a durar mucho tiempo.

La voz de Rovo sonaba tensa y cansada. Necesitaba ayuda. Gregor no necesitaba saber más que eso.

—Tenemos que volver —dijo Gregor—. A donde encontramos la armadura de combate. Morirá si no lo hacemos.

—¿Quién va a morir? —preguntó Lani—. ¿Quién está haciendo esta llamada?

—Uno de mis compañeros de equipo.

—Parece que está en problemas —dijo Wicks—. Pero se supone que no debemos hacernos visibles. Helix no sabe realmente que estamos aquí. No oficialmente.

—Wicks tiene razón. Si tu amigo está comprometido, no podemos acercarnos.

Ah sí, por eso Gregor odiaba tanto esta rama. Más preocupados por sus propios secretos que por las vidas de sus otros miembros de DefenseCorp. Solo un montón de cobardes.

—No me habéis oído —dijo Gregor, alcanzando el martillo y ajustando sus botas para estar listo para un impulso—. Vamos a ayudarle. Ahora.

## 29

## INTERCEPTACIÓN DEL VALIANT

Lo cierto sobre los descensos, incluso en un planeta tan aislado y despoblado como Dynas, era que no podías simplemente volar una nave hacia la atmósfera y esperar aterrizar en el lugar correcto. Los planetas giraban, las velocidades eran relativas, la resistencia atmosférica, tantas variables.

Las computadoras de la lanzadera realizaban la mayoría de los cálculos, pero muchos requerían que Eponi al menos revisara el resultado final. En teoría, el control de tráfico en la ciudad designaría carriles libres para viajar, se aseguraría de que los espacios estuvieran despejados para que cuando Eponi atravesara la atmósfera a altas velocidades, no se topara con alguien más subiendo a través de las nubes.

Pero mientras Eponi introducía las coordenadas que su computadora escupía, mientras dirigía la lanzadera alrededor de la órbita hasta que esa gran ciudad negra rotara hacia el punto correcto para su regreso, el control de tráfico no dijo una palabra.

—Control de Helix, de nuevo, aquí lanzadera —Eponi miró la placa de identificación, convenientemente pegada en el exterior y en las consolas de control, porque todos entendían que los pilotos cambiaban de lanzadera así al azar. Los peones no tenían sus propias naves—. *Valiant*. Sí, lanzadera *Valiant* solicita un vector para aterrizar en la torre. Por favor, asignen uno.

Valiant. Qué nombre tan tonto para una lanzadera como esta. Transportar carga entre tierra y espacio no merecía tal nombre. Algo como *Caja* o *Mula* habría sido más apropiado. Eponi se recostó en su asiento y esperó. Y siguió esperando. Dentro de poco tendría que encender los motores para reorientar la lanzadera o perdería su oportunidad. Ridículo.

Pero hey, en el espacio, no tenía que preocuparse por infectarse. No había enfermedades en esta lanzadera. Mejor aburrida que muerta.

Había algunas cosas que podía hacer mientras estaba sentada en la cabina de la lanzadera esperando la respuesta de Helix. Eponi podía buscar las estrellas, pero la lanzadera actualmente miraba hacia el planeta y, en el lado opuesto de la estrella del sistema, Dynas parecía mayormente una gran mancha negra que bloqueaba una sección transversal del universo.

Sin una vista, Eponi podía juguetear con los controles, verificar los niveles de oxígeno y asegurarse de que nada pareciera estar mal. Eponi ya había hecho eso cinco veces, y los porcentajes nunca se volvían más interesantes. Y por último, pero no menos importante, Eponi podía escanear el radar. Ver qué otros objetos extraños podrían estar flotando en las proximidades de la lanzadera y adivinar qué eran. ¿Quizás una antigua estación espacial? ¿Un satélite? ¿Un asteroide en su descenso gradual hacia la atmósfera del planeta donde se rompería y quemaría en pedazos diminutos?

O podrías mirar tu radar y detectar una nave que se acerca, una que vuela desde la ciudad negra a una velocidad demasiado alta. Y con un vector inestable, como si la trayectoria planeada se hubiera desviado salvajemente. O su piloto estuviera borracho.

Eso era interesante. No había habido demasiados vuelos hacia el espacio desde Helix que Eponi hubiera detectado, aunque los escáneres del *Valiant* captaban pequeñas naves zumbando por toda la superficie de Dynas, sin duda transportando suministros y personas a varios puestos avanzados como aquel cerca del cual había aterrizado Sever. Dado los pocos despegues, no había mucha competencia por el tráfico, pero un vuelo frenético y salvaje podría explicar por qué Helix no respondía a sus solicitudes. Tal vez estaban demasiado ocupados lidiando con su propio desastre.

—Bueno, igual puedo ver si puedo ayudar —dijo Eponi.

Ayudar, quizás, no era la palabra correcta. Descender a Helix significaba volver a ponerse las cadenas de otra persona, y posponer eso tanto como pudiera tenía sentido.

Activó el comunicador de corto alcance, designó la nave que se dirigía hacia arriba y afuera —una nave considerablemente más grande que la suya— y envió el mensaje:

—Aquí el *Valiant*, contactando al *Beaker*. —Estas naves y sus nombres—. Se ven un poco inestables ahí. ¿Necesitan ayuda?

Sus palabras viajaron a través del espacio, acercándose al *Beaker*. Eponi no podía ver exactamente la lanzadera todavía, acababa de salir de la atmósfera y no estaba dentro del rango visible. Sin embargo, Eponi impulsó sus motores. Reorientó el *Valiant* y comenzó a moverse lentamente hacia el *Beaker*. Eponi podía llamar a su movimiento una corazonada, podía llamarlo un presentimiento, o simplemente llamarlo curiosidad. O los tres.

Justo cuando Eponi se puso en marcha, el comunicador del *Valiant* zumbó, exigiendo atención, así que Eponi presionó el botón. Tal vez el *Beaker* había decidido hablar.

—Aquí control terrestre de Helix —dijo la voz al otro lado—. No eres una lanzadera aprobada, y no es una misión aprobada. Regresa a la base inmediatamente. Te enviaré el vector. Y mantente alejada de la otra nave.

—¿Por qué? —dijo Eponi.

—Porque no estás autorizada para acercarte a ella.

—¿Puedes darme algo más que eso? Parece dañada. Podemos ayudar.

Eponi incluyó el "podemos" en su respuesta para parecer menos sospechosa que una piloto solitaria rebotando por la atmósfera superior por sí misma.

—Negativo. Regresa a la base. Ahora.

El control de tierra cortó la comunicación. Vaya. No habían sido muy agradables, y Eponi solo obedecía a las personas que eran amables con ella. O eso se decía a sí misma en este momento, mientras redirigía su nave hacia un curso de colisión con *Beaker*.

—Llamando a *Beaker* de nuevo —dijo Eponi—. Intento ponerme en contacto contigo. Todavía pareces un poco inestable. Hazme saber si puedo ayudar.

*Beaker* estaba más que un poco inestable, y ya se había desviado bruscamente de su órbita, alejándose de cualquier plan de vuelo que lo llevara a abandonar el sistema. Más bien parecía que alguien estaba tratando de tomar el control. O que había cometido un grave error en sus cálculos. Eponi activó el escáner, intentando ver si había alguna transmisión proveniente de la nave que pudiera estar en otra frecuencia. Y captó una. Una señal completamente abierta.

Su boca se abrió de par en par cuando los sonidos de *Beaker* se reprodujeron en la cabina de Eponi.

Gritos, alaridos. El sonido duro de objetos metálicos golpeando otros objetos duros, golpes y estruendos. Maldiciones y órdenes. Debajo de todo, alguien cerca del comunicador no dejaba de toser. Gimiendo. Sin decir una palabra, como si hubiera olvidado que habían abierto la banda. Que estaban transmitiendo esto por todas partes.

Así que Eponi igualó la señal, tratando de enviar algo de vuelta. Repitió sus palabras anteriores incluso mientras la emoción crecía. Porque *Beaker* era lo suficientemente grande como para manejar un vuelo interestelar. Si Eponi pudiera acoplarse, tal vez esperar hasta que se resolviera lo que fuera que estaba sucediendo y luego hacerse amiga de los vencedores, podría salir de allí.

O, y Eponi sacudió la cabeza ante esto, volver a la ciudad y llevar a su escuadrón arriba y afuera. Completar realmente la misión. Ser una amiga.

Ser una heroína.

—¿Eponi? —Una voz dura, una mujer. Una que Eponi reconocería en cualquier lugar. Las palabras de Aurora se superpusieron a los sonidos de *Beaker* mientras comenzaban a apagarse, reduciéndose a sollozos distantes. Algunas súplicas—. ¿Dónde estás?

—Estoy en una nave dirigiéndome hacia ti —Eponi no sabía qué más decir. ¿Cómo estaba Aurora en la nave? ¿Cómo había tomado el control? ¿Ella sola?—. ¿Qué está pasando allí?

—Tuvimos algunos desacuerdos, así que tomé el mando —respondió Aurora—. ¿Puedes acoplarte?

—Puedo encontrarme contigo —dijo Eponi—. Podemos sacarte de allí.

—No solo a mí. Sai también está aquí. Pero perdimos al piloto. ¿No sé cómo pilotar esta cosa?

Eponi sonrió. Solo escuchar la voz de su líder de escuadrón le devolvió la confianza. No estaba sola. No necesitaba huir. Hace un minuto tenía mil opciones, ninguna de ellas buena. Ahora tenía una opción perfecta: reconectarse con su escuadrón.

—Entonces escucha y habla conmigo —dijo Eponi—. Quieres encontrar el radar y apuntar a mi nave. Una vez que lo hagas, podemos establecer una interceptación y las computadoras se encargarán del resto.

—Entendido —respondió Aurora—. Me alegra oír tu voz, Eponi. No sabíamos qué te había pasado.

—Es toda una historia. Parece que tú también podrías tener una.

—No tienes ni idea.

## 30

## BÚSQUEDA DEL TESORO

Para cuando Rovo y Kaia habían saltado al tercer teleférico, con la mujer siguiéndolos tranquilamente todo el camino, Rovo supuso que no le dispararían en la calle. Helix no se arriesgaría a intentar eliminarlo a distancia. Esperarían a ver en qué agujero decidía esconderse Rovo.

Afortunadamente, el agujero planeado por Rovo tenía una fuerte armadura y abundantes armas. Helix no enviaría a un soldado ligeramente armado a encontrar su arsenal.

—Aguanta un poco más —le dijo Rovo a Kaia mientras se bajaban del tercer teleférico, cerca de la estación de tranvía objetivo. A dos manzanas de la salvación—. Ya casi llegamos.

Kaia se había comportado increíblemente bien. Señalaba tiendas, personas y luces, riendo y carcajeándose todo el camino. Había mantenido ese pequeño muñeco de león en su mano izquierda, mostrándole cada cosa notable que pasaban. Cualquier preocupación que hubiera tenido por estar mojada o por carecer de ropa adecuada para Dynas había desaparecido con la aventura.

Al principio, Rovo sintió que la alegría de Kaia contrastaba decididamente con su peligrosa situación, pero conforme avanzaban los viajes en teleférico, comenzó a darse cuenta de que ella nunca había hecho esto antes. Nunca había visto estas cosas que, hasta ahora, solo habían sido visibles en breves destellos desde su ventana. Y de cierta manera, si estaban superados en número y pronto serían capturados, se sentía bien darle a Kaia unos fugaces momentos de alegría. Así que cuando ella señalaba y reía, Rovo también reía. El soldado ofrecía nombres, explicaciones y bromas, e incluso lograba sacar sonrisas de algunas de las personas sombrías que viajaban con ellos.

Rovo casi podía fingir que eran una familia. El hecho de que fueran perseguidos por personas que le pondrían un láser en la cabeza no impedía que Rovo imaginara: ¿y si este hubiera sido un día normal?

Solo un padre y su hija explorando la ciudad.

No era un mal pensamiento.

Uno que moría cada vez que veía a la mujer, siempre tomando posiciones cerca del frente de los teleféricos para que Rovo y la niña tuvieran que pasar justo a su lado cada vez que se bajaban. Siempre caminando ligeramente detrás de ellos, manteniendo esa expresión seria y sin tonterías en su rostro mientras informaba por radio a todos los demás sobre su posición actual. En cuanto a persecuciones, esta era metódica, y Rovo respiraba profundamente con cada inhalación y exhalación para mantener la calma. Para evitar dejar a Kaia en el suelo, darse la vuelta y arremeter contra la mujer.

Noquearla, y tal vez escapar.

Pero, ¿hacia dónde? Si, por algún golpe de suerte, la mujer fuera la única que los seguía, Rovo podría ganar unos minutos. No sabía a dónde ir con ese tiempo, no tenía ningún lugar al que escapar, y cargar a una niña y un gran maletín plateado no era precisamente discreto. Así que, en su lugar, durante los viajes en teleférico, Rovo elaboró un plan diferente. Sin su armadura, Rovo no tenía muchas herramientas, pero la pequeña computadora atada a su muñeca ofrecía una opción.

Rovo usó primero el transpondedor, emitiendo un mensaje en bucle en la frecuencia de Sever, indicando su destino y pidiendo ayuda. No sabía dónde estaban Sai o Eponi, Aurora o Gregor, no sabía si podían escuchar su señal, pero se propagaría por algunos kilómetros. Ajustada y ligera. Tal vez, solo tal vez, Rovo podría reunir a su escuadrón.

Pisaron los charcos a una manzana de la estación. Rovo mantenía sus ojos girando en busca de personas en los tejados empuñando armas, de gente caminando por las calles que se detuviera y les prestara mucha atención, pero no pudo distinguir a nadie. No necesariamente porque no hubiera nadie —Rovo difícilmente era un espía, experto en encontrar enemigos encubiertos—, sino porque ninguno era evidente al respecto. Nadie quería iniciar una pelea pública.

—Vamos a entrar ahí —dijo Rovo cuando la estación de tranvía apareció a la vista, con el cartel de *Cerrado* visible sobre la entrada principal—. Tienes que portarte muy bien ahora, ¿de acuerdo?

—De acuerdo —dijo Kaia—. ¿Qué hay ahí dentro?

—Un tesoro. Un tesoro que nos ayudará.

—¿Un tesoro?

—Ya lo verás.

En el último cruce antes de la estación de tranvía, Rovo se agachó y levantó a Kaia, comenzando a correr. Tan pronto como Helix se diera cuenta de que se dirigía a la estación de tranvía, podrían atraparlo. Lo que significaba que empezarían a converger, lo que significaba que Rovo solo tenía unos momentos para bajar allí, ponerse su armadura y prepararse.

La entrada de la estación de tranvía se había cerrado, justo como cuando Rovo, Aurora y Gregor llegaron por primera vez. Eso parecía haber ocurrido hace siglos, aunque solo fueran unas pocas horas. Con Kaia en un brazo, Rovo abrió la puerta de un tirón, entró y la cerró de golpe. Aparte del escáner de tarjetas de identificación, no parecía haber ninguna otra forma de sellar la puerta.

—¿A dónde vamos? —preguntó Kaia.

—Al tesoro —respondió Rovo—. Ya no falta mucho.

Kaia no parecía creerle, así que Rovo la levantó y corrió a través de los torniquetes que llevaban a las plataformas, pasando por encima y a través de barreras destinadas a tiempos más felices. Giró a la derecha, pasando más señales que marcaban la plataforma como cerrada. Cerrada porque esta plataforma enviaba el tranvía a la estación más alejada que albergaba cosas mucho peores de las que nadie en Dynas necesitaba saber.

Bajando por una rampa con azulejos blancos moteados, con ocasionales señales en la pared que indicaban a la gente que tuviera cuidado, que revisara su equipaje y que tuviera un buen día.

Ahí estaba. El tranvía en el que Rovo había llegado, quieto, inactivo. Las puertas del tranvía estaban abiertas y esperando, y detrás de ellas estarían la armadura y las armas que Rovo tanto necesitaba.

Sonidos resonaron desde arriba, llevados por el silencioso interior de la estación; la entrada del tranvía siendo abierta de un tirón. La persecución en camino.

—Ya casi llegamos —le dijo Rovo a Kaia, quien abrazaba

su muñeco con fuerza y seguía mirando alrededor, fascinada.

Rovo y Kaia cruzaron la plataforma, y entonces, con un esfuerzo, Rovo los subió a ambos al tranvía. No fue una sorpresa que el tranvía no tuviera pasajeros. La gran sorpresa llegó cuando Rovo se dio cuenta de que al tranvía no solo le faltaba gente, sino también la armadura.

Desaparecida. Toda.

Rovo simplemente se quedó allí mientras la niña se soltaba de su brazo y corría de un lado a otro por el pasillo, riendo como si el tranvía fuera un parque de atracciones lleno de cosas nuevas e interesantes, lo cual, para Kaia, Rovo suponía que lo era. Aunque, por supuesto, no por mucho tiempo más. Sin la armadura, Rovo no tenía ninguna posibilidad. Helix los atraparía, Rovo sería abatido y Kaia...

No quería pensar en lo que podrían hacerle a ella.

—¿Dónde está el tesoro, Rovo? —preguntó Kaia, agachándose y mirando debajo de los asientos.

—Parece que alguien se nos adelantó —respondió Rovo—. Ya no está aquí.

—Espero que lo estén disfrutando, entonces —dijo Kaia—. ¡Aunque yo sigo divirtiéndome!

Vale. Respira, novato. Había tenido momentos de pánico en su vida, pero estar ligeramente armado y rodeado de enemigos no era algo que Rovo hubiera experimentado antes. Las probabilidades parecían sombrías, pero Rovo aún estaba libre. Tenía que haber otra salida.

Rovo echó un vistazo alrededor de la plataforma y no vio nada excepto el túnel. Podría correr por las vías alejándose de la ciudad, hacia el puesto avanzado de Felix, lo que le llevaría quién sabe cuánto tiempo y, si Rovo llegaba allí, ¿qué haría? ¿Ser devorado vivo por el monstruo del virus?

Pero ¿qué tal en la otra dirección? ¿Hacia la ciudad?

—Vamos, nos vamos —dijo Rovo—. Ahora.

—¡Pero si acabamos de llegar!

Rovo ignoró la protesta de Kaia, agarró a la niña y se lanzó de vuelta hacia la puerta lateral que habían usado para entrar. Un láser impactó en el suelo a sus pies, justo antes de que pisara la plataforma, dejando un anillo negro donde el supercalor había penetrado en la cerámica. Rovo levantó la mirada: la mujer, flanqueada por dos soldados de Helix, le devolvió la mirada. Tenían los rifles levantados.

Listos para disparar.

—Creo que es hora de dejar de correr —dijo la mujer—. Suelta a la niña.

Rovo levantó lentamente su mano izquierda. Fingir una rendición y luego salir corriendo. Si Helix valoraba tanto a Kaia, nunca intentarían dispararle ahora, cuando ella podría resultar herida. Así que tan pronto como su mano llegó por encima del hombro, Rovo se impulsó hacia la derecha y salió disparado, sosteniendo a Kaia frente a él. No era precisamente el movimiento de un héroe valiente usar a una niña pequeña como escudo humano, pero Kaia no duraría mucho sin Rovo, así que hizo lo que tenía que hacer.

La mujer gritó una orden tajante a sus fuerzas de Helix para que contuvieran el fuego y ni un solo láser se dirigió hacia Rovo mientras corría por la plataforma y desaparecía más allá del borde lejano.

Esto no llevó exactamente a Rovo a ningún lugar donde necesitara estar. Resultó que los túneles del tranvía no tenían mucho en cuanto a cosas útiles. La plataforma se estrechó hasta convertirse en un angosto pasillo de mantenimiento, y por lo demás el suave túnel continuaba, siendo la única característica los ligeros huecos que estarían brillando si el tranvía estuviera operativo, pulsando con la electricidad magnética destinada a mantener la nave flotando. Ahora el túnel estaba oscuro, la única luz provenía de los globos de mantenimiento estándar de color miel en lo alto.

—¿Adónde vamos ahora? —dijo Kaia—. Estoy cansada.

—Aún no puedes estar cansada —dijo Rovo—. ¡La aventura apenas está comenzando!

A la izquierda, pasaron otro pequeño hueco, este con un cartel y una sola puerta. Mantenimiento. Rovo intentó abrir la manija. Cerrada. Retrocedió, sacó su pistola y disparó a la manija, que se derritió. Kaia se rio de la luz, y de nuevo cuando Rovo pateó la puerta para abrirla mientras la persecución de Helix gritaba en su dirección desde la plataforma.

La ruta de Rovo no sería difícil de seguir, pero simplemente estaba tratando de ganar tiempo ahora. Encontrar un lugar donde no muriera demasiado rápido.

Más allá de la puerta de mantenimiento, Rovo encontró unas escaleras estrechas, de concreto y claramente poco utilizadas. Con su arma en la mano izquierda, Rovo se echó a Kaia sobre los hombros, recogió el maletín con la derecha y se movió. Subió las escaleras de tres en tres hasta que, con los cuádriceps ardiendo, llegó a un descanso que ofrecía dos opciones: seguir subiendo o volver a la entrada principal de la estación. Esta última podría llevarlos a la calle, donde podrían seguir corriendo.

Excepto que sus músculos se estaban cansando. Helix podría seguir rastreándolo y, si Rovo salía de la estación, cualquier ayuda posible no sabría dónde encontrarlo.

—No soy nada bueno en esto —dijo Rovo, y siguieron subiendo. Pasó varias puertas mientras subía, todas cerradas, pero los ruidos detrás de él mantuvieron a Rovo en movimiento. Tomarse el tiempo para disparar a otro pomo podría significar ser atrapado.

Todo el tiempo, Kaia seguía riendo. Un sonido tan lindo

y encantador. Rovo sentía que se le rompía el corazón cada vez.

—Voy a salvarte —jadeó Rovo mientras seguía subiendo los escalones—. Todo estará bien. Todo estará bien.

Las escaleras terminaban en una puerta más grande, esta no estaba cerrada con llave. Rovo la embistió con el hombro. Salió de golpe y se encontró en la azotea. En la parte superior de la estación, donde se habían instalado generadores solares alrededor de una gran plataforma de aterrizaje para esquifes. El viento de Dynas le rozó la cara, mientras la niebla vespertina comenzaba a descender. La azotea no ofrecía opciones inmediatas.

Rovo tendría que salvar una docena de metros o más para saltar al edificio más cercano, una distancia ni siquiera posible con la armadura potenciando el salto.

—No, no, no —susurró Rovo, mientras Kaia seguía señalando varias cosas preguntando cómo se llamaban.

Atrapado. Intentó correr hacia un lado de la estación, pero cuando llegó allí, mirando hacia la calle muy por debajo, vinieron disparos, dedos señalando, y vio más guardias de Helix con armas levantadas esperándolos allá abajo.

Total y completamente atrapado.

Rovo dejó el maletín en el suelo, sentó a Kaia encima. Y corrió de vuelta hacia la puerta, diciéndole a la niña que se quedara quieta. Que no se moviera hasta que él lo dijera.

Colocándose justo afuera de la entrada de la escalera, Rovo esperó. Cuando el primer guardia salió corriendo, Rovo le disparó por la espalda. Lo envió desplomándose sobre el concreto. El segundo guardia y la mujer no siguieron a su amigo afuera.

—Ahora has hecho las cosas mucho más difíciles —llamó la mujer desde dentro de la escalera—. Podría haber intentado abogar por tu vida. Ya no.

—Creo que habría perdido ese caso —respondió Rovo—. Me he quedado sin lugares a donde correr, pero tendrán que venir a buscarme.

—No te preocupes, lo haremos.

Pero no se apresuraron a la puerta. En cambio, Rovo escuchó el zumbido característico que, gracias a este planeta, odiaría para siempre. Motores de bajo grado, esquifes flotando desde arriba. Rovo no necesitaba girarse para saber que Helix los tenía cargados de soldados, y que se le había acabado el tiempo.

## 31

## DECISIONES DESESPERADAS

Aurora tenía que admitir que se sentía bien tener rehenes. Normalmente, Sever Escuadrón estaba del lado equivocado de las armas. Acorralados, superados en número y abandonados. Obligados a abrirse paso con su propia habilidad y suerte. Excepto que ahora Aurora, con las armas en las manos, vigilaba a cuatro guardias de Helix, a Kashmal y a Anaskya, mientras Sai se balanceaba a un lado, jadeando y apenas manteniendo su katana fuera del suelo. Había sufrido una especie de resurgimiento de la enfermedad; Sai se había abierto paso a través de la pelea solo para empezar a desplomarse hacia el final, con sus golpes desviados y sus pasos convirtiéndose en tropiezos.

Aurora no pudo evitar notar que Anaskya nunca quitaba los ojos de Sai, incluso después de que Aurora mencionara la llegada del transbordador de Eponi y cómo Sever Escuadrón iba a regresar a Dynas y dejar al resto de ellos aquí arriba para pudrirse solos.

—Está retrocediendo —dijo Anaskya por tercera vez—. Es tan desafortunado.

—Sigues diciendo eso —dijo Aurora.

—Porque es todo lo que no quería —respondió Anaskya. Y parecía abatida, sus ojos casi llenándose de lágrimas—. Pensé que él era el indicado. Que por fin habíamos encontrado tanto el espécimen como una estructura molecular que podría ser suficiente.

—Conocimos a uno de los tuyos hace poco —dijo Aurora—. Se hacía llamar Felix. Invadió un puesto avanzado entero.

Anaskya negó con la cabeza mientras los guardias de Helix miraban al suelo y Kashmal, de alguna manera, se mantenía callado y la observaba.

—Estará muerto pronto, si no lo está ya —respondió Anaskya—. Su versión era más destructiva, de acción más rápida y más poderosa. Fortalecía a su huésped solo para eventualmente destruirlo cuando el huésped ya no podía alimentar al virus. Era una idea, una solución a corto plazo. Equipos de choque que someterían al objetivo antes de sucumbir ellos mismos. Pero nuestros inversores tenían poco gusto por ello.

—No me digas —replicó Aurora. Luego miró a Sai, frunciendo el ceño—. Entonces, ¿cuál es la cura?

—¿Cura? —dijo Anaskya. Luego se rio, una risa sin corazón—. No nos pagaron para desarrollar una cura. El cambio es permanente.

—Más te vale esperar que no lo sea, porque ahora todos lo tenemos. Viste lo que le hicimos a tu carga —dijo Aurora. Ante esas palabras, todos los guardias se pusieron verdes, y Kashmal parecía que iba a vomitar. Anaskya solo volvió a reír.

—Entonces nos has matado a todos —respondió Anaskya—. Felicidades. Has impedido nuestra escapada y te has condenado en el proceso. Qué éxito. Qué jugada tan fuerte de sus mentes mercenarias.

Ciertamente, Aurora y Sai no habían considerado el hecho de que no hubiera cura. Que Anaskya estuviera recorriendo un camino sin retorno. Cuando habían liberado la enfermedad en el transbordador, la idea había sido escapar de la sala de carga, generar pánico y usar ese pánico para dominar al enemigo. Eso había funcionado, pero quizás a un costo mayor. Al mirar a Sai, Aurora no estaba particularmente emocionada por lo que le esperaba. Ya sentía la picazón en sus pulmones, el virus percolando.

—¿Entonces crees que todos vamos a seguir su camino? —dijo Kashmal, señalando a Sai—. ¿Crees que todos vamos a morir ahora, seguir su ruta? ¿Sudar como él, enfermarnos así? ¿Y luego simplemente caemos muertos?

—Parece probable —dijo Anaskya—. El aerosol no ha sido probado exhaustivamente. Existe la posibilidad de que no funcione, una posibilidad de que no alcance el umbral crítico para convertirlos en lo que le está sucediendo a él. Usamos inyecciones en la superficie.

—¿Qué probabilidad?

—Una muy pequeña.

El plan, continuó explicando Anaskya, mientras Aurora caminaba de un lado a otro y repasaba ideas en su mente, era que los compradores pudieran usar la versión en aerosol para simplemente rociar a todo un ejército. Infectarlos a todos de un solo golpe, y en algunos casos sin siquiera decirles que el proceso estaba en marcha. Simple y efectivo, y mucho menos traumático que las inyecciones masivas.

También se pensaba que la versión inhalada podría ser menos difícil de manejar que la inyección más fuerte. Podría ser más fácil para el cuerpo, tomar menos peaje y aun así terminar con el súper soldado que todos querían.

—Un súper soldado por un día, quieres decir —dijo Aurora—. Luego nada en absoluto.

Volvió a la cabina, dejó a Sai a cargo de los rehenes, aunque en realidad no parecía que ninguno de ellos tuviera planes de moverse. De rebelarse. ¿Qué conseguirían? El reloj estaba corriendo y seguiría haciéndolo sin importar a dónde fuera la nave, sin importar quién la pilotara.

El radar decía que Eponi se estaba acercando, Aurora abrió de nuevo el comunicador hacia ella.

—Malas noticias —dijo Aurora—. No creo que quieras acoplarte con nosotros después de todo.

El comunicador crepitó por un momento mientras Eponi respiraba de vuelta en el micrófono, aparentemente procesando las palabras de Aurora, lo cual no era sorprendente. Cuando tu comandante te había posicionado para un intento de rescate y luego, después de que habías hecho todo el trabajo para alinear dos naves en órbita activa, decía que tal intento era innecesario, Eponi tenía todo el derecho de preguntarse si su comandante había perdido la cabeza.

—Créeme, Eponi —dijo Aurora—. Esparcimos el virus por todo el transbordador. Todos a bordo están infectados, y podría pasar a través de la escotilla a tu nave. Anaskya dice que no hay cura.

—¿Quién es Anaskya? —respondió Eponi.

—La que está detrás de todo esto. La científica loca en el centro del experimento. A la que voy a disparar personalmente entre los ojos antes de que este virus acabe conmigo.

—¿Qué? ¿Vas a morir?

Aurora miró por las ventanas de la cabina, hacia la masa negra y giratoria de Dynas en el cielo. La muerte no había estado exactamente lejos de su vida durante mucho tiempo, siempre siguiendo sus pasos y susurrando en sus oídos con cada misión. Aurora debería haber muerto una docena de veces ya, manteniéndose con vida solo por pura casualidad, interminables preparaciones y las habilidades de sus compañeros de escuadrón. Ahora parecía haber superado todo eso. Se había preparado para el último baile.

—Dije que no hay cura —respondió Aurora—. Ninguna que conozcamos. Quizás vivamos unos días, luego nos consumiremos. Justo como le está pasando a Sai ahora.

Eponi no dijo nada. ¿Qué podía decir?

—Así que lo que quiero que hagas es que bajes a la superficie —continuó Aurora—. Encuentra a Gregor y a Rovo. Salgan de este sistema. Y Eponi, DefenseCorp sabía sobre esto. Al menos algunos de ellos lo sabían. Así que yo no confiaría en volver con ellos tampoco. Toma lo que puedas, vende la armadura y huye.

Más silencio, luego un suspiro sombrío.

—Aurora, mi lanzadera no puede abandonar el sistema. Es solo de corto alcance. Incluso si quisiera abandonarte, no podría.

—¿No quieres secuestrar otra?

—¿Yo sola? No soy una luchadora como Gregor. Como tú.

—Eponi, eres tan luchadora como yo. No estarías en Sever Escuadrón si no lo fueras.

Silencio de nuevo. Aurora seguía observando esas estrellas. Echó un vistazo hacia el pasillo, hacia los sonidos de una creciente discusión en la parte trasera. La voz de Kashmal se elevaba más y más. Tal vez estaba sintiendo los efectos del virus ahora. Dándose cuenta de que no cobraría su gran paga. Su gran plan, un fracaso total.

—No voy a bajar —dijo Eponi—. No lo haré.

—¿Disculpa?

—Tú eres una luchadora, dices que yo soy una luchadora —dijo Eponi—. Entonces luchemos. Estoy a punto de acoplarme contigo, y vamos a encontrar una manera de vencer esta cosa. Juntas, o nada.

—Esto no es un ejército al que nos enfrentamos —dijo Aurora, forzando el tono en su voz. Esa actitud de comandante que tenía que adoptar cuando alguien en su siempre voluntarioso escuadrón decidía ir en contra de las órdenes —. No vamos a vencer esto con potencia de fuego superior. Sigue las órdenes, Eponi. Vuelve a la superficie y déjanos solos.

—¿Y qué vas a hacer si desobedezco?

Aurora no tenía respuesta para eso. Podía, sin embargo, tomar la nave de Anaskya y alejarla de la de Eponi. Empujarla en un descenso salvaje que haría imposible el acoplamiento. Aurora miró las palancas de vuelo, los controles de la cabina. Un laberinto de botones, junto con pantallas que hacían referencia a coordenadas matemáticas que apenas entendía. Pero si seguía presionando botones, tal vez podría encontrar algo que funcionara. Algo que salvara la vida de Eponi.

La comandante de Sever Escuadrón comenzó a presionar los botones al azar. Golpeando las pantallas y las teclas como una criatura que hubiera perdido la cabeza. Se sentía estúpido, se sentía increíble. Toda esta frustración desatada en un panel de control que no lo merecía pero que tenía que soportarlo de todos modos.

¿Cómo se atrevía una vida que había sido llevada con tanto vigor, con tan duro entrenamiento, a terminar así? ¿A terminar con una enfermedad contra la que Aurora no tenía forma de defenderse? No era justo, no estaba bien.

Mientras golpeaba el panel de control, mientras Aurora presionaba un interruptor parpadeante tras otro, sintió que la nave se estremecía y sacudía. En un momento dado, Aurora agarró una palanca de vuelo e intentó girar, pero nada cambió. Al parecer, había apagado los motores, dejando la nave a la deriva. Aurora intentó averiguar cómo encenderlos, pero, estúpidamente, no había instrucciones para neófitas como ella.

Algo había cambiado. Un silbido había comenzado en toda la lanzadera, una brisa. Y una suave alarma empezó a sonar en la cabina, aunque Aurora no podía determinar exactamente qué intentaba decirle la alarma.

¿Cómo aprendía alguien a volar una de estas cosas?

—¿Aurora? —la voz vino de detrás de ella, firme y divertida. Anaskya—. ¿Estás bien?

Cuando Aurora se giró, tenía una pistola en la mano, lista para acabar con la doctora.

—¿Dónde está Sai?

—En la zona de pasajeros con los demás. Sobreviviendo, a pesar de tus mejores esfuerzos.

Aurora negó con la cabeza, señaló el panel de control.

—Estoy intentando matarnos antes de que lo haga el virus.

—Es posible que lo logres —Anaskya extendió las manos, mostrando que no ocultaba nada en el traje deportivo que llevaba—. Pero parece que puedes haber encontrado una dirección que seguir.

—¿Qué quieres decir?

—Has vaciado el vacío de la cámara de carga —Anaskya dejó escapar una triste sonrisa—. Todas las muestras del virus que planeaba entregar ahora flotan sobre un planeta que desprecio.

—Bien.

—Sin embargo, también has expuesto esa misma cámara a un frío extremo —Anaskya se llevó una mano a la barbilla—. No estoy segura, porque nunca pudimos probar estas condiciones en el propio Dynas, pero es posible que el virus no sobreviva en tales situaciones.

—¿No sobreviva? Pensé que todo el punto era hacer que los soldados soportaran entornos extremos.

—¿Pero el vacío? —Anaskya negó con la cabeza—. No. La presión negativa y el frío son demasiado. Mataría a cualquiera, pero también mataría al virus. La enfermedad es algo desenfrenado y devastador, como hemos visto. Detén esa devastación con el frío extremo, y es posible que nunca vuelva a comenzar.

—No entiendo... —Aurora se detuvo cuando la nave se estremeció de nuevo, una sacudida más larga y profunda que antes. Una rápida mirada al radar confirmó por qué: Eponi se había acoplado. Parece que sus intentos de disuadir a la piloto de karts habían fallado. Una más en la cadena que Aurora había atado a esta misión—. Entonces, ¿estás diciendo que podríamos congelarnos para liberarnos?

—Sí. Para curar el virus, todo lo que necesitamos hacer es lanzarnos al espacio.

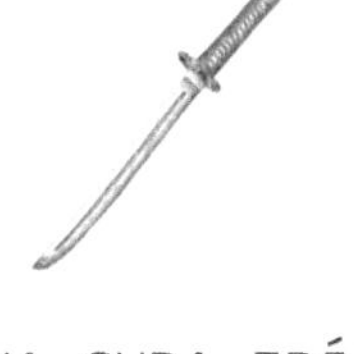

## 32

## UNA CURA FRÍA

Sai había estado enfermo antes, había sentido el peligroso progreso de fiebres, escalofríos y otras enfermedades intergalácticas que ardían a través de su cuerpo. La mayoría, sin embargo, tenían tratamientos prescritos y, a pesar de sus otras deficiencias, DefenseCorp invertía en curar a sus soldados para devolverlos al campo lo más rápido posible. Así que, aunque Sai había caído antes, nunca había quedado fuera de combate.

Esto era algo completamente distinto. Mientras que otro virus podría sentirse como un invasor, este invadía sus sistemas y los hacía suyos. Sai no sentía que estuviera bajo ataque tanto como que había sido transformado. El virus lo había convertido de un humano, un padre y un experto en demoliciones surcando las estrellas para una compañía mercenaria en... ¿qué, exactamente? ¿Alguien que sufría alucinaciones, que se tambaleaba de lado a lado y buscaba el agarre de su espada como único vínculo con la realidad?

Sí, eso.

Pero también alguien con lágrimas flotando en sus ojos, sequedad llenando su boca y un ronquido permanente en sus pulmones. Sin embargo, los músculos a lo largo de sus brazos y piernas se sentían más duros, más fuertes. La sangre de Sai corría caliente por sus venas, cumpliendo el deseo de Anaskya de un ser resistente al invierno.

Lo bueno y lo malo, mezclándose y entrelazándose con un abandono deletéreo.

—Estás cargando una espada —dijo Kashmal, el VIP que habían venido a rescatar y que ahora estaba sentado bajo la borrosa vigilancia de Sai. El hombre se reclinó en un asiento de emergencia, junto a un par de guardias que habían sobrevivido a la rápida toma de control de la nave por parte de Sai y Aurora—. Lo sabes, ¿verdad?

—Es mía —dijo Sai, forzando su cabeza hacia arriba para encontrarse con la mirada nivelada de Kashmal.

El VIP ya se veía sonrojado, el virus progresando rápidamente a través de los sistemas del hombre. No era sorprendente, considerando lo flácido y frágil que se veía. Como si hubiera estado tomando demasiadas copas durante demasiados años. Los guardias a su lado, aunque sudaban, aún no parecían estar sucumbiendo a la enfermedad.

—Me lo imaginé —dijo Kashmal, e intentó reír—. Lo que estoy tratando de averiguar es por qué. ¿DefenseCorp las entrega ahora?

—Es de mi familia —dijo Sai, y luego se preguntó por qué se molestaba en decirle algo a este hombre.

—¿Crees que la recuperarán? —dijo Kashmal—. ¿Después de que todos muramos aquí? Algún recuperador va a encontrar la espada cuando descubran esta nave y dirá: oh, es de este tipo, mejor la llevamos hasta donde sea que llames hogar.

Sai parpadeó mirando a Kashmal. No, no había una buena manera de que la katana volviera a su esposa, a sus hijos, y aunque el pensamiento molestaba un poco a Sai, no era una preocupación ardiente. No le había enseñado a su hija, a su hijo a usar el arma, no le había enseñado a su esposa. Estaban destinados a cosas diferentes, probablemente ya las estaban haciendo.

Sai nunca podía mantener clara la dilatación del tiempo. Viajar durante tanto tiempo a la velocidad de la luz y más allá significaba simplemente no envejecer, mientras que la masa gravitacional del mundo de sus hijos...

No importaba. Si los volvía a encontrar, Sai los amaría tal como fueran, y esperaba que ellos lo trataran de la misma manera.

—¿Te puedes callar? —dijo uno de los guardias—. Ya tengo dolor de cabeza y lo estás empeorando.

—Hablar es mi mecanismo de afrontamiento —respondió Kashmal.

—Golpearte podría ser el mío —dijo el guardia—. Vamos a averiguarlo.

Sai levantó la katana muy ligeramente, tratando de no mostrar cuánto le costaba incluso ese pequeño movimiento a su muñeca. No los músculos, sino su mente. Enviar movimiento a lo largo de sus nervios parecía como intentar nadar a través de cemento húmedo; factible, difícil y sucio.

La nave pareció responder a la hoja levantada de Sai, estremeciéndose como si algo más grande la hubiera golpeado. Sai solo se dio la vuelta cuando sus rehenes comenzaron a mirar a su alrededor, hacia la escotilla situada en el costado del área de pasajeros.

Una puerta circular allí había estado rodeada de delgadas luces rojas, indicando sin lugar a dudas que esta puerta estaba cerrada por una razón. A saber, que abrirla una vez que la nave estaba en marcha significaba el tipo de muerte rápida y brutal que uno preferiría evitar.

Ahora esas luces se volvieron amarillas, y más allá de la

pequeña ventana en la escotilla, Sai no podía decir si la ventana era realmente eso, o una pantalla conectada a una cámara externa, siendo esta última menos arriesgada y el modelo preferido en naves más nuevas, pero ¿por qué le preocupaba esto? La maldita fiebre lo había llevado a otra tangente.

¿De qué se estaba preguntando?

Ah. Las luces amarillas. Ahora eran verdes. Algo había sucedido. Acoplamiento. Eso es lo que significaba. Se había conectado una esclusa de aire. Lo que significaba que otra nave había estado arriba de Dynas, esperándolos.

¿Los amigos de Anaskya?

Sai cambió su agarre, puso ambas manos en la katana y la levantó, enfrentando la puerta. Tomó una respiración profunda tras otra, obligando a sus músculos a tensarse, a estar listos para saltar. Todo el mundo siempre subestimaba la velocidad de la espada en este universo de pistolas y láseres. Sai tendría su medio segundo para lanzar el ataque y lo usaría.

Hasta que apareció un rostro que Sai no esperaba ver: ojos curiosos, cabello atado con bandas improvisadas, y luego una mano saludando a través de la pantalla.

—¿Eponi? —dijo Sai. ¿La fiebre había producido otra alucinación? Esta parecía tan real—. No puedes ser tú.

—Definitivamente es alguien —dijo Kashmal desde atrás.

—¡Sai! —La voz de Eponi llegó a través del altavoz de la escotilla, metálica pero por lo demás sonando como ella—. ¡Estoy aquí para rescatarte!

Cómo Eponi se había encontrado en el espacio sobre Dynas, Sai no lo sabía. Realmente tampoco le importaba; solo ver otra cara amiga ayudaba a aliviar la fatalidad que se acercaba. Sai, sin embargo, no hizo ningún movimiento para abrir la puerta. Si Eponi no estaba infectada, exponerla al aire de la nave sería un asesinato.

—No la abras —dijo Aurora, volviendo a los cuartos de pasajeros desde la cabina, sus ojos en esa etapa vidriosa pre-infección, pero por lo demás luciendo la misma comandante confiada que siempre había sido—. Eponi nos va a ayudar, pero no todavía. No hasta que limpiemos este lugar.

—¿Limpiar este lugar? —Kashmal se rio—. ¿Cómo planeas hacer eso? No somos un equipo de desconta-minación.

Aurora se volvió y señaló a la persona que la seguía, otro rehén y la fuente de la ira creciente de Sai: Anaskya. Lucía otra de esas malditas sonrisas pequeñas que decían que sabía más que tú, que era mejor que tú y que tenías el privi-legio de compartir espacio con su brillantez.

—Vamos a aspirar la nave —Anaskya cruzó los brazos y dejó que su sonrisa se ensanchara mientras las palabras calaban.

Parecer altiva después de tal frase tenía sentido, porque Sai no podía creer lo que había oído. Aspirar una nave signi-ficaba exponerla al espacio, dejar que todo el aire fuera succionado, junto con cualquier cosa que no estuviera ator-nillada. Sai había escuchado la frase usada en ataques —como en, hacer un agujero en el casco y aspirar la nave— nunca en una conversación casual como método.

Una estrategia.

—Estás loca —Kashmal, por una vez, dijo lo que el resto de la sala estaba pensando—. ¿Moriríamos todos?

—No exactamente —dijo Anaskya—. Pero antes de que saltes a conclusiones ridículas y entres en pánico, déjame explicar.

—Es buena en eso —añadió Aurora—. Estaba a punto de dispararle, pero me convenció. Por ahora.

—¿Gracias? —Anaskya arqueó una ceja—. Ahora, esto es lo que podemos hacer. Debido a las acciones de estos dos, creo que todos estamos infectados. Diseñé el virus para permitir una dispersión controlada, ya sea por inyección o, con menos éxito, por proliferación aérea.

—Sin embargo, no lo diseñamos para que se propagara sin control. Nuestros inversores no querían crear una plaga, sino un método aplicado para mejorar a sus empleados. Como tal, tú y yo estando en la misma habitación no supone ningún riesgo. Solo si se libera virus fresco en el aire, podemos contagiarnos.

Abundaron los encogimientos de hombros y las miradas inexpresivas. Sai incluido.

—Ve al grano —dijo Aurora.

—Bien. Siempre prefiero entender el razonamiento detrás de las acciones de uno, pero si prefieres solo el objetivo —Anaskya respiró, como lo haría Sai antes de dar una lección obvia a sus hijos—. Si matamos el virus que flota en el aire alrededor de la nave, no habrá peligro para los demás. Si lo matamos en nuestros propios cuerpos, entonces sobrevivimos.

—Pero el vacío nos matará —dijo Kashmal—. Pensé que sabrías eso.

—Para nosotros, solo necesitamos el frío —dijo Anaskya —. Si nos enfriamos lo suficiente, el virus debería morir. El cuerpo, así congelado, puede ser revivido con un daño mínimo si lo hacemos lo suficientemente rápido.

¿Limpiar al vacío toda la nave, y luego congelar y descongelar a cada uno de ellos por turnos? Todo el plan sonaba ridículo. Peligroso y potencialmente mortal.

Sai soltó la katana y esta golpeó el suelo con un estrépito metálico. Miró su mano derecha, tan cubierta de sudor que ya no podía agarrar nada. Su dolor de cabeza se había intensificado, un dolor pulsante que nublaba su visión con cada latido.

No podía ser exigente. No podía ser difícil. Necesitaba una cura, y la necesitaba ahora.

—Estoy dentro —dijo Sai—. ¿Cuándo podemos empezar?

—¿No veo un mejor momento que ahora mismo? —dijo Anaskya—. Primero, esterilizamos la nave. Y luego, nos congelamos.

Kashmal, por fin, no tuvo nada que decir.

## 33

## CONMOCIÓN Y ASOMBRO

Las ecuaciones de amenaza solían implicar apuestas. Sopesar los beneficios potenciales frente al daño de lanzarte contra los enemigos que se te presentan. Gregor, en una lancha con tres enemigos potenciales, dos de los cuales llevaban armaduras de Defense-Corp como la suya, calculó la amenaza de forzarlos a rescatar a su compañero del Sever Escuadrón de esta manera:

Beneficio: salvar a Rovo.

Daño por parte de Lani, Wicks y Sayers: Ninguno.

No es que no pudieran herir a Gregor, no es que Lani no pudiera asestar un disparo potencialmente fatal a través de alguna grieta en la armadura de Gregor y derribar al grandullón de una vez por todas. No, Gregor simplemente no lo consideraba como un *daño*. Al menos, no en comparación con la lealtad.

Nunca le dabas la espalda a tu escuadrón. Sin importar qué.

—Creo que no estás entendiendo el punto —dijo Lani mientras Sayers dirigía la lancha de vuelta a la ciudad a toda velocidad—. Tú no nos mandas, y tu martillo no te va a ayudar.

—Me ha ayudado bastante antes —respondió Gregor.

—¿Qué vas a hacer? —Lani levantó su rifle, inspeccionándolo sin preocupación aparente—. ¿Aplastarnos? Digamos que lo logras, ¿siquiera sabes cómo pilotar una lancha?

—Ya me las arreglaría.

Lani se rio mientras la niebla amarilla envolvía su rostro. Todos sus rostros. La lancha atravesaba las densas brumas, la porquería se filtraba de nuevo en cualquier pequeño recoveco que pudiera encontrar en la armadura. Sayers, en la cabina de la lancha, había colocado a Wicks cerca del parabrisas, limpiándolo constantemente.

Aparte de los zumbidos del motor de la lancha y de sus voces, Dynas permanecía en silencio. Gregor encontró que una de las cosas más extrañas del planeta era esa: el ruido no tenía cabida aquí. Incluso en la ciudad, el único sonido constante provenía de los chapoteos. Sin industria ardiente, sin viento soplando con fuerza ni gritos de animales nativos.

Lo suficientemente silencioso para oír sus propios dientes castañetear mientras Lani continuaba desglosando lo atrapado que estaba Gregor:

—Porque, sin duda te estás dando cuenta ahora, DefenseCorp y muchos otros tienen demasiado invertido aquí como para dejar que una pequeña solicitud VIP se interponga en el camino. Y nos van a pagar también. Dinero que podrías obtener, si decides unirte a nosotros.

—Yo no me convierto en traidor.

—Esa es una palabra muy fuerte —dijo Lani—. Tu amigo probablemente ya esté muerto. Al igual que el resto de tu escuadrón. Tú, sin embargo, nos encontraste, y yo puedo protegerte. Podríamos usar la fuerza muscular, honestamente, porque esto podría convertirse en un golpe y fuga antes de mucho si Helix sigue metiendo la pata.

¿Por qué todo el mundo pensaba que Gregor podía ser comprado? ¿Porque llevaba un martillo y se parecía tanto a los matones de una película de acción estereotípica? ¿Esos que podían ser despachados con un puñetazo, una patada o una mirada desganada del héroe de la historia?

—Vamos a ir a la estación del tranvía —dijo Gregor—. Y ahí termina todo.

Lani se encogió de hombros, sin dar tal orden a Sayers. Gregor dejó que la lancha zumbara durante unos minutos más, observando la niebla y esperando que Lani entrara en razón. Que se diera cuenta de que un soldado de Defense-Corp significaba más que una misión que obviamente ya se había echado a perder.

¿Qué iban a salvar? ¿Un virus que masacraba a sus anfitriones? DefenseCorp no podía estar interesada en algo que convertiría a sus soldados en copias de Felix. Hombres virales derretidos y enloquecidos.

La ciudad negra surgió de la niebla instantáneamente. Un momento antes, la lancha no había atravesado su red de nanopartículas, y todo el mundo era niebla amarilla, y al siguiente se encontraba una metrópolis empapada, con cielos zumbando de lanchas y calles agitadas por los viajeros vespertinos que regresaban a casa.

Y justo allí, justo después del muro exterior de la ciudad que mantenía a raya las aguas pantanosas de Dynas, se encontraba la estación del tranvía. Una masa gris y mohosa entre los bloques residenciales. Y en ella, Gregor pudo ver varias figuras, vio el destello de un láser.

—Todavía está vivo —gruñó Gregor a Lani, los dos compartiendo la proa de la lancha—. Baja ahora mismo.

—¿Qué parte de los últimos minutos te hizo pensar que cambié de opinión?

Gregor la miró de reojo. El buen humor de Lani ante la exitosa masacre de Felix se había convertido en un rostro inexpresivo. Su farol sobre la muerte de Rovo había sido desmentido por las circunstancias, y ahora tenía que tomar una decisión.

—Estás abandonando a los tuyos —dijo Gregor.

—Los estoy salvando —respondió Lani—. Sayers y Wicks, ellos son mi equipo. No tú. No tu escuadrón. Si entramos ahí, Helix nos va a quitar la licencia. Nos matarán cuando te vayas.

—Entonces ven con nosotros.

—Eso mata nuestra misión.

—Tan pronto como lleguemos al espacio, mi comandante le va a decir a DefenseCorp que vuele este lugar por los aires —dijo Gregor—. No tendrán una misión.

La lancha planeó sobre el muro. O bajaba ahora, hacia esas figuras que corrían por el techo, o...

Lani estaba negando con la cabeza:

—DefenseCorp no lo hará. Estarían admitiendo su propio papel. Y tú no sabes si tu comandante siquiera...

Gregor se giró, levantó y golpeó con su martillo cargado en la proa de la lancha. El golpe dobló y partió el metal, enviando la nave en un inmediato descenso. Las botas de Gregor se activaron, fijándolo a la superficie inclinada. Lani y Wicks se salvaron de la misma manera, y Sayers se plantó con fuerza contra el resistente parabrisas de la lancha mientras la nave se inclinaba hacia abajo.

Lani maldijo, gritó y por lo demás se aferró mientras la lancha descendía. Gregor no podía ver lo que Wicks estaba haciendo. Tampoco le importaba. Afirmó sus piernas, se agachó y esperó el momento adecuado.

La estación del tranvía se alzó hacia ellos rápidamente, y con ella llegó una mejor vista de los actores que corrían por su techo. Uno de ellos, Rovo, disparó un tiro bien colocado que derribó a otra figura que emergía de la puerta del techo. Otra, una mujer, se apresuró a pasar después de la figura caída, apuntando hacia Rovo con su arma.

Y otros tres escalaron el techo desde el lado opuesto, cerca de donde alguien más, alguien pequeño, parecía estar sentado.

Rovo no vio a los que venían por detrás. Se concentró en la mujer, parecía estar diciéndole algo. Un segundo más y recibiría un disparo en la espalda.

—¡Buena suerte! —gritó Gregor a Lani, y saltó.

El salto potenciado hizo que Gregor se sintiera, por un brevísimo instante, como un superhéroe. Planeando por el aire, muy por encima de su punto de aterrizaje, con el martillo sobre su cabeza como un guerrero vikingo de hace milenios, de un planeta que Gregor nunca había visto y probablemente nunca vería.

El trío que escalaba el techo, todos guardias de Helix con ese uniforme negro que lucían tan bien, notó la nave. Debió ser difícil no verla, descendiendo del cielo con su proa envuelta en humo y fuego mientras sus baterías eléctricas se derretían. Sayers parecía estar intentando mantener la cosa en el aire, frenando su caída con los chorros de propulsión que aún funcionaban.

Todo ese ruido y desastre hizo difícil ver a Gregor precipitándose, al menos hasta que se estrelló contra el guardia del medio, enterrando al hombre de Helix en el techo, mientras el martillo de Gregor aplastaba al primero y lo mandaba a volar hecho trizas.

La armadura de Gregor absorbió el impacto del aterrizaje, convirtiendo la energía cinética que debería haberle destrozado las rodillas y la columna en poder. Gregor giró hacia el tercer guardia, que aún parecía aturdido por la perdición que acababa de caer del cielo.

El mal día del guardia continuó cuando Gregor lo derribó del techo con un golpe cruzado.

—¡Gregor! —gritó Rovo desde el otro lado, donde parecía estar en un tiroteo con la mujer y otro guardia que emergía—. ¡Coge a la niña!

¿La niña? Los instintos de Gregor lo comprendieron más rápido que su mente, haciéndolo girar hacia la pequeña figura que se aferraba a algo cerca de la esquina de la estación del tranvía.

¿Qué demonios hacía una niña aquí?

Gregor guardó su martillo y saltó, usando ese poder cinético potenciado para lanzarse por el techo mientras la nave se estrellaba contra él, una explosión ondulante estallando a su paso. Los ojos ya grandes de la niña se abrieron aún más cuando Gregor voló hacia ella, la agarró en sus brazos y la acunó mientras caían por el costado del edificio.

Rotar en el aire no era fácil, pero Gregor había hecho suficientes saltos con Sever Escuadrón y otras misiones de DefenseCorp como para poder lanzarse hacia adelante, envolviendo a la niña en una coraza protectora de armadura potenciada mientras se estrellaban en la calle mojada de abajo, con escombros ardientes cayendo tras ellos.

## 34

## CAMINATA ESPACIAL

Dejó la esclusa de aire a los infectados. Eponi llamó su atención y luego se retiró a su lanzadera, selló las puertas y observó.

Todo el plan parecía una locura. ¿Exponer la nave de Anaskya al vacío y esperar que eso pudiera limpiar la nave? ¿Luego congelar individualmente a cada uno de ellos para hacer lo mismo?

Eponi se guardó las dudas para sí misma mientras observaba a la media docena de miembros entrar en la esclusa de aire, el tubo gris elástico que conectaba su pequeña lanzadera con la nave más grande. La membrana se hinchaba donde pisaban las personas, posiblemente demasiadas para que el pasaje las contuviera a la vez, pero en gravedad cero, los límites de peso y el viento no suponían un gran riesgo.

—Estamos listos —dijo Aurora, su voz llegando a través de la cabina de la lanzadera—. Ábrela, Eponi.

—Siempre y cuando te des cuenta de que no soy responsable de lo que suceda después.

—Si esto no funciona, moriremos, así que no hay mucho que perder.

Bueno. Eponi podría morir si algo salía mal. Eso era algo que perder. Pero se mantuvo callada.

Antes de dejar la nave de Anaskya por la esclusa de aire, Eponi y Aurora habían trabajado para esclavizar los controles de la nave más grande para que Eponi pudiera operarla de forma remota. Pensado más para guiar naves en situaciones de acoplamiento difíciles que para realizar experimentos científicos drásticos, el método permitía a Eponi ver todas las diversas opciones que tenía disponibles la nave de Anaskya.

Y eran muchas. Anaskya se había proporcionado una nave capaz, capaz de alcanzar velocidades post-luz para verdaderos viajes interestelares. Torretas defensivas rudimentarias se acurrucaban bajo placas de blindaje, ocultas hasta que fueran necesarias, reforzadas por una extensa pintura reflectante que desviaría la energía de un láser.

En resumen, esta nave no estaba destinada a quedarse en el hangar de un mundo como Dynas. Pertenecía a la refriega, sumergiéndose en territorio disputado y saliendo victoriosa.

Eponi no pudo reprimir un poco de emoción mientras repasaba la configuración, el potencial. Sería muy divertido pilotar esta cosa y, si todo salía bien, Eponi lo haría. Aurora no lo había dicho directamente, pero si Sever planeaba completar la misión, la nave de Anaskya tenía más sentido para llevarla. Dejar a sus rehenes en la superficie y salir disparados hacia la noche estrellada.

—¿Eponi? ¿Estás ahí? —Aurora volvió a hablar por el comunicador—. Hace frío, y seguimos muriendo en esta esclusa de aire. Así que cuando quieras. Con lo que quiero decir, ahora.

—Cierto.

Exponer una nave al vacío significaba anular cualquier

blindaje magnético, luego abrir un compartimento. Eponi tenía que hacerlo con cuidado, tenía que mantener la integridad estructural de la nave. Abrir toda la nave de golpe y las puras fuerzas de succión en todas partes podrían romper los soportes de la nave en pedazos.

—Así que uno a la vez —dijo Eponi. La bodega de carga parecía un punto de partida lógico, aunque solo fuera porque ya se había abierto sin grandes daños—. Allá vamos.

Eponi activó varios interruptores, ajustando la vista desde su propia cabina a una de las varias cámaras del casco de la lanzadera —procedimiento estándar para que un piloto pudiera ver lo que sucedía afuera— y orientó la vista para mostrar la nave de Anaskya, flotando allí a un lado con el gigantesco globo de Dynas detrás.

El siguiente interruptor reabrió la bodega de carga sobre la protesta de la computadora. Eponi observó las pequeñas compuertas abrirse en el cristal de la cabina, sin que se produjera ni un solo sonido. Tampoco flotó nada hacia afuera, aunque la fuerza en esa bahía tenía que ser tremenda.

—Podemos oírlo —dijo Aurora—. Está rugiendo fuerte.

—Solo va a ponerse más fuerte —respondió Eponi—. Voy a sellar y abrir el resto de la nave una por una ahora. Dime si algo sale mal.

Naves como la de Anaskya estaban construidas con paradas por todas partes. Puertas gruesas que podían sellar secciones enteras para evitar exactamente lo que Eponi pretendía forzar: descomprimir toda la nave. Si se producía una fuga, se podía esperar cerrar una sección y sobrevivir hasta que llegara la ayuda.

Eponi forzó esa fuga y, una por una, succionó todas las habitaciones de la nave. Los escombros salieron flotando por la bodega de carga a medida que avanzaba, todo lo que no estaba atornillado o atado se movía y salía disparado. Aurora informó de algunos grandes golpes, sin duda objetos que no podían salir completamente de sus habitaciones pero que lo intentaban.

El baile terminó sin muertes, sin explosiones. Eponi volvió sobre sus pasos de cierre, finalmente sellando la bodega de carga. Ahora venía otro truco.

El vacío había succionado todo el oxígeno de la nave de Anaskya. Nadie podía respirar allí, así que Eponi tendría que transferir el aire de su propia nave. Lo que significaba que necesitaba ponerse un respirador, equiparse.

—Vamos a la etapa dos —dijo Eponi—. Aguanten.

Los respiradores eran equipo estándar, y algo con lo que Eponi tenía mucha experiencia. La mayoría de los pilotos de karts lo hacían, poniéndose máscaras de oxígeno mientras realizaban carreras más intensas, donde alcanzar fuerzas g lo suficientemente altas como para dejar inconsciente a la gente era una causa frecuente de accidentes. Con suerte, Eponi no se vería involucrada en tales maniobras aquí, pero mientras se deslizaba la máscara sobre la cara, sintió la primera bocanada pura de aire, y con ella llegó ese cosquilleo emocionante.

Tenía que volver a las carreras. Y pronto.

—Inundando la esclusa de aire ahora —dijo Eponi—. Prepárense para abrir el pasaje de vuelta a la nave.

—Hemos estado listos.

Por supuesto que lo habían estado. Aurora probablemente los tenía de pie en la puerta, esperando su orden desde el segundo en que habían entrado en la esclusa de aire. Qué comandante tan estricta.

Demasiado estricta, a veces, si Eponi era honesta.

Eponi accionó algunos interruptores en la lanzadera, ajustando sus bombas de reciclaje para redirigir el cien por cien de su energía a la esclusa de aire, en lugar del habitual diez por ciento o menos. Lentamente, el aire de la lanzadera se drenaría hacia ese tubo, y cuando Aurora abriera la puerta de vuelta a la nave de Anaskya, la presión resultante succionaría el oxígeno junto con ella.

—¿Estás contenta de que hayamos aceptado la misión? —le preguntó Eponi a Aurora, observando cómo disminuía el porcentaje de oxígeno de la lanzadera—. ¿De que hayamos venido aquí?

—Para nada —respondió Aurora—. Voy a pedirle al comandante Deepak una bonificación por toda esta mierda que hemos tenido que aguantar.

—¿Crees que nos la darán?

—Depende de si puedo contenerme de darle un puñetazo.

—Por favor, hazlo.

—Ya veremos.

Aurora no continuó la conversación y Eponi la dejó morir. Observó cómo el indicador seguía bajando. Se sentía extraño matar una nave de esta manera. La pequeña lanzadera no había hecho nada mal, de hecho, había hecho todo bien. Sin embargo, ahora iban a dejarla a la deriva aquí arriba, en órbita. Tal vez algunos recuperadores la rescatarían y la devolverían al servicio.

—Te lo mereces —dijo Eponi, y luego dio una palmadita a la consola.

Había hecho lo mismo con sus karts después de cada carrera, como si las máquinas pudieran sentirlo. Como si pudieran entender que Eponi se preocupaba por ellas, más de lo que se preocupaba por la mayoría de las personas en su vida.

—Vamos —dijo Eponi cuando el indicador llegó a cincuenta. La mitad del oxígeno de la lanzadera había inundado la esclusa de aire, más que suficiente para que Aurora comenzara sus esfuerzos de recuperación.

La marcha de vuelta a través de la nave de Anaskya, de alguna manera, funcionó exactamente según lo planeado. Aurora abrió la puerta de la esclusa de aire y todo su grupo entró, se puso sus propios respiradores por seguridad y se dedicó a reiniciar los sistemas de la nave más grande. La única preocupación vino de Sai, quien, una vez equipado con su respirador, se desplomó en el sofá de emergencia.

Eponi casi había olvidado que todos estaban infectados, todos muriendo.

—Es hora de que vengas —anunció Aurora unos minutos después, de vuelta en su propia cabina—. La esclusa de aire aún se muestra como segura.

—Voy para allá.

Como si caminara por una casa por última vez, Eponi, con el respirador y el tanque de oxígeno colgados a la espalda, atravesó la lanzadera hasta su propia esclusa de aire. Pulsó la combinación, echó un último vistazo al metal anodino que había sido su hogar durante las últimas horas en el espacio y puso un pie en la membrana elástica que se extendía sobre el vacío puro.

Sin gravedad, avanzar por la membrana se sentía más como flotar que como caminar. Rebotando sobre sus pies y sus manos, Eponi se dirigió directamente hacia la puerta sellada que marcaba la nave de Anaskya.

Casi había llegado.

—Sigue adelante —dijo Aurora—. Todos te estamos esperando.

¿Podía su comandante sentir el miedo de Eponi? Probablemente. Eponi podía sentir su propio sudor acumulándose por todas partes, sentía su respiración acelerada mientras succionaba aire del tanque.

Pero lo logró. Sus manos golpearon la puerta de la esclusa de aire de la nave de Anaskya y Eponi introdujo el mismo código que Aurora había usado momentos antes para abrir la puerta. Solo que esta vez, los números aparecieron en rojo. Bloqueada.

—No se está abriendo —dijo Eponi, forzando la calma en su voz—. ¿Aurora?

—Comprobando.

Eponi miró a su alrededor. Todo gris, presionando hacia adentro. No podía ver las estrellas, no podía ver Dynas. Una puerta cerrada frente a ella y, de vuelta a lo largo de la membrana, la puerta de su antigua lanzadera. Nada más. Sin olores. Nada que sentir. El único sonido era el de sus pulmones exprimiendo el aire dentro y fuera.

—La nave dice que no puede abrir la esclusa porque no hay suficiente aire en la membrana —dijo Aurora—. Tenemos que volver a introducir algo de aire.

—Estoy esperando.

La membrana, sin embargo, no estaba interesada. Un sonido extraño se elevó desde el lado lejano, de vuelta hacia la lanzadera de Eponi. Le tomó un segundo analizar el gorgoteo retumbante, la frustración chirriante que provenía de su antigua nave.

Las piezas. Todavía estaban funcionando, pero sin aire, las cosas se estaban rompiendo. Eponi debería haber apagado toda la nave. Debería haberlo hecho, pero cuando estabas distraída, cuando nunca preparabas naves para la estasis orbital, bueno, no pensabas en lo que no estabas haciendo.

No recordabas lo que las bombas harían sin nada que bombear. Que se esforzarían y se romperían y-

La membrana se sacudió cuando la nave de Anaskya comenzó a enviarle aire y la antigua lanzadera de Eponi captó el retorno del oxígeno. La presión envió el aire aullando a través de la membrana hacia la antigua lanzadera de Eponi, yendo contra esas mismas bombas tensas que aún intentaban empujar el aire inexistente hacia afuera. Esa fuerza se encontró en la conexión de la membrana y la abultó hacia afuera, como un globo de crecimiento lento.

Y cuando explotara, Eponi estaría muy, muy muerta.

## 35

## NUEVOS AMIGOS

Rovo vio la pelea en la azotea desarrollándose de muchas maneras diferentes, la mayoría terminando con él siendo frito mientras se acercaban las abrumadoras fuerzas de Helix. Kaia sería capturada, el maletín robado. La misión fracasaría.

En esos breves momentos en los que Rovo vislumbró un posible éxito, como después de atacar por sorpresa al primer guardia que llegó a la azotea, o cuando atrajo a la mujer que lo había seguido todo el camino al descubierto y la desarmó con un movimiento rápido, Rovo pensó que podría llegar a un punto muerto. Negociar su salida y al menos sobrevivir.

Nunca, ni una sola vez, apostó por que una aeronave se estrellara contra la azotea como un gigantesco cuchillo en llamas, cortando y quemando todo a su paso.

Tampoco esperaba que Gregor, el loco del martillo, cayera del cielo y asestara golpes mortales a un grupo de tres guardias, salvándole el pellejo.

Pero había que reaccionar rápido para mantenerse con vida, para mantener a otros con vida, así que cuando Rovo vio la aeronave ardiendo, vio su propio camino hacia Kaia bloqueado por una lluvia de fuego metálico, lanzó el grito. Vio ese corte de una fracción de segundo mientras Gregor saltaba impulsado hacia la chica.

Luego el humo, la metralla y algo peor lo arrasaron todo. Rovo sintió que una pesada ola lo golpeaba, lo arrastraba al suelo. Tal vez la aeronave lo había golpeado con un gran trozo de cubierta, ¿o con su blindaje?

—Deja de forcejear —dijo alguien, justo a su lado, y Rovo se dio cuenta de que lo estaban empujando mientras él intentaba levantarse—. No llevas armadura. Yo sí.

¿Armadura? Rovo aún no podía ver mucho con el humo, no podía mover los brazos porque los tenía inmovilizados, así que intentó preguntar quién diablos estaba encima de él.

Mala idea.

Tan pronto como Rovo abrió la boca, los vapores, el polvo y la suciedad entraron y lo hicieron toser, escupiendo directamente en lo que el humo que se disipaba revelaba que era un visor.

—¿Todos ustedes son así de estúpidos? —dijo la persona, ¿una mujer?—. Mantén la boca cerrada y tal vez salgamos vivos de esta.

Eso podría ser. Rovo sabía que estaban cerca de las escaleras que volvían a la estación del tranvía, y de alguna manera todo el techo no se había derrumbado, aunque parecía que la aeronave se había estrellado formando un muro entre las dos mitades.

Del lado de Rovo, podía ver algunos cuerpos —la mujer que lo había estado siguiendo había desaparecido— y escombros, pero poco más. Ahora no venía ninguna persecución subiendo por las paredes, y aparte de algunas sirenas que se acercaban y el crepitar de los pequeños incendios eléctricos, Dynas parecía tranquila. Recuperando el aliento entre ráfagas.

—Ya puedes quitarte de encima —dijo Rovo—. Quienquiera que seas.

—Estoy intentando averiguar cómo hacerlo —respondió la mujer—. Creo que la armadura está dañada. No puedo mover las piernas.

—Entonces rueda.

Rovo ayudó, empujando la armadura —ahora reconocía el traje, el de Aurora— para quitársela de encima. Tan pronto como tuvo espacio, Rovo se puso de pie, luego se acercó y sacó el arma de la funda de la mujer blindada. La sostuvo en alto, miró el cañón agrietado y la arrojó lejos.

Supuso que tendría que usar su voz aterradora.

—¿Quién demonios eres y por qué llevas esa armadura? —dijo Rovo, de pie sobre la mujer mientras mantenía los ojos atentos a posibles refuerzos.

—Me llamo Lani, y no es importante por qué llevo la armadura —dijo la mujer—. Lo importante es que me ayudes a levantarme antes de que Helix decida que aún podrías estar vivo.

—No hasta que sepa qué estás haciendo con el traje de mi capitana —replicó Rovo.

Lani golpeó el techo con un puño blindado en señal de frustración. Rovo no podía ver bien su rostro a través del visor manchado de polvo, cubierto con el polen amarillo de Dynas. ¿Tal vez habían salido de la ciudad?

—¡No es el momento! —dijo Lani—. También trabajo para DefenseCorp, imbécil, y te acabo de salvar la vida. ¿Qué más quieres?

Mucho, en realidad. A Rovo le gustaría que le explicaran bastantes cosas sobre esta misión de mierda, pero dadas las circunstancias, supuso que podía esperar.

Una mirada a las piernas de Lani mostró algunos daños por metralla, pero nada que impidiera por completo el movimiento de las piernas. Lo que sí lo haría, sin embargo, sería el modo de protección de la armadura. Absorbía toda la energía en los escudos de energía y difusión de partículas de la armadura en un intento de sobrevivir a un cataclismo como el que acababa de ocurrir.

—Bien, esto es lo que vas a hacer —dijo Rovo, y luego lanzó una serie de comandos vocales que Lani tuvo que repetir para que la armadura se desbloqueara.

Cuando Lani terminó, la armadura pasó de ser un bloque rígido a algo parecido a un muñeco de trapo, presionando su peso sobre las extremidades de Lani y enviándolas en todas direcciones mientras Lani se encontraba capaz de moverse.

—Podrías haberme avisado —replicó Lani.

—Podría haberlo hecho —dijo Rovo—. Vámonos.

Aunque parecía un poco tambaleante, Lani se levantó sin mucho esfuerzo. Rovo la vio mirar hacia la aeronave destrozada durante un largo momento, buscando algo, pero fuera lo que fuese, o no lo vio o se dio por vencida, porque vino pisando fuerte hacia Rovo una vez que él llegó a las escaleras.

No es que las escaleras fueran a ser de mucha ayuda.

El choque de la aeronave había roto la estructura de la estación del tranvía, astillando vigas y soportes y algo peor, y ahora las escaleras que llevaban de vuelta a la estación se habían derrumbado. Donde antes había escalones y luces, ahora reinaban los escombros y restos chispeantes.

—¿Supongo que ese era nuestro camino de bajada? —dijo Lani.

—Era mi camino de subida —respondió Rovo—. Ahora necesitamos una alternativa.

La estación del tranvía no estaba aislada, pero dado su

propósito, no había otros edificios justo al lado. No había saltos de azotea disponibles.

Peor aún, mientras Rovo y Lani miraban alrededor, las sirenas se hacían más fuertes y se combinaban con un zumbido familiar: más aeronaves, lo que significaba más soldados de Helix.

—Se nos acaba el tiempo —dijo Lani—. Sácame de esta armadura.

—¿Qué?

—No sabrán quiénes somos —dijo Lani—. Al menos no yo. Puedo decir que quedamos varados, intentar hablar para salir de esta.

—No vamos a dejar atrás la armadura de Aurora. Me matará —dijo Rovo, preguntándose cuán cierta era esa afirmación. Probablemente bastante—. Y, ahora que lo pienso, ¿dónde está mi armadura?

—Una vez más, no es el momento —dijo Lani—. Si no podemos bajar por las escaleras, tenemos que elegir otra ruta.

—¿Cómo cuál? —Rovo hizo un gesto hacia un lado—. No voy a sobrevivir a un salto desde el techo.

—No, bajaremos por el medio.

La esquife estrellada había abierto un agujero en la estación del tranvía, que inmediatamente se llenó de metal roto, baterías en llamas y cosas peores. Aun así, de toda la lista de opciones pésimas que Rovo tenía, abrirse paso entre los escombros parecía la menos mala.

—De acuerdo, pero tú vas primero —dijo Rovo.

Lani no discutió, y usó la armadura de Aurora para abrir un agujero en el costado humeante de la esquife. Avanzaron lentamente, probando cada paso antes de poner su peso sobre él. Dentro, la esquife estaba negra como el alquitrán, con olores acres que quemaban la nariz de Rovo cada vez que respiraba. Por todas partes colgaban rejillas y cables sueltos, y Rovo se cortó las manos media docena de veces tratando de mantener el agarre en los pedazos de metal cortados.

La proa de la esquife había hecho el impacto más profundo, rompiendo el techo y quedando suspendida en el espacio sobre el tranvía cerrado abajo. En lugar de la punta estrecha que Rovo habría esperado ver en cualquier otra esquife, el metal marrón aquí se rompía en un agujero abierto, como si alguien hubiera tomado el frente de la esquife y lo hubiera arrancado.

—¿Por esto se estrellaron? —dijo Rovo.

Asumió que Lani había estado en la esquife, tanto porque había visto a Gregor en su armadura como porque si Lani no hubiera estado en la esquife, ¿de dónde había salido?

—Nos estrellamos porque tu amigo está loco —Lani se dirigió al borde y miró hacia abajo—. Esto es más bajo que el techo. El tranvía está solo a un par de metros abajo.

—Sé que Gregor está loco, pero ¿le dejaste pilotear? —dijo Rovo, uniéndose a Lani en el borde—. Porque eso definitivamente explicaría el accidente.

—Golpeó la esquife con su martillo y la rompió —Lani saltó, aterrizando en el tranvía con un fuerte estruendo.

—Oh —Rovo la siguió, colgándose primero del borde de la esquife (y añadiendo otro corte a su colección) antes de dejarse caer.

El techo del tranvía maltrató las rodillas de Rovo, pero un poco de dolor no era mucho con todo este lío. Se apoyó en sus manos, se levantó y se sacudió el traje de neopreno, un traje ahora tan cubierto de tierra y polvo que Rovo pensó que se parecía más a un fantasma que a una persona.

No es que Lani estuviera mucho mejor. Aurora no

estaría nada contenta de encontrar su armadura tan moteada, ennegrecida y marcada como Lani la había dejado. El blanco que antes ofrecía un contraste tan deslumbrante se había vuelto de un gris polvoriento, dejando el traje más parecido a una reliquia maltratada que a una herramienta mortífera.

Reliquia o no, Lani no esperó a que Rovo siguiera moviéndose. Tan pronto como se recuperó en el tranvía, ella se dirigió pesadamente al borde y saltó al suelo de la vía. Luego siguió corriendo.

—¿Adónde vas? —dijo Rovo mientras Lani se adentraba en el túnel.

—No sé si te has dado cuenta —gritó Lani—, pero nuestros amigos no están esperando ahí fuera.

—Los míos sí —dijo Rovo—. Y no te vas a ir sin ellos.

—¿Quién lo dice?

—Si me capturan, ¿adivina a quién voy a delatar?

Lani se detuvo, encorvada, lo que en la armadura parecía un robot que se había quedado sin energía. Las luces restantes de la estación del tranvía rociaban un brillo blanco quebrado sobre todo, lo que daba a la exasperación de Lani el aspecto de una suela derrotada.

—No eres el único que ha perdido amigos hoy —dijo Lani, pero se dio la vuelta—. ¿Cómo sabes que siquiera están vivos?

—Gregor no moriría por un accidente como este —dijo Rovo, bajando con dificultad del tranvía.

Rovo no estaba seguro de qué *podría* matar a Gregor. Nada, probablemente.

Lani no discutió esa afirmación, y aunque maldijo entre dientes, suspiró y parecía estar totalmente en contra del curso de Rovo, lo siguió mientras cruzaba el andén hacia la rampa que subía desde la estación. A diferencia de las escaleras del techo, la rampa aún se mantenía en pie, con partes cubiertas de azulejos caídos del techo o trozos de pared. Rovo pasó por encima de ellos, siguió subiendo, esperando contra toda esperanza que Gregor, y tal vez la chica, hubieran sobrevivido.

En la parte superior, más allá de la puerta cerrada, la entrada de la estación del tranvía estaba inclinada. Más allá, la calle abarrotada se filtraba a través de rendijas y grietas. Los sonidos, sin embargo, entraban con fuerza: esas sirenas interminables, los zumbidos de las esquifes, y ahora alguien ladrando órdenes en voz alta. Amenazas.

—Algo sigue pasando —dijo Rovo mientras él y Lani se acercaban a la entrada destrozada, manteniéndose agachados.

—Te voy a recordar que ninguno de los dos tiene un arma —dijo Lani—. Así que no inicies una pelea.

—Haré lo mejor que pueda.

Cuando Rovo se acercó más, logrando tener una mejor vista, vio por qué las sirenas seguían sonando, por qué las órdenes llegaban con fuerza.

En el centro de la calle, agachado con su brazo izquierdo alrededor de Kaia y el derecho sosteniendo el martillo, estaba Gregor, enfrentándose a las fuerzas de Helix desde todos los ángulos. Guardias, esquifes y francotiradores apuntándole desde los tejados.

La orden llegó alta y clara. Suelta a la chica, o ambos morirán.

—Lani —dijo Rovo—. Creo que voy a iniciar una pelea.

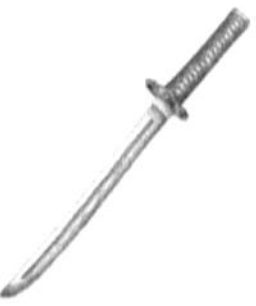

## ENTRADA ATMOSFÉRICA

En la torre, Sai se había enfrentado a los infectados. Aquellas caricaturas tambaleantes de hombres y mujeres que se habían acercado a él, listas para ser cortadas por su katana. En ese momento, Sai se había sentido fuerte —incluso después del accidente de la nave— y capaz de manejar cualquier cosa que se le presentara. Él nunca sería como esa gente, rota y en descomposición.

Después de que Anaskya le inyectara el virus, Sai no podía asimilar la idea de que esto pudiera ser lo que acabara con él. Sería lo suficientemente fuerte como para vencerlo. Podría sobreponerse a las fiebres, las alucinaciones, el repentino cambio mientras sus brazos y piernas se fortalecían y su cabeza se volvía más ligera. El virus lo estaba convirtiendo en una bomba agresiva que detonaría antes de mucho tiempo.

Pero su mecha aún no se había agotado.

El inminente colapso de la esclusa de aire activó las alarmas en toda la nave de Anaskya. Aurora y Anaskya, en la cabina, no tenían tiempo. Kashmal y los guardias, sentados en el sofá de impacto con cara de confusión, no tenían la motivación. Solo Sai, sentado en el extremo con su espada equilibrada sobre sus rodillas, tenía ambas cosas.

Hizo una carrera tambaleante hacia la puerta de la esclusa de aire, la katana cayendo al suelo con estrépito. No es que agarrar la puerta ayudara; el potencial vacío había sellado la esclusa herméticamente. Sai buscó la liberación manual mientras Aurora gritaba que hiciera lo mismo por el comunicador.

Era difícil encontrar una palanca cuando tu visión nadaba, cuando tu fiebre constante convertía arriba en abajo, lo largo en corto, y te hacía flotar entre el pasado y el presente.

Afortunadamente, la palanca sobresalía en el lado izquierdo de la esclusa, grande y roja y cubierta de advertencias terribles por si alguien era lo suficientemente estúpido como para tirar de ella.

Sai no estaba en condiciones mentales de considerar las consecuencias de sus acciones, así que tiró de la maldita palanca con la fuerza de un loco alterado por el virus. Detrás de él, en el sofá, Kashmal se reía con un tono siniestro diciendo que todos iban a morir.

La esclusa de aire se negaba a abrirse. Incluso con la palanca tirada, Sai no podía vencer la succión de la presión del vacío.

—¡Ayudadme! —gritó Sai, o intentó hacerlo. Sus palabras salieron ininteligibles. Sílabas destrozadas y húmedas por su boca pastosa—. ¡Por favor!

A veces no se necesitan palabras para hacer llegar tu mensaje. Kashmal y los guardias, quizás movidos por la desesperación de Sai, quizás por darse cuenta de que sus vidas podían tener un último uso, se lanzaron a través de los cuartos de pasajeros y agarraron la esclusa, presionando y tirando.

La puerta se movió. Giró con un chirrido, y cuando el sello se rompió, un rugido familiar llenó la nave. El aire siendo succionado, el frío entrando precipitadamente.

—Aguantad —dijo Sai, abriéndose paso alrededor de sus ayudantes reclutados y en lucha hasta el borde de la esclusa, sintiendo la atracción en sus pies, en su pelo.

Sus oídos se taparon, estallaron, y Sai sintió como si sus ojos fueran a salirse de su cabeza, pero la ligera apertura de la esclusa mantuvo lo peor a raya. Por ahora.

Sai miró alrededor de la esquina de la esclusa, manteniendo su agarre firme. Eponi se aferraba al otro lado, doblada casi por la mitad. Había pasado sus brazos a través de la válvula exterior de la esclusa, y aunque sus hombros parecían dislocados y sus ojos tenían la mirada vidriosa de los semiconscientes, Eponi seguía allí. Detrás de ella, la membrana se sacudía violentamente mientras la separación entre ella y la lanzadera de Eponi continuaba dejando escapar el aire.

Las palabras serían inútiles sobre el rugido, así que Sai tocó al guardia a su lado, hizo que el hombre lo sujetara con una mano y la esclusa con la otra. Justo la seguridad suficiente para que Sai mantuviera el equilibrio mientras alcanzaba a Eponi con ambas manos.

Tocó los brazos de Eponi, los agarró y comenzó a liberarlos. Detrás de él, Kashmal gritaba algo sobre la presión, sobre cómo si no cerraban la esclusa pronto, sus pulmones estallarían. El hombre empezó a reírse de nuevo.

Sai liberó el brazo izquierdo de Eponi, sujetándolo fuerte con su izquierda, y fue a por el derecho de Eponi, ahora inclinándose casi completamente fuera de la esclusa, la membrana más debajo de él que la nave. El vacío tiraba de sus pies, deslizándolos muy ligeramente en el suelo.

El brazo derecho de Eponi se soltó más rápido que el

primero, pero cuando Sai lo desenganchó de la válvula circular de la esclusa, Eponi se sacudió hacia atrás. Sai se lanzó para agarrarla y sintió que sus propios pies dejaban el suelo de la nave.

Solo para ser tirado de vuelta. Plantado de nuevo.

—Te tengo —gritó Aurora detrás de él—. ¡Recógela!

Sai sintió un tirón, se sintió arrastrado hacia atrás hasta que sus pies pudieron tocar el interior de nuevo. Tras él vino Eponi, y tan pronto como se despejó, Kashmal y los guardias soltaron la puerta de la esclusa, que se cerró de golpe y se bloqueó con un clic final. Sai, Eponi, Aurora y Anaskya —el último eslabón en la cadena de tirones— se desplomaron en el suelo.

Vivos. Al menos eso.

—No podemos quedarnos aquí arriba —dijo Aurora unos minutos después, desde la cabina—. El oxígeno es demasiado bajo.

Eponi, débil y apoyándose en Sai, asintió.

—Tenemos que volver a la superficie. Bombear algo de aire fresco aquí dentro.

Su voz sonaba débil, sus brazos —a pesar de que Aurora había vuelto a colocar los hombros de Eponi en su sitio— colgaban inertes a sus costados. Pero sus ojos brillaban y Sai podía sentir su corazón latiendo a través de sus trajes.

—¿Puedes volar? —le preguntó Aurora.

—No, pero puedo deciros a las dos cómo hacerlo.

Sai no creía estar en condiciones de pilotar una nave, pero nadie confiaba en Anaskya, Kashmal o los guardias para hacerlo. En su lugar, el trío de Sever Escuadrón selló la puerta de la cabina y puso la nave en un brusco reingreso, dirigiéndose directamente hacia la Ciudad Negra.

La nave de Anaskya tenía velocidad donde importaba, y

se lanzaron a través de la atmósfera, bamboleándose y sacudiéndose todo el camino.

Dynas los recibió con la misma densa niebla amarilla que Sai había aprendido a detestar desde que la nave de descenso los había estrellado a través de la atmósfera apenas un par de días antes, un tiempo que ya parecía haber ocurrido hace eones. Esa niebla amarilla se arremolinó y se separó mientras volaban hacia la red de nanos de la ciudad, con todo el círculo urbano extendido debajo de ellos.

La radio crepitó. Comenzó a reproducir una breve frase, con una voz familiar.

—¿Ese es Rovo? —preguntó Eponi.

—Está pidiendo ayuda —dijo Sai, interpretando las palabras.

—Sintonicé el comunicador en la frecuencia del escuadrón una vez que tuvimos la nave —dijo Aurora—. Por si acaso.

La llamada de Rovo decía que necesitaba asistencia, que estaba en alguna estación de tranvía. Aurora parecía saber dónde era eso, e incluso mientras Eponi le indicaba que abriera las vías aéreas para que la nave pudiera reabastecerse, la capitana inclinó la nave de Anaskya en un descenso más pronunciado.

La ciudad se precipitó hacia ellos, su superficie húmeda brillando desde arriba, como mirar en un espejo resplandeciente. Hermoso, cegador. O tal vez era el virus. A Sai le resultaba difícil distinguir qué era real.

Las maldiciones de Aurora, sin embargo, no podían ser cuestionadas. Ni tampoco el objeto de la diatriba de la comandante: varios aerodeslizadores, una cantidad de lo que parecían vehículos de emergencia de Helix, y quién sabe cuánto personal rodeaban la estación de tranvía en llamas y en ruinas. Y, más directamente, una esquina de ella, donde una figura familiar sostenía un martillo en alto.

—¿Es ese...? —preguntó Eponi.

—Puedes apostarlo —dijo Aurora—. Sai, averigua cómo poner en marcha las armas de esta nave. Puede que aún no hayamos terminado.

¿Las armas? Eso, al menos, Sai sabía cómo manejarlo. La nave de Anaskya no era exactamente de grado militar, pero le había puesto algunos colmillos a la nave. Los dedos de Sai jugaron sobre la consola frente a él, deslizando energía a las armas de la nave y abriéndolas. Les indicó sus objetivos deslizando sus dedos sobre las imágenes que venían desde abajo.

Pero Sai no disparó el primer tiro.

Gregor golpeó su martillo frente a él, el golpe destrozando el concreto y levantando un escudo de tierra y polvo mientras el hombretón retrocedía. Las fuerzas de Helix que lo rodeaban comenzaron a lanzar láseres, apuntando a su objetivo mientras Gregor les daba la espalda, pareciendo que trataba de proteger algo apretado contra su pecho.

Superado en número, superado en armamento.

Ya no más.

La consola de la nave emitió un pitido cuando entraron en rango, y Sai no esperó la orden de Aurora para activar el programa, enviando docenas de láseres hacia la ciudad, hacia las fuerzas agrupadas.

Contra un montón de aerodeslizadores, la nave de Anaskya hizo el trabajo: los rayos descendieron y atravesaron las naves flotantes, quemando vehículos y haciendo que los francotiradores de los tejados se dispersaran mientras sus puestos se convertían en cenizas fundidas. Cuando los disparos alcanzaron baterías y celdas de combustible, las explosiones siguieron, expulsando vapor y humo, el ruido ondulante llegando hasta la nave mientras se acercaban velozmente.

—Kashmal, abre la escotilla —dijo Aurora—. Y si tengo que volver allí, te aplastaré la cabeza.

La amenaza de Aurora, o quizás la pura locura de la situación, funcionó: Sai vio encenderse la luz que indicaba una puerta abierta mientras Aurora hacía descender la nave hacia la intersección ahora despejada y en gran parte destruida.

La puerta estaba abierta, el rescate había llegado. Ahora, mientras Sai trataba de enfocar sus ojos febriles en los alrededores, buscando objetivos, solo quedaba una pregunta:

¿Habían llegado a tiempo?

## SALVA A LA NIÑA

Gregor no conocía a la niña. No la había conocido y no tenía ninguna conexión emocional con ella, excepto que en el segundo antes de alcanzarla con ese salto impulsado, volando por el techo, con el visor de su casco identificando el objetivo y resaltándola para una recogida perfecta, ella sonrió. Soltó una risita.

Luego se desplomaron quince metros y se estrellaron contra el concreto.

Y ella siguió riendo, acunada en los brazos de Gregor.

Qué niña.

Gregor tuvo que luchar por mantener su propia conciencia después del choque, su mente y músculos sacudidos luchaban por identificar lo que la armadura había protegido y lo que, ahora, se había magullado hasta convertirse en gelatina. Roto en pedazos.

Su brazo izquierdo, envuelto alrededor de la niña, no parecía poder desenrollarse. Gregor no podía sentirlo, así que dio la orden necesaria a su armadura, le dijo que congelara ese miembro en su lugar. Una opción que existía para momentos como estos; Sever tenía la costumbre de romperse huesos en medio de las misiones.

Sus piernas aún funcionaban, su brazo derecho dolía pero se movía. Sus dedos tenían sensibilidad. Gregor aún no estaba fuera de combate.

—¡No te muevas! —la orden vino de algún altavoz que Gregor no podía ver—. Todavía boca arriba, observando el polvo de la colisión de la aeronave caer a su alrededor, Gregor no había evaluado su entorno—. ¡No te muevas o dispararemos!

La niña volvió a reír. Dijo algo que Gregor perdió debido a un espasmo de dolor de cabeza. Parpadeó para alejar el dolor. Se concentró. Luego se sentó.

—¡Dije que no te muevas! —La orden vino de nuevo, y esta vez Gregor vio al que hablaba, un hombre de pie frente a un camión de policía con orugas, gritando a través de un megáfono anticuado.

Gregor se movió, asegurándose de que su brazo izquierdo atrapado revelara a la niña que seguía riendo contra su pecho. Se aseguró de que todos pudieran ver que lanzar un disparo a Gregor significaría herir a la niña.

No tenía una salida de esta situación, no tenía una respuesta para la flota que se estaba reuniendo frente a él— varias aeronaves, también, se acercaron y añadieron su arsenal—, así que la única opción de Gregor era ganar tiempo.

Tal vez Lani, Wicks y Sayers vendrían a rescatarlo, si no estaban muertos. Tal vez Rovo podría hacer algo, si la aeronave al estrellarse no había caído sobre él.

O tal vez Gregor tendría que encontrar sus propias respuestas.

—¡Suelta a la niña! —La voz intentó de nuevo.

—No puedo —dijo Gregor en respuesta, demasiado bajo

para que alguien lo oyera, pero los pulmones de Gregor parecían un poco sin aliento, un poco incapaces de respirar normalmente.

A través de su visor, la armadura de Gregor mostró sus signos vitales, junto con el estado de la propia armadura. Daños por todas partes, y la armadura sospechaba que Gregor podría tener algún daño interno además de su brazo izquierdo. En resumen, necesitaba un médico y la armadura necesitaba un técnico.

—¿Estás bien? —preguntó la niña, con un pequeño gorjeo, y sus ojos lo miraron con repentina preocupación—. ¿Eres un hombre malo?

Empatía, sospecha. Dos preguntas opuestas en el mismo aliento. Las cosas que los niños podían hacer.

—Estoy bien, pequeña —dijo Gregor—. No te preocupes.

La armadura dijo que debería ser capaz de ponerse de pie, y Gregor prefería no morir sentado, así que se levantó, lentamente y con fragmentos cayendo de su traje metálico. Sus huesos dolían, sus nervios gritaban que esta era una mala idea, pero cuando Gregor alcanzó su altura completa, cuando se volvió hacia la multitud, el dolor se desvaneció.

¿Enfrentarse a tantos, protegiendo a una niña? Esta era la muerte de un héroe. Este era un destino que podía amar.

—¡No queremos lastimar a la niña, pero si haces algún otro movimiento, dispararemos! —dijo el que hablaba.

¿Cuántos faroles podía llamar Gregor? Se había movido, no había soltado a la niña, y ahora se había puesto de pie. Claramente querían a la niña, y la querían viva.

Gregor sonrió, aunque nadie podía ver la sonrisa detrás de su casco. Era hora de poner esto a prueba aún más.

—Pequeña, no te asustes —dijo Gregor, llevando su

brazo detrás de su espalda donde su martillo estaba enfundado.

Donde, sin duda, había hecho que su aterrizaje fuera mucho menos cómodo. Tales eran los precios pagados por llevar armas gigantescas.

El agarre de Gregor se sentía sólido, y sacó el martillo de su funda mientras el que hablaba gritaba de nuevo. Amenazaba de nuevo.

Gregor intentó inhalar, forzó sus pulmones contra sus costillas —¿magulladas? ¿agrietadas? ¿rotas?— y le dijo a la armadura que amplificara sus siguientes palabras. Levantó el martillo en alto, su cabeza brillando en la luz del atardecer, cubierta con el rocío omnipresente de Dynas.

—¿La quieren? —anunció Gregor—. ¡Vengan a buscarla!

Quizás no era material de leyenda, pero Gregor no era poeta. Era un guerrero, y lucharía hasta su maldito final.

La caída había cargado la energía cinética del martillo al máximo, y Gregor la usó ahora, golpeando el arma contra el suelo frente a él, salpicando agua, tierra, concreto y más debajo. El géiser de escombros le dio a Gregor tiempo suficiente para darse la vuelta, para agacharse sobre la niña mientras los primeros disparos comenzaban a llover.

Querían a la niña viva, pero no lo suficiente como para contenerse para siempre.

Delante, Gregor vio la entrada derrumbada de la estación del tranvía, vio gente moviéndose más allá de sus vigas enredadas y cables colgantes. Su armadura resaltó sus formas, los identificó como aliados. El rostro de Rovo, la armadura de Aurora.

Pero no dispararon. No salieron a ayudar. Gregor avanzó hacia ellos de todos modos, dando un paso y luego otro mientras los disparos comenzaban a impactar, quemando el blindaje de su armadura y sobrecalentando su piel.

La niña pequeña comenzó a gritar, y esta vez no era de alegría.

—Shhh, pequeña —dijo Gregor mientras daba otro paso, sintiendo que su espalda superior se encendía de rojo cuando un rayo la atravesó—. Estarás bien, te lo prometo.

Siguió repitiendo las palabras mientras cruzaba los metros, llegando al umbral de la estación del tranvía, antes de que su pierna izquierda cediera. Antes de que Gregor no pudiera mantenerse en pie más. Se arrodilló rápidamente, enterrando a la niña bajo su masa ardiente.

Ella viviría. La pequeña debía sobrevivir.

Un estruendo ondulante rasgó el aire detrás de él. Luego otro y otro, y ahora los gritos que no eran de la niña, ni suyos, resonaban alrededor de la intersección. Siguieron más explosiones, e incluso los pulmones torturados de Gregor percibieron el olor a ozono del aire quemado por láser.

—¿Puedes ponerte de pie? —la voz de Rovo, ahora junto a Gregor—. Tenemos que movernos, Gregor.

—No puedo —respondió Gregor.

Sintió, y luego vio a Rovo moviendo su brazo izquierdo. Se estremeció por el dolor agudo como hielo que lo acompañó, pero la niña quedó libre. Lani, con la armadura de Aurora, recogió a la niña y corrió pasando a Gregor, hacia el enemigo.

Intentó decir algo, trató de decirle a Rovo, pero Gregor no pudo encontrar la energía.

—No te preocupes —dijo Rovo—. Está llevando a Kaia a la nave. Adonde te llevo a ti.

¿Qué nave?

Rovo se deslizó bajo el brazo izquierdo de Gregor y lo

levantó. El dolor atravesó su cuerpo, pero Gregor logró ponerse de pie, logró darse la vuelta con Rovo para ver una nave gigante flotando sobre la intersección, rociando fuego láser contra los enemigos que se dispersaban. Los edificios circundantes yacían en ruinas, los aerodeslizadores se habían estrellado contra las calles y los vehículos ardían.

Destrucción desenfrenada y salvaje. El estilo de Sever Escuadrón.

Mientras Rovo comenzaba a caminar con Gregor hacia el centro de la intersección, la nave descendió, su escotilla se abrió y una pequeña rampa se deslizó hacia afuera. Lani saltó, subió por la rampa con la niña en brazos. Después de que ella desapareció en el interior, allí, con el rostro asomado y las manos haciéndoles señas para que avanzaran, estaba Eponi.

Milagros sobre milagros.

—Debe haber una buena historia detrás de esto —dijo Rovo mientras se arrastraban hacia la rampa, y luego comenzaban a subir por su dura superficie metálica.

—La escucharé —murmuró Gregor, su armadura aún amplificando sus palabras—. Después de, quizás, una siesta.

—Y un médico.

—Sí. Eso estaría bien.

En su brazo derecho, rozando contra la rampa, Gregor aún sostenía su martillo, y lo aferraba con fuerza.

## ÓRDENES DEL CAPITÁN

Un soldado en una improvisada bahía médica con huesos rotos y quemaduras de láser. Otro sufriendo de un hombro dislocado y el trauma de casi haber sido succionado al espacio. Aurora y Sai turnándose en el improvisado congelador de vacío en la bodega de carga de la nave, justo el tiempo suficiente para matar el virus sin matarse a sí mismos.

El novato era el único que había salido de la pelea sin daños graves. E incluso él estaba ocupado cuidando de una niña pequeña que de alguna manera se había convertido en su responsabilidad.

Sin mencionar a Lani, Kashmal, Anaskya, o los dos guardias que aún viajaban con ellos. Ninguno quería volver a Dynas, aunque por diferentes razones.

Lani pensaba que sus compañeros habían muerto, su misión había fallado, y DefenseCorp ya no estaría interesada en sus servicios, ni en su vida. Quería que la dejaran en el próximo planeta.

Kashmal y Anaskya luchaban por el mismo objetivo: cómo vender el virus o sus aplicaciones sin ninguna muestra, solo con su palabra. Aurora contempló la idea de dejarlos morir congelados en la bodega de carga, pero Anaskya *era* médica, y su ayuda era mejor que nada con las heridas de Gregor.

Kashmal, bueno, Kashmal podía comprar un pasaje fuera del *Nautilus*. Eso, técnicamente, daría a Sever la misión por completada. Habían salvado al VIP, habían escapado del planeta.

Los guardias de Helix se quitaron sus logotipos y preguntaron si DefenseCorp estaba contratando.

DefenseCorp siempre estaba contratando.

—Aurora, ¿en qué estás pensando? —preguntó Eponi mientras la nave se alejaba cada vez más de Dynas, aumentando la velocidad. Pronto alcanzaría y eventualmente se deslizaría en esa misteriosa anomalía física que era el viaje más rápido que la luz—. ¿Buscamos el *Nautilus*?

La nave hogar de Sever no debería estar muy lejos. Podrían pasar por un mundo fronterizo, dejar su carga humana y volar para encontrarse con ella. Cobrar su recompensa, obtener su próxima misión y seguir con sus vidas.

—¿Es eso lo que quieres? —preguntó Aurora, más para ganar tiempo para pensar que por otra cosa.

Ella y Eponi eran las únicas en la cabina, aunque los pensamientos de Aurora la hacían sentir abarrotada.

—Lo que quiero, solo el dinero puede conseguirlo —dijo Eponi—. Pero preferiría no volver nunca a un planeta como ese.

—Sí. Yo también estoy cansada de ellos. Cansada de todo, en realidad —dijo Aurora.

Había planeado, al final de esto, apelar a la autoridad galáctica de DefenseCorp. Pedirles que fueran a Dynas y obligaran a cerrar los experimentos del planeta. Pero con Anaskya huyendo en esta misma nave, y toda la ciudad aparentemente al borde del colapso de todos modos, ¿cuál era el punto?

¿Empujar una torre que ya se está cayendo?

Mejor cobrar el dinero por otra misión exitosa, y luego reevaluar sus finanzas. Hacer ese movimiento hacia la jubilación. Encontrar un lugar tranquilo y pacífico.

—Muy bien —dijo Aurora—. Vamos por el dinero entonces. Establece el curso hacia el *Nautilus*.

Con Eponi trabajando en la astro-navegación, Aurora se dirigió a informar a los demás. Kashmal, Lani y Rovo estaban con la niña, con el novato manteniendo a Kashmal a distancia y lanzando una mirada fulminante al VIP de la misión.

—Está asustada porque la mantuviste metida en un armario, monstruo —dijo Rovo.

—¡La mantuve allí para mantenerla a salvo! —Kashmal agitó los brazos—. ¿Qué se suponía que debía hacer? ¿Dejar que el único éxito real que Dynas ha producido anduviera por ahí?

—¿Único éxito real? —preguntó Lani, levantándose y alejándose de Kaia y su polvoriento juguete de león—. ¿Qué quieres decir?

Kashmal pareció un poco enfermo ante las palabras de Lani, se sentó en el sofá de emergencia y luego se pasó las manos por su corto cabello negro.

—Ella es la única. Ha estado infectada desde el nacimiento y no ha mostrado ningún signo negativo. En su sangre está la respuesta que Anaskya ha estado buscando.

—Espera —dijo Lani—. ¿Tú, de todas las personas, tienes la única prueba viviente de que este concepto podría funcionar?

—La tengo —dijo Kashmal—, porque es mi propia hija.

Aurora se interpuso entre Rovo y Kashmal, porque el

novato parecía que podría soltar a Kaia y lanzarse a un ataque asesino en cualquier segundo. Y si empezaba, Aurora no estaba segura de que lo detendría. Había catalogado a Kashmal como un imbécil, pero esto iba más allá.

—Por favor —dijo Kashmal—. No es, no soy así. Has sentido el virus —le dijo a Aurora—. Está roto, sí, pero te hace más fuerte. Más resistente. Ella no nació bien. Necesitaba ayuda, pero has visto Dynas. No es exactamente de vanguardia. El virus la salvó.

Para el crédito de Kashmal, el hombre comenzó a llorar a mitad de la explicación, que se desvió hacia una historia más larga. Había robado algo del virus, reducido la dosis lo suficiente para que no matara a una niña de inmediato. Los médicos afirmaban que la niña no viviría mucho, así que Kashmal usó la excusa de llevarla a casa, dejarla morir con su familia.

Pero no lo hizo. Kaia sobrevivió, prosperó. Y nadie podía saberlo.

—¿Y la madre? —dijo Rovo—. ¿Dónde está? ¿O también la dosificaste?

Kashmal negó con la cabeza.

—Está en algún lugar de la ciudad, allá abajo. No pudo soportar el pronóstico y se fue. Tampoco pudo aceptar cuando le dije lo que había hecho. Le perdoné eso.

Lani miró a la niña, que parecía ajena a todo lo que se había dicho.

—Me parece bastante normal.

Como comandante de escuadrón, Aurora tenía que estar preparada para lidiar con muchas cosas diferentes. Tenía que estar lista para lo que pudiera surgir. Sin embargo, las disputas familiares hasta ahora habían escapado de su lista. Lo que ella sintiera sobre las decisiones parentales de Kashmal no importaba, en realidad. El trabajo de Aurora era el escuadrón, su objetivo era el dinero.

—Volvemos al *Nautilus*. Kashmal, proporcionarás la otra mitad de tu pago cuando lleguemos allí. Luego estoy segura de que DefenseCorp estará encantada de dejarlos a todos comprar su pasaje a otro lugar —Aurora soltó la frase de un tirón, con voz firme y nivelada, con la intención de no admitir oposición.

Cuando vio a Kashmal inhalar, esbozando una sonrisa enfermiza, Aurora supo que había fracasado.

—Tu novata no salvó mi maleta —dijo Kashmal—. Sin ella, no tengo exactamente dinero en efectivo —Miró a su hija—. Ella es lo único que me queda que tiene algún valor.

—¿Valor? —replicó Rovo—. Vaya manera de hablar de tu hija.

—Se refiere al virus —dijo Lani—. Lo que está dentro de ella.

Los ojos de Aurora se desviaron hacia la niña. Defense-Corp cobraría su pago, a la empresa no le importaba cómo. Si había alguna manera de extraer dinero de Kaia, la encontrarían.

—¿No tienes nada más? —preguntó Aurora—. ¿Ningún ahorro guardado?

Kashmal negó con la cabeza.

—Estás viendo todo lo que soy. Y yo soy todo lo que ella tiene.

Aurora convocó la votación una hora después. Sever Escuadrón se apiñó alrededor de la cama de Gregor, donde el grandullón los miraba con una sonrisa aturdida por las drogas.

—Esas son las apuestas —dijo Aurora después de terminar de explicar la situación—. Si volvemos al *Nautilus*, Deepak se llevará a Kaia como pago de Kashmal. No sé qué harán con ella, pero apuesto a que no se divertirá mientras intentan extraer el virus de su sangre. Averiguar por qué funciona en ella.

—Entonces, ¿nos estás preguntando si queremos qué? —dijo Eponi—. ¿Simplemente no volver? ¿Esconder a Kaia? ¿No recibir nuestra recompensa?

—Esa es la votación —dijo Aurora—. No estoy segura de a dónde más iríamos, qué haríamos. Pero no podríamos volver a DefenseCorp. Una misión fallida generaría demasiadas preguntas. Y no confiaría en que Anaskya o los demás no dijeran la verdad.

—¿Entregar a la niña o renunciar a nuestras vidas? —dijo Gregor, y luego se rio con su risa entrecortada—. Puedo luchar y morir en cualquier lugar, por cualquiera. Que ella viva.

Aurora asintió, miró a Sai, aún débil por la congelación al vacío y apoyado contra la pared. Había tenido una exposición más larga, necesaria para lidiar con su mayor carga viral, y se veía seco, marchito.

—Tengo hijos —dijo Sai—. Nunca los entregaría, por nada.

—Una misión dentro, no tengo mucho que perder —añadió Rovo—. No quiero tener a Kaia en mi conciencia.

De vuelta a Eponi, quien se mordió el labio, sacudió la cabeza y suspiró.

—Sabes que soy la única que pilota esta cosa. Podría llevarnos al *Nautilus* y nunca lo sabrían.

—Pero no harás eso —dijo Sai—. No eres esa clase de persona, Eponi.

La mirada esquiva de Eponi mostró que quizás no estaba tan segura de eso, pero asintió.

—De acuerdo. Estoy dentro. Pero ¿qué significa esto

exactamente? ¿Nos estamos convirtiendo en traidores? ¿Somos proscritos?

—No —dijo Aurora—. Estamos muertos. Para Defense-Corp, para cualquier oficial, somos bajas. Ahora somos solo un grupo, trabajando por dinero. Como siempre lo fuimos.

—Menos órdenes, más diversión —dijo Gregor—. Me gusta.

—Está decidido, entonces —dijo Aurora, sorprendiéndose a sí misma por lo liberador que se sentía deshacerse de las estrictas ataduras de DefenseCorp—. Nos dirigiremos hacia el mundo más cercano, dejaremos a nuestros pasajeros y averiguaremos qué sigue.

Miró alrededor de la habitación, captó los asentimientos de todos los demás. Cinco luchadores, hábiles y listos. No era un mal comienzo, al menos hasta que DefenseCorp descubriera que vivían, y entonces, bueno, entonces las cosas se pondrían interesantes.

Pero eso sería más adelante. ¿Por ahora?

—Podríamos estar formando un nuevo grupo —dijo Aurora—. ¿A alguien le importa si mantenemos el nombre antiguo?

Nadie objetó, y Sever Escuadrón, libre y trabajando por cuenta propia, se lanzó hacia las estrellas.

▭

Para algunos, su pasado los persigue. Para Sever Escuadrón, su pasado se venga.

Después de dejar Dynas con secretos y sospechas, Sever Escuadrón abandona a su empleador y se dirige a un mundo minero aislado para averiguar qué sigue.

Continúa la aventura de Sever Escuadrón en *La Deuda de la Esperanza*:

# AGRADECIMIENTOS Y NOTA DEL AUTOR

*Golpe en Helix* comenzó como una secuela directa de *Zona de Caída*. Aurora, Rovo y el resto seguirían adelante, disparando sin parar. Sin embargo, como suele suceder, surgieron hilos más complicados durante la narración. Kaia, por ejemplo, ni siquiera existía al principio. En cambio, cuando Kashmal demostró ser un poco más complejo que un simple cobarde codicioso, Kaia apareció como la razón, escondida en un armario, una fuente de vergüenza y, potencialmente, de salvación.

Darle a una organización masiva como DefenseCorp una sensación de alcance galáctico es difícil, así que cuando Gregor se encuentra con Lani, obtenemos una mejor idea de las muchas partes de DefenseCorp que trabajan por separado. Es un tema que seguirá surgiendo, que en una galaxia tan amplia y sujeta (al menos en cierta medida) a las leyes físicas, ninguna empresa puede mantener todas sus partes moviéndose en sincronía.

*Sever Escuadrón* continuará, y estoy tan ansioso por sus aventuras como ustedes.

Libros como estos, libros de cualquier tamaño, en realidad, son producto de equipos. Aunque yo hago la mayor parte de la producción real, mi esposa, familia y amigos hacen posible mi escritura. Mi nuevo hijo también proporciona una inspiración que antes no tenía.

Matt, un amigo de la infancia a quien está dedicado este libro, abrió mundos a mi joven yo que nunca imaginé. Ya fuera a través de juegos de computadora, imaginación sin límites mientras deambulábamos por los vecindarios, o noches más tarde por Madison, Matt siempre tenía una broma lista y un impulso por buscar lo que venía después, temas que impregnan muchas de mis historias hoy en día.

¡Gracias por sumergirse en estas aventuras conmigo, y espero que disfruten leyéndolas tanto como yo disfruto escribiéndolas!

A.R. Knight teje historias en una casa helada en Madison, Wisconsin, principalmente propiedad de un par de gatos. Después de verse atrapado en la rutina laboral durante la crisis económica de 2008, se encontró sobrevolando el espacio y viviendo grandes aventuras durante las aburridas reuniones.

Con el tiempo, dedicándose a los podcasts, guiones, relatos cortos y otras novelas, encontró una historia en la que podía sumergirse y un elenco de personajes tanto entretenidos como llenos de corazón.

A.R. Knight planea saltar a otros mundos y encontrar nuevas historias que contar en los límites infinitos de nuestra imaginación.

¡Gracias, como siempre, por leer!

*Para más información:*

www.adamrknight.com

*Para Matt*

# SIN TÍTULO

www.ingramcontent.com/pod-product-compliance
Lightning Source LLC
Chambersburg PA
CBHW032356310726

48973CB00007B/2034